Emmy Ball-Hennings, geboren am 17. Januar 1885 in Flensburg, ist am 10. August 1948 in Sorengo bei Lugano gestorben.

Diese Märchensammlung zählt zu den schönsten Büchern der soeben wiederentdeckten Dichterin Emmy Ball-Hennings, der Lebensgefährtin Hugo Balls, die im Januar 1985 ihren 100. Geburtstag hätte feiern können. Der Band erschien 1943 in der Schweiz, mitten im Zweiten Weltkrieg, und ist nun schon seit vier Jahrzehnten vergriffen.

Neben poetischen Nacherzählungen und Bearbeitungen italienischer, balkanesischer und norwegischer Märchen enthält dieser Band auch eigene Dichtungen.

Erzählt werden diese Märchen an Winterabenden am Kaminfeuer der Tessiner Bauernfamilie Marucci. Jede dieser vierzehn Geschichten ist mit der vorherigen durch eine Rahmenerzählung stimmungsvoll verbunden, worin der Inhalt des Vernommenen von den Zuhörern aller Altersstufen in geselligem Austausch erörtert und verarbeitet wird.

insel taschenbuch 945

Ball-Hennings

Märchen am Kamin

MÄRCHEN AM KAMIN

Erzählt von
Emmy Ball-Hennings
Insel Verlag

insel taschenbuch 945
Erste Auflage 1986

Hinweise zu dieser Ausgabe am Schluß des Bandes
Vertrieb durch den Suhrkamp Taschenbuch Verlag
Umschlag nach Entwürfen von Willy Fleckhaus
Satz: LibroSatz, Kriftel
Druck: Nomos Verlagsgesellschaft, Baden-Baden
Printed in Germany

1 2 3 4 5 6 – 91 90 89 88 87 86

MÄRCHEN AM KAMIN

Die Glocken von Poppi begannen das Weihnachtsfest einzuläuten. Mit ihren warmen, feierlichen Klängen riefen sie die Gläubigen zur Christmette. Von allen Nachbarglocken wurde die Einladung freudig beantwortet. Eine Glocke schien der anderen zuzurufen: »Klinge mit mir. Es ist Weihnachten. Das Christkind ist geboren worden.« Alsbald begann wieder eine Glocke zu läuten, und noch eine, bis alle zusammen in der Runde erklangen. Die Glocken von Bibiena, von Magiena, von Camaldoli und von Picco della Verna, dazu noch die kleinen Glocken von den Kapellen. Es war ein wundersames Läuten und Klingen, das man überall in den Tälern und auf den Bergen vernahm.

Zu Farneta, einer kleinen Ortschaft, die an der Bergstraße nach Camaldoli liegt, war um diese Stunde die Familie des Bauern Marucci vollzählig in der großen Küche am Kamin versammelt, in dem ein lustiges Feuer prasselte. Ja, dieser gemütliche Kaminwinkel mußte schon recht geräumig sein, um die zahlreiche Familie, groß und klein, aufnehmen zu können. Man saß hier, eng aneinandergeschmiegt, auf einer großen Rundbank, plaudernd unter der Riesenkappe des Kamins, während in einem mächtigen Kupferkessel, der an langer Eisenkette überm Feuer hing, die Kastanien kochten.

Hier saß also am wärmsten Platz im Winkel die Großmutter Marucci, von Kindern und Kindeskindern umgeben, und weil man in der Toscana die Großmutter »Regina«, das heißt Königin, nennt, wollen auch wir ihr diesen Titel geben, während die Kleinen ihr Großmütterchen meistens »Nonna« rufen. Die Regina war schon fünfundsiebzig Jahre alt, aber noch sehr rüstig und, wie sich von selbst versteht, von der ganzen Familie wurde sie geliebt. Groß und klein begegnete ihr mit der zärtlichsten Fürsorge und Hochachtung, die man ja allen, besonders aber älteren Menschen erweisen muß. Da der alte Vater Marucci schon vor einigen Jahren gestorben war, vertrat der älteste Sohn, Maso, als Haupt der Familie seinen seligen Vater. Er führte vor allem den landwirtschaftlichen Betrieb.

Die Maruccis hatten ein Bauerngut in Pacht, mit dem nicht gar viel Reingewinn zu erzielen war, das aber die große Familie doch recht und schlecht ernähren konnte. Es kostete viel Mühe, dem etwas dürftigen Boden das Nötige zum Leben abzuringen, aber die Marucci waren bescheidene Leute, dankbar und zufrieden, wenn sie keinen Hunger leiden mußten. Und dies war nicht nötig, da es genug fleißige Hände zum Schaffen gab. Sogar die größeren Kinder halfen in den Ferien und ein wenig in der schulfreien Zeit bei den Feldarbeiten. Die alte Regina hatte fünf Söhne, die alle bis auf den jüngsten verheiratet waren. Der jüngste, Cecco mit Namen, war soeben vom Militärdienst nach Hause gekommen, und jetzt saß er neben den andern am Kamin, noch in der schmucken Uniform der Artillerie.

Da waren die Frauen der vier Brüder, brave Bäuerinnen in ihren netten, dunklen Kirchgangskleidern, über die sie Schürzen aus gestreiftem Baumwollstoff trugen. Da hockte das muntere Rudel der fünfzehn Enkelkinder und wartete darauf, daß die Kastanien bald gar sein würden. Für gewöhnlich wurden die Kinder zeitig ins Bett geschickt, weil sie schon früh am Morgen aufstehen mußten, da sie einen weiten Schulweg hatten. Am Heiligen Abend aber wurde eine Ausnahme gemacht. Da durften die Kinder aufbleiben. Den größeren wurde sogar erlaubt, mit den Erwachsenen in die Mitternachtsmesse zu gehen, während die ganz kleinen daheim bei der Großmutter blieben, die so schöne Geschichten zu erzählen wußte, die sie als Kind selbst von ihrer Großmutter gehört hatte. Da gab es Sagen und Märchen, Legenden und Träume, die sich seit Jahrhunderten von Mund zu Mund, von Geschlecht zu Geschlecht fortpflanzten. Schön ist es, wenn die Vergangenheit wie ein freundlicher Gruß in die Gegenwart ragt und immer weitergegeben wird. Auf diese Weise entsteht der Märchenbrunnen, aus dem das Volk gern schöpft, und aus dem auch wir jetzt schöpfen werden.

Oh, wie die Kinder lauschten, wenn die Regina zu erzählen begann! Wie die Kleinen sich an sie schmiegten! Heute abend würden wahrscheinlich alle Kinder daheim bleiben, weil viel Schnee gefallen war. San Fedele, die Klosterkirche, lag noch eine gute Stunde weit, und im hohen, frisch gefallenen Schnee wäre es für die Kinder kaum möglich gewesen, vorwärts zu kommen, zumal der Weg ziemlich steil war. Noch ein wenig höher als San Fedele lag das Schloß von Poppi, das mit seinem mächtigen Rundturm in der ganzen Gegend von allen Seiten erblickt werden konnte.

Noch immer läuteten die Glocken, und am Kamin wurde erwogen, wie es wohl diesmal mit dem Kirchgang sein würde. Einige Frauen meinten, es sei beinahe zu kalt, vielleicht doch ein wenig zu unbehaglich, sich mitten in der Nacht ins Freie zu wagen. Die Kinder jedoch protestierten einstimmig: »Wenn aber doch heute das Christkind geboren ist, müssen wir hingehen, ob es draußen schneit oder nicht. Wenigstens einige von uns müssen in der Kirche sein. Wenn alle nicht gehen wollten, würde das Christkind so gut wie allein in der Krippe liegen. Wir wollen es ansehen gehen.«

»Schon recht«, entgegnete eine der Mütter, »ihr wißt wohl, daß es mit dem Ansehen allein nicht getan ist, wenn nicht das Herz selbst die Krippe ist, in dem das heilige Kind am liebsten wohnt. Ihr könnt morgen zur Messe gehen, wenn es draußen hell sein wird. Wenn es sich heute nacht recht ausschneit, haben wir vielleicht morgen klares Sonnenwetter.«

»Es ist aber auch schön, wenn die Sterne scheinen und wir mitten in der Nacht zur Kirche gehen dürften«, wagte die zwölfjährige Annina einzuwenden.

»Es ist aber nicht sternklar heute nacht.«

»Hat der liebe Gott denn nicht den Bethlehemsstern heute nacht ausgehängt?« So fragte der vierjährige Michael, der freilich wohl ahnte, daß man ihn nicht mitnehmen würde, doch wollte er gerne wissen, wie es in der Weihnachtsnacht zugeht.

»Du bist ja selbst ein Sternlein, Michelino«, scherzte Gabriela, Michaels sechsjähriges Schwesterchen. Sie zog ihr Brüderlein an sich und fuhr ihm mit der Hand spielerisch in sein blondes Kraushaar.

»Sag, Mammina, ist's wahr, daß ich ein Stern bin? Bin ich denn nicht Michelino?«

»Beides bist du«, wurde ihm von allen Seiten versichert, und wie zum Beweis sangen ihm die Kinder ein kleines Weihnachtslied vor, in dem immer wieder ein Refrain vorkam, der besonders lieblich aus Kindermund erklang: »Stern, der mich den Sternen ähnlich macht.«

Als die Kinder ihr Liedlein beendet hatten, stand Maso von seinem Platz auf, um draußen vor der Haustür einmal nach dem Wetter zu sehn. Ein eisiger Wind fegte zur Küche herein, und Maso kam rasch wieder zurück.

»Der Schnee friert sogar. Mir scheint, das ist kein Wetter, um auf den Berg zu steigen. Der Schneefall hat freilich nachgelassen. Aber der Himmel ist dickgrau wie Radiergummi.« Die Kinder lachten. Für die Frauen aber war es an der Zeit, sich einig zu werden, ob man den Kirchgang wagen solle oder nicht.

Carola, so hieß die Frau des Maso, meinte resolut: »Nein, wir Erwachsenen gehen auf alle Fälle. Soll man sich vor der Kälte fürchten, wenn man nur einmal im Jahr zur Christmette geht? Fürchten wir uns vielleicht vor der Hitze im Hochsommer, wenn es gilt, das Korn einzubringen? Wir müßten uns vor uns selber schämen, wenn wir hier sitzenbleiben wollten. Also los, beeilen wir uns! Giovanni und Pierino können mitgehen, und das kleine Gelichter bleibt bei der Nonna.« Wenn die energische Frau Carola etwas anordnete, gab es selten Widerspruch, und die jüngeren Schwägerinnen zeigten sich stets nachgiebig. In einer so großen Familie, wo eines so nahe neben dem andern ist, kann nicht jeder nach seinem eigenen Kopf handeln, vielmehr muß jeder einzelne mehr an alle als an sich selbst denken. Wie Maso die Aufsicht über die Feldarbeiten hatte, so hatte Carola die Leitung des Haushalts übernommen. Die Schwägerinnen sowie auch die vielen Kinder hatten sich der Hausordnung Frau Carolas zu fügen, die jedoch ihr Amt nie zur Herrschsucht mißbrauchte, da sie gewissenhaft auf das Wohl sämtlicher Hausgenossen bedacht war.

Während nun Carola die Kastanien vom Feuer nahm, rasch den Tisch deckte, den Kindern die Kastanien austeilte, hatten sich die andern Frauen in den ersten Stock begeben, um Tücher, Rosenkränze, Hüte und Gebetbücher zu holen. Cecco blieb in der Kaminecke sitzen, die Holzschüssel mit den Kastanien neben sich auf der Bank. Carola fragte ihn: »Nun, Cecco, was ist mit dir? Willst du nicht mitkommen?«

»Nein, ich möchte hierbleiben. Ich werde morgen früh mit den Kindern in die Messe gehen. Schau, Carola, ich war so lange nicht daheim und möchte bei der Mutter bleiben, um von ihr wieder einmal die Geschichte von König Salomo und der Königin Saba zu hören.«

»Gut, mach nur, wie du willst«, entgegnete Carola.

»So, da seid ihr ja schon marschbereit. Nina, hast du mir mein dickes Tuch mitgebracht? Nun, ihr seid ja gehörig eingemummelt. Man möchte meinen, wir seien Nordländer, weil ihr euch bis an die Nasenspitze in Wolle einpackt.«

Alles lachte, während die Frauen sich noch eilig die Schürzentaschen mit warmen Kastanien anfüllten. Die Männer trugen in dieser im Winter recht rauhen Gegend große, hohe, braune Hüte, die mit dickem grünen Flanell gefüttert waren, während die Frauen schwere, befranste, an den Rändern mit bunten Blumen bedruckte Tücher trugen, die groß und lang wie Mäntel waren.

Dann endlich erfolgte der Aufbruch. »Addio, Mammina, addio, Babbo, grüßt das Christkind. Sagt ihm, wir kommen morgen. Gleitet nicht auf dem Wege aus! Kommt bald wieder! Dürfen wir aufbleiben, bis ihr zurückkommt?« So rief es durcheinander.

»Jajaja, macht, wie ihr wollt. Unterhaltet euch gut und bleibt brav. Auf Wiedersehn alle miteinander. Auf Wiedersehen.«

Cecco, dem es gefiel, jede freie Stunde neben seiner Mutter zu weilen, setzte sich neben sie, nahm zärtlich ihre welke Hand in seine beiden kräftigen Hände und sagte dann nach einer kleinen Pause: »Oh, Mammina, weißt du noch, als du meinen Geschwistern und mir zum erstenmal die Geschichte vom König Salomo erzählt hast? Damals war ich noch ein kleiner Junge. Es kommt mir vor, als wäre es gar nicht so sehr lange her. Und doch . . . Wieviel hat sich inzwischen geändert!«

»Das kann man wohl sagen«, entgegnete die Mutter leise seufzend, »damals lebte dein Vater noch, und die Brüder waren noch nicht verheiratet, und die vielen Kleinen waren noch nicht da. Ja, wir meinen euch, ihr kleines Volk.«

»Und wo waren wir denn, als ihr so allein wart?« erkundigte sich der kleine Michael.

»Ja, darüber wollen wir heute abend nicht sprechen, das führt ein bißchen zu weit«, gab die Nonna zurück.

»Ja, und jetzt sind wir ja auch da, und drum erzähle uns jetzt die Geschichte. Bitte, liebe gute Nonna, laß dich nur nicht zu lange bitten.«

»Bewahre, ihr habt ganz recht«, sagte die Nonna, »denn wenn ich zu spät beginne, werden wir an diesem Abend sicher nicht fertig. Ihr müßt wissen, daß es eine lange Geschichte ist. Ob sie sich buchstäblich genau so zugetragen hat, wie ich sie berichten werde, weiß ich nicht, zumal ich selbst nicht dabeigewesen bin. Nur vom Hörensagen weiß ich noch davon.«

König Salomos Zepter und die Krone der Königin von Saba

Vor vielen, vielen Jahren wurde einmal in unserer Gegend, in Montecornioli, ein Greis mit langem Haupthaar und mit einem schlohweißen Bart gesehn, der dem Manne bis zum Gürtel reichte. Bekleidet war der Fremde mit einem seidenen Kapuzenmantel, und auf dem Kopfe soll er einen recht bunten Turban aus kostbarem bunten Stoff getragen haben. Er kam geritten auf einem weißen Maulesel. Ein schwerbeladener, doch völlig mit weißem Segeltuch bedeckter Wagen folgte ihm. Dieser Wagen wurde von fünf Männern, die Lanzen trugen, begleitet, und die Lanzenträger duldeten nicht, daß jemand sich dem Wagen näherte. Dem Wagen folgte noch ein Mann, der auch einen Kapuzenmantel trug, doch war er alles in allem viel einfacher gekleidet als der Anführer des Zuges. Ihr könnt euch wohl vorstellen, wie erstaunt die Leute von Montecornioli waren, die ja ohnehin den lieben langen Tag über nicht grad viel Neues zu sehen bekommen. Leider ließen sich die wunderlichen Fremdlinge nicht ansprechen und also auch nicht nach dem Woher und Wohin befragen. Die Montecornioler konnten dem Aufzug nur höchst verdutzt nachsehen, und es hat sich nur feststellen lassen, daß die seltsame Karawane bergan strebte und in der Nähe des Gipfels, offenbar innerhalb einer Höhle, mit Wagen und Maulesel und dem ganzen Drum und Dran verschwunden war. Gut, das war das. Ja, jetzt wußten die Dorfbewohner etwas Neues und auch wiederum nicht genug Neues. Den ganzen Abend über saß man vor den Haustüren, um sich über die höchst rätselhafte Erscheinung zu unterhalten. Man hatte ja nicht die leiseste Ahnung, was das alles zu bedeuten hatte. Man zerbrach sich vergeblich den Kopf, aber das gefiel denen von Montecornioli nicht übel.

Am nächsten Morgen gingen manche sogleich vors Haus, nur um zum Berggipfel hinanzusehen. Die herrliche Sonne sahen sie freilich jeden Tag hinter den Bergen am Himmel emporsteigen, aber dieses schöne Morgenwunder war es nicht allein, das die Augen der Leute fesselte. Nein, es war noch etwas anderes. Nämlich mitten in den Strahlen der Frühsonne, genau an jener Stelle, an der tags zuvor die merkwürdige Erscheinung verschwunden war, erblickte man ein kleines Haus, ein richtiges Haus mit Fenstern, Türen, sogar mit einem Schornstein auf dem Dach, kurzum, ein Haus, und zwar eines, das niemals vorher dagewesen war. Das war hingewundert. Wie hingeträumt lag es da, und alle Leute rieben sich die Augen, kniffen sich in den Arm, gaben sich sogar gegenseitig kleine Ohrfeigen, nur um sich zu vergewissern, daß sie nicht träumten. Sie rüttelten und schüttelten sich, um sich allenfalls wach zu bekommen, aber sie waren wach und blieben wach. Und das Haus blieb sicher stehen, wo es stand. Man sah deutlich, die Läden waren geschlossen, und um das Haus herum war den ganzen Tag über kein menschliches Wesen zu erblicken. Und am nächsten Tag war es genau dieselbe Geschichte. Man versäumte viel Zeit in Montecornioli, und wer nur wenige Minuten Zeit hatte, benutzte diese sicherlich, um zum Berghaus hinanzustarren, weil man der Meinung war, es würde genau so plötzlich verschwinden, wie es entstanden war. Das Haus blieb aber stehen, wo es stand.

Das konnte nicht mit rechten Dingen zugehen. Man wagte sich nicht recht hinauf, man hatte ein bißchen Angst. Mit dem Mundwerk war man weniger ängstlich, und sehr bald hatte sich die Wundergeschichte in der ganzen Gegend verbreitet. Die Leute von Poppi und Bibiena ließen die Heuernte im Stich, um sich in Montecornioli sorglich über die näheren Umstände des Zauberhauses unterrichten zu lassen, doch wußte einer genausowenig wie der andere. Da blieb denn freilich nichts anderes übrig als hinaufzusteigen, um wenigstens das Haus einmal in der Nähe zu betrachten. Wie geplant, so ausgeführt. Vielleicht zwölf beherzte Männer und Burschen machten sich auf den Weg, doch als sie an das Haus kamen, fanden sie es verschlossen. Man klopfte bescheiden an die Tür, aber niemand rief »Herein!« Die Neugierigen legten ihr Ohr an das Schlüsselloch und glaubten, das feine Klirren von Münzen zu hören. Auch wähnte man Stimmen in einer leider unverständlichen Sprache zu vernehmen. Da man nichts in Erfahrung bringen konnte, tastete man wenigstens die Mauern des Hauses ab und stellte fest, daß es solide gebaut war wie jedes andere Haus, das zu errichten aber wenigstens einige Monate Arbeit in Anspruch genommen hätte. Ja, und dies hier war in einem Augenblick entstanden. Die Einwohner von Romena und Carvecchio kamen, die von Stia und die von Algo, aus der ganzen Umgebung kam man hinauf; doch niemandem gelang es, in das Haus zu dringen, und Gewalt anzuwenden wagte man nicht. Da man nun doch nicht hinter das Geheimnis kommen konnte, ließ man es allmählich auf sich beruhen und gewöhnte sich an den Anblick des Wunderhäuschens.

Als der Winter ins Land zog, lag das Haus, wenn auch recht eingeschneit, noch immer an gleicher Stelle. Man sprach zwar noch manchmal davon, doch war man sich darüber einig geworden, das Rätsel nicht eigenmächtig ergründen zu wollen.

Nur einen gab es im Dorf, den die Neugierde nicht zur Ruhe kommen ließ, und der für sich beschloß, der Sache auf den Grund zu gehen. Es war Turno, ein kühner Bursche von siebzehn Jahren, der einzige Sohn einer braven Witwe, der zusammen mit seiner Mutter ein bescheidenes Bauernhaus in Montecornioli bewohnte. Es braucht wohl kaum erwähnt zu werden, daß Turno seiner Mutter von seinem Vorhaben kein Sterbenswörtchen sagte. Die brave Frau wäre sicherlich nicht damit einverstanden gewesen, daß ihr Turno, noch dazu in einer mondlosen, völlig dunklen Nacht, sich zum einsamen Geisterhaus hinbegab. Nein, die Mutter, die tagsüber genug in Haus und Stall zu tun hatte, schlief fest und ruhig, als Turno leise das Haus verließ. Er hatte sich ein Laternchen, Licht und Streichhölzer mitgenommen. Um die Hüften hatte er sich ein Seil gebunden in der Annahme, er würde es brauchen können. Im Gürtel hing ihm ein großes, starkes, handfestes Krummesser. So ausgestattet, machte sich Turno auf den Weg.

Es war wahrlich kein Vergnügen, sich in stockfinsterer Nacht den Wind um die Ohren wehen zu lassen. Im Wald schlugen die dürren Zweige der entlaubten Bäume wie klappernde Knochen aneinander, aber jetzt konnte Turno es sich nicht leisten, Angst zu haben. Wer A sagt, muß auch B sagen. Das begonnene Unternehmen, sei es auch noch so ungemütlich, mußte ausgeführt werden. Als Turno nach beschwerlichem Wege endlich am Ziel war, blickte er zunächst wie alle andern mit einem Auge durchs Schlüsselloch. Die Nacht schien im Häuschen genauso finster zu sein wie draußen. Turno probierte es mit dem andern Auge, doch dieses vermochte auch nicht mehr als sein Brüderchen zu erkennen. Es kam dem Turno vor, als habe er noch nie eine so pechschwarze Nacht gesehen wie diese. Nur das Klimpern der Münzen klang ihm recht gemütlich und verführerisch in die Ohren. Da wird Geld gezählt, dachte sich Turno, und sicherlich wird es sich hier nicht nur um Rappen handeln, sondern um Franken, wenn nicht gar um Gold. Da begann Turno die Geldzähler um ihre angenehme Beschäftigung zu beneiden. Da er sich aber nicht traute, die Tür aufzubrechen, ja nicht einmal anzuklopfen wagte, schwang er sich geschickt auf das Dach des niedrigen Hauses und versuchte hier, von oben durch den Schornstein zu blicken. Er bemerkte einen schwachen Lichtschein, der nur die Asche im Kamin erhellte. Das war wenig genug. Es läßt sich leicht denken, daß es auch sonst oben auf dem Dach, wo der Wind von allen Seiten wehte, alles andere als behaglich war; aber da er es ja nicht anders gewollt hat, kann man wenig Mitleid für ihn aufbringen. Oder geht es einem von euch etwa besser? Turno kauerte sich an einer Stelle des Schornsteins nieder, wo es ihm vorkam, als bliese der Wind nicht gar so grausam, und in dieser Position gedacht er abzuwarten. Er sagte sich: »Einmal werden die Geldzähler wohl auch müde und müssen zu Bett gehen, wie es bei ordentlichen Leuten üblich ist. Sobald dies geschehen ist und sie eingeschlafen sein werden, will ich mein Seil um den Schornstein schlingen, mich durch den Kamin hinabgleiten lassen, und dann werde ich mit dem Geldzählen an der Reihe sein. Es muß gewiß eine sehr hohe Summe sein, da die Zählerei kein Ende nehmen will. Nun, man muß auch warten können, wenn man es zu etwas bringen will.«

Turno wartete und wartete, fühlte sich allmählich trotz der großen Kälte schläfrig und war schon nahe am Einnicken.

Da plötzlich wurde er von einem strahlend-hellen Licht überrascht, das von unten aus dem Schornstein heraufstieg, und beinahe in derselben Minute erschien vor Turnos erstaunten Augen eine helle Gestalt, die er des strahlenden Lichtes wegen nicht gleich erkennen konnte. Alsbald jedoch sah er die Erscheinung in der Luft schweben. Turno, starr vor Verwunderung, hielt den Atem an. Oh, so etwas Schönes hatte er in seinem ganzen Leben noch nicht gesehen! Ein Engel war es, ein wunderschöner Engel in einem schneeweißen Gewand, das aus Flor und Duft gewoben schien, während die großen Flügel vor lauter Licht in den zartesten Farben zu beben schienen. Da Turno, von diesem Anblick völlig benommen, dem herrlich schwebenden Engel nachsah, der sich in die Nacht verlor und doch die Nacht so freundlich erhellend, hatte er nicht bemerkt, wie in rascher Folge eine ganze Schar dieser wundersamen Lichtvögel aufgetaucht war, die in verschiedenen Richtungen den Dörfern zuflogen. Ein unsagbar feines, melodienreiches Klingen und Singen drang an Turnos Ohr. Es war das Hosianna der Engel, das er vernahm.

Oh, sollte man nicht annehmen, daß Turno, nachdem er so etwas Liebliches hatte erblicken dürfen, sein bedenkliches Vorhaben nunmehr aufgeben würde? Leider, leider hatte Turno gar nicht daran gedacht, daß es die Christnacht war, die er sich für sein vorwitziges Tun ausgesucht hatte. Dies zwar nicht absichtlich, aber als er die Engel sah, fiel ihm gleich die Heilige Nacht ein, in der das Christkind doch auch für Turno wie für alle Menschen einmal geboren wurde. Ja, es fiel ihm schon ein, doch verscheuchte er den Gedanken. Er wollte nicht den beschwerlichen Weg umsonst gemacht haben, wollte durchaus seine Neugierde, womöglich auch seine Habsucht, befriedigen. Er hörte nicht auf die Stimme des Gewissens, die zugleich die Stimme unseres Schutzengels ist. Wie gut wäre es gewesen, wenn er der leisen Mahnung gefolgt hätte. Er aber hörte nur auf die Verlockung des Bösen, das uns meistens viel einschmeichelnder und angenehmer klingt als das Gute, das sich nur schlicht äußert.

Nun aber, sehen wir zu, wie die Geschichte weitergeht. Kaum waren die Engel Turnos Blicken entschwunden, als er auch schon sein Seil am Schornstein festband, und bei seiner großen Geschicklichkeit war es ihm ein leichtes, in das Innere des Häuschens zu gelangen. Unten angekommen, zündete er sich zunächst sein Laternenlicht an und hielt Umschau. Er befand sich in einem erstaunlich großen Raum, dessen Weite und Breite in keinem Verhältnis zur Kleinheit des Hauses stand, wie man es von draußen sah. War das Haus nur eine Täuschung? War es nur ein Vorbau, der zu viel größeren Räumen führte? Im ersten Raum war nichts von Geld zu entdecken. Nirgends war ein Tisch oder ein Stuhl, nichts, was an eine menschliche Behausung erinnern konnte. Von der Decke herab hingen viele Eiszapfen, gleich Kristallen aneinandergereiht, doch konnte Turno nicht darüber ins klare kommen, ob dies natürliche Eiszapfen oder edle Steinkristalle waren. Der kostbare Schimmer jedoch verwirrte ihn, und ein starkes Verlangen nach Reichtum und Glanz stieg in seiner Seele auf. Dennoch versagte er sich, einen der Kristalle zu berühren, obwohl er die Herrlichkeit mit seinen Händen hätte erreichen können.

Da er zunächst die Räume zu erforschen gedachte, öffnete er eine Tür, durch die er in die eigentliche Höhle des Berges gelangte. Er durchschritt einen schönen, hell erleuchteten Saal, und es ließ sich nicht feststellen, woher das Licht kam. Weil der Saal vollkommen leer war, hielt Turno sich hier nicht auf, sondern ging weiter, durch eine zweite Tür hindurch, und kam in einen Saal, der noch heller war als der vorige. Und hier nun sah Turno auf einem Throne jenen Greis in tiefem Schlafe sitzend, der seinerzeit den seltsamen Zug von Montecornioli angeführt hatte. Turno begann an allen Gliedern zu zittern. Er befürchtete, der alte Mann könne erwachen und ihn, Turno, als einen frechen Eindringling zur Rede stellen. Turno zog daher seine Schuhe aus, um beim Gehen nur ja kein Geräusch zu verursachen. Er bemühte sich sogar, auf den Zehenspitzen zu gehen, schlich sich zu den vielen Truhen, die nebeneinander nahe den Wänden aufgestellt waren. Jede Truhe hatte einen mit schmalen Goldleisten eingefaßten Glasdeckel, so daß Turno schon von außen sehen konnte, was ungefähr die Truhen an Schätzen bergen mochten. Das war natürlich sehr angenehm, daß man sofort Überblick hatte, doch war diese Einrichtung nicht etwa Turnos wegen angebracht worden, aber das hätte ich wohl kaum zu sagen brauchen. Ja, hier krimmelte und wimmelte es nur so von Glanz und Geschmeide, und Turno mit seinen einzigen zwei Augen hatte wahrhaftig genug zu tun, diesen schier unmenschlichen Reichtum, der hier aufgestapelt war, zu bewältigen. Mein Gott, was war da alles beisammen! Die Damen von zwanzig königlichen Hochzeiten hätten sich mit diesem Schmuck zieren können und hätten dann immer noch zuviel gehabt. Da gab's Broschen mit köstlichen Steinen, die in sämtlichen Regenbogenfarben leuchteten, Ringe mit Steinen, die wie Blitze funkelten. Edelsteine, die wie Sonnen strahlten, Sonnen von unermeßlichem Werte. Halsbänder aus Türkisen und Korallen, Armbänder, die an das reine Licht des Mondes erinnerten, Perlen, die wie Tautropfen auf Blumen in der Frühsonne schimmern, kurzum, es war unbeschreiblich schön, und was die Fülle der Kleinodien anbetraf, war gar kein Ende abzusehen. Zwei Truhen erregten die besondere Aufmerksamkeit Turnos. Die eine war mit nußgroßen Saphiren ausgelegt. An der Innenwand war in geschliffenen Türkisen der Name »Salomo« zu lesen. Auf dem Boden der Truhe lag auf dunkelrotem Sammetkissen ein Zepter aus edelstem Golde und mit den herrlichsten Edelsteinen besetzt. In der andern Truhe lag auf rosafarbenem Sammetkissen eine märchenhaft schöne Goldkrone, deren sieben hohe Zacken mit Smaragden besetzt waren. Turno stand wie geblendet vor diesem Traum von Schönheit.

Er hatte von frühester Kindheit an ein recht ärmliches Leben geführt. Er hatte, wie dies ja bei Bergbewohnern oftmals vorkommt, auch schon Hunger gelitten. Und jetzt sah der arme Bursche so viele Kostbarkeiten hier ausgebreitet, von denen vielleicht der Erlös eines Armbandes genügt hätte, um zeitlebens niemals Not zu leiden. Wenn man nur ein paar Stücke zu Geld machen könnte, so dachte Turno, wie viele arme Menschen würde man beglücken können! Turno warf einen scheuen Blick auf den schlafenden Greis, der indessen nicht im entferntesten ans Erwachen zu denken schien. Gestorben war er jedenfalls nicht, denn Turno vernahm seine tiefen, regelmäßigen Atemzüge. Da überlegte Turno es sich nicht länger, ging zu einer der Truhen, hob mühelos den Deckel empor und griff eine Handvoll Edelsteine heraus, die er in die Tasche gleiten ließ. Dann überlegte er sich, ob er noch einen zweiten Griff wagen solle, ließ es aber bei dem einen bewenden, und so ging er bei seinem Diebstahl wenigstens mit einer gewissen Bescheidenheit vor.

So, jetzt würde alle Not mit einem Schlage ihr Ende erreicht haben. Die Mutter konnte von nun an in Samt und Seide gehn, konnte einen Federhut tragen, wenn sie Verlangen danach trug, aber wir werden später sehen, ob Turnos Mutter Lust auf Federhüte und Sammetkleider hatte, die noch dazu von gestohlenem Gut herrührten. Ein paar himmelblaue Steine an einer feinen Goldkette machten Turno den Eindruck, als hätten sie nichts dagegen, mitgenommen zu werden, und drum ließ er diese, und noch ein paar Goldringe dazu, in die andere Tasche gleiten. Vielleicht, man möchte es hoffen, geschah dies weniger aus Habsucht als um das richtige Gleichgewicht auf beiden Seiten herzustellen. Dann aber verließ Turno, etwas rascher, als er gekommen war, den Saal, den tüchtigen Wächter in tiefem Schlafe zurücklassend. Da gab's natürlich kein Lebewohl und auf Wiedersehn.

Kaum war Turno auf dem Dache angelangt, als er in der Luft abermals die vielen Engel schweben sah, aber ihr zartes »Hosianna« ging ihm diesmal sehr zu Herzen. Die Engel bewegten sich fliegend auf das Häuschen zu, und am liebsten hätte Turno die geraubten Sachen wieder an Ort und Stelle gebracht. Schon begann er seine Tat zu bereuen, doch hielt ihn eine falsche Scham zurück, das Unrecht wiedergutzumachen. Er fürchtete, die Engel könnten ihn auf dem Dache bemerken, und als er das Rauschen der Flügel vernahm, sprang er eilends hinab. Er stolperte beim Hinabspringen, fiel, stand auf und fiel abermals. Er spürte eine Schwäche in den Gliedern, als sei er schwerkrank. Seine Schuhe hatte er im Saal der Kostbarkeiten vergessen, und so mußte er auf den Socken den Heimweg antreten. Eisigkalt war es ihm an den Füßen, aber noch kälter im bedrängten Herzen. Mehr tot als lebendig kam er nach drei Uhr in der Nacht daheim an. Die Mutter hatte indessen keinen rechten Schlaf finden können, weil sie in großer Sorge um ihren Sohn war. Da sie, als sie ihn kommen hörte, ihn im Hausflur empfing, fiel ihr zwar nicht auf, daß er keine Schuhe an den Füßen trug, doch sah sie beim matten Schein des Kerzenlichtes sein verstörtes Gesicht.

»Turno, sag mir einmal, wo du heute nacht gewesen bist«, sagte die Mutter in strengem Ton.

»In der heiligen Messe«, entgegnete Turno kurz.

»Daß du nicht die Wahrheit sagst, wirst du selbst am besten wissen«, erwiderte die Mutter.

»Ich weiß nur, daß ich müde bin und schlafen muß. Laß mich in Ruh', Mutter. Gute Nacht.«

»Ja, gute Nacht, sehr gute Nacht sogar, und guten Morgen wird man dir auch gleich wünschen können.«

Darauf antwortete Turno nicht, sondern ging sofort in seine Kammer, wo er das Licht anzündete. Dann machte er sich daran, im Winkel des Zimmers einen Ziegelstein aus dem Fußboden herauszuheben, unter dem er die geraubten Kostbarkeiten verbarg. Nachdem er dies mit viel Mühe vollbracht hatte, legte er sich ins Bett. Er war zwar todmüde von der großen Anstrengung, doch ließ ihn sein unruhiges Gewissen trotzdem nicht schlafen. Einmal sagte er sich: »Ich habe eine schlechte Tat begangen«, dann wieder war eine Stimme in ihm, die ihm beschwichtigend vorgaukelte: »Nein, das ist gar nicht schlimm, was du gemacht hast. Man wird kaum merken, daß ein paar Steine fehlen, und du kannst sie brauchen. Kauf dir nur gleich nach Weihnachten ein paar flotte Schuhe, einen hellgrauen Anzug, einen eleganten Kalabreserhut und ein buntes Seidenhalstuch. Aber vorher mußt du nach Florenz gehen, um ein paar Steine zu verkaufen. Sollst mal sehen, was du für einen Haufen Geld dafür einlösen wirst.«

Mit solchen Gedanken schlief er endlich ein. Im Traume aber erschienen ihm die Engel, die ihn tiefbetrübt und vorwurfsvoll ansahen.

Ihr werdet wahrscheinlich erraten können, wer am nächsten Morgen in der Kirche von Montecornioli bei keiner Messe anzutreffen war, und wer sich bis zum Nachmittag überhaupt nicht entschließen konnte, sich im Dorfe blicken zu lassen. Sollte euch das Raten schwerfallen, kann ich noch hinzufügen, daß der Betreffende keine Schuhe an den Füßen hatte, sondern am ersten Feiertag in ziemlich ausgetretenen Zoccoli (Holzpantoffeln) spazierengehen mußte. Ja, ganz recht, das war kein anderer als unser Turno, der abermals heimlich das Haus verließ, da seine Mutter sich in die Vesper begeben hatte. Sie ahnte schon, daß mit ihrem Jungen etwas Besonderes los war, doch wollte sie ihm Zeit lassen, sich auf das Rechte zu besinnen. Sie hoffte, er würde von selbst zu ihr kommen, ihr anvertrauen, wenn er etwas Schlimmes angerichtet haben sollte.

Als Turno im Begriff stand, einen Gang ins Freie zu unternehmen, begegneten ihm ein paar Kinder, die sich über das Weihnachtsfest unterhielten. Er hörte, wie sie einander erzählten, es seien in allen Häusern Engel dagewesen, die besonders den Armen reichliche Geschenke gebracht hätten. Die Engel seien von oben, vom Berge herab, gekommen, aus der Gegend, wo das Wunderhäuschen stünde. Da wußte Turno genug. Er ging schnurstracks dem Walde zu, um nur keinem Menschen zu begegnen. Oh, wie er sich schämte! Er hatte sich an den Gaben, die für die Armen bestimmt waren, vergriffen, und das tat ihm sehr leid. Wie war es nur möglich, diese böse Tat wiedergutzumachen? Und in welch üblen Ruf würde die arme Mutter kommen, wenn sein abscheuliches Unrecht bekannt wurde? Turno wagte gar nicht, sich das auszudenken, und fühlte sich doch gezwungen dazu. Bis gegen Mitternacht irrte er im Walde umher, ohne auch nur Hunger oder Durst zu empfinden.

Da er sich endlich entschloß, nach Hause zu gehen, hörte er plötzlich über sich in den Bäumen ein Rauschen wie von Flügeln. Er blickte hinauf und erstarrte fast vor Schreck, als eine ungeheuer große Fledermaus mit feurigen Augen ihm erschien und ihn ansprach: »Höre, Turno, du hast dem Teufel einen großen Dienst erwiesen, indem du die Juwelen und das Gold aus dem Häuschen gestohlen hast. Wisse denn, daß es sich um den Schatz des Königs Salomo und den der Königin von Saba handelt, unermeßliche Schätze, die bei der Zerstörung Jerusalems durch Engel und fromme Menschen gerettet worden und in Sicherheit nach Montecornioli gebracht worden sind. Die Engel durften frei über die Kostbarkeiten verfügen, doch nur unter der Bedingung, daß nichts davon entwendet wird. Nun aber, da du dieses getan hast und die Engel auf keinen Fall mehr nach Montecornioli zurückkehren können, will der Feind alles Guten dich hoch belohnen. Der Teufel selbst gestattet dir, nach Belieben in die Höhle zurückzukehren und dir anzueignen, was immer dir zu nehmen gefallen wird. Sogar das Zepter des Königs Salomo und die Krone der Königin von Saba soll dein eigen sein, wenn du fortan nur dem Bösen treu bleiben wirst.«

»Nein! Nein! Nein!« So schrie Turno laut auf, sank in die Knie und machte das Segenszeichen des Kreuzes, worauf das Ungetüm von Fledermaus, wie vom Blitz getroffen, auf die Erde fiel, die sich sofort öffnete, so daß ein tiefes Loch entstand, in dem die Fledermaus spurlos verschwand, während das tiefe Loch noch heutigentags zu sehen ist, und jedermann, der hier vorbeigeht, gibt acht, daß er nicht hineinfällt.

Als Turno zu seiner Mutter kam, war diese über sein

elendes Aussehen so erschrocken, daß sie tiefes Mitleid mit ihrem Sohne empfand. Er indessen war nicht fähig, auf ihre teilnehmenden Fragen zu antworten. Er war offensichtlich schwer erkrankt. Verwirrt und fiebernd mußte er sich ins Bett legen. Die Mutter ließ sogleich den Arzt rufen. Der aber konnte ihm nicht helfen, denn der Körper war nur krank, weil vor allem Turnos Seele krank war. Doch wurde dies nicht sogleich erkannt, und so blieb der arme Turno wochenlang ohne Hilfe, nur von seiner Mutter treu gepflegt.

In dieser Zeit soll man auf dem Gipfel von Montecornioli zwei Dämonen gesehen haben, die als beflügelte Ungeheuer jeden Abend und wahrscheinlich die ganze Nacht hindurch ihr Wesen getrieben haben. Wer sich in die Nähe des Wunderhäuschens wagte, wurde durch einen widrigen Schwefelgeruch beinahe erstickt. Es ließ sich kaum mehr atmen in dieser Gegend. Die Kunde von der Erscheinung der Dämonen wurde dem Abte von Camaldoli, dem frommen Romuald, gebracht, der gemeinsam mit einigen Mönchen sich an den verrufenen Ort begab, um durch Aussegnung der ganzen Gegend den bösen Geist zu bannen. Doch alles Segnen half leider nicht viel. Es wurden Fasten und Gebete der ganzen Gemeinde auferlegt, was für die Leute eine gute Übung war, aber die Dämonen ließen sich dadurch nicht verscheuchen.

Turno lag so schwer krank, daß die Mutter ihn am Ende seines Lebens glaubte. Sie ließ daher einen Priester kommen, der ihn durch eine gute Beichte und durch die heilige Kommunion mit dem lieben Gott versöhnen sollte. Es war ein Bruder aus dem Kloster von Camaldoli, der die Gnadengabe besaß, sofort den Zustand Turnos zu erkennen. Kaum hatte Turno eine reumütige Beichte abgelegt und das geraubte Gut unter die Armen verteilt, als er auch schon völlig gesund wurde. Danach soll er eine Pilgerfahrt nach Verna gemacht haben, wo er drei Tage über unablässig im Gebete verblieb. Ferner, so erzählt man, soll er die Madonna von San Fedele besucht und danach noch einen Bußgang nach Camaldoli unternommen haben. Hier, im Kloster von Camaldoli, ist er als Laienbruder aufgenommen worden, und als solcher hat er sein ferneres Leben in großer Frömmigkeit verbracht. Einen Teil der Juwelen legte Turno zu Füßen des Altares bei der Gottesmutter von San Fedele nieder. Das Halsband und das Diadem, das Unsere Liebe Frau an hohen Festtagen schmückt, soll aus dem Schatze jenes sagenhaften Wunderhäuschens stammen. Die Dämonen hat man seit jener Zeit nie wieder gesehen, aber leider die lieben Engel auch nicht mehr, und darum sieht es auch jetzt mit den Weihnachtsgeschenken recht dürftig aus.

»Schade, wie schade!« seufzten die Kinder im Kaminwinkel, die der Erzählung gelauscht hatten.

»Ja, das ist wirklich schade«, gab die Nonna zu, »es wird sicherlich den Engeln selbst leid tun, daß sie nicht mehr kommen dürfen.«

»Sie können doch auch ohne Geschenke kommen«, meinte Michael. »Wenn ein kleiner Engel kommt, der noch spielen mag, darf ich ihm dann meinen Ball schenken? Weil doch Weihnachten ist. Ich habe zwei Bälle. Darf ich wohl einen weggeben, Nonna?«

»Gewiß, mein Liebling, aber gib ihn nur dem Nachbarskind, dem kleinen Tittino. Dann freut sich der Engel noch mehr, als wenn er ihn selbst bekäme.«

Nicola, ein pfiffiges Bürschlein von zehn Jahren, ergriff das Wort: »Nonna, du erzählst schon gut, aber ich kann doch nicht recht an deine Geschichte glauben.«

»Ich glaube auch nicht daran«, erklärte Francesca, ein fünfjähriges Mädelchen, das auf dem rechten Knie des

Onkels Cecco saß, während Michael sich auf dem linken plaziert hatte.

»Warum glaubt ihr denn nicht an die Geschichte? Erzählt uns das doch einmal, warum nicht?« forschte Cecco.

»Die Engel hätten es sich einfach nicht gefallen lassen dürfen, daß die braven Kinder des schlimmen Turnos wegen nichts zu Weihnachten bekommen.«

»Ja, es ist wahr. Und jetzt sind wir das ganze Jahr artig und nicht ein einziger Engel beschenkt uns dafür.« Das war Nicolas Meinung. »So, so ist das also?« scherzte Cecco, »das wußte ich gar nicht, daß das Bravsein bezahlt werden muß. Das könnte für Papa und Mama eine kostspielige Angelegenheit werden, und die ganz armen Eltern, die nur Brot, Milch und Polenta haben, wären ja sehr zu bedauern, wenn sie auch noch das Geld fürs Bravsein der Kinder aufzubringen hätten.«

»So meinen wir das nicht. Nein, ganz so nicht. Aber ein kleines bißchen muß das Bravsein doch bezahlt werden. Es ist auch anstrengend, manchmal.«

»Freilich. Und gib nur acht, daß es nicht deine Kräfte übersteigt.« Alle lachten.

Dann kam die Rede auf die Dämonen, an die zu glauben die Kinder auch wenig Lust bezeigten. Die schon dreizehnjährige Julia erklärte: »Man erzählt schöne Geschichten zur Unterhaltung und zur Belehrung. Es muß nicht alles buchstäblich wahr sein. Mit den Dämonen ist auch nur das Böse gemeint, das im Menschen sein kann, und wenn er die Dämonen vor sich zu sehen glaubt, ist es vielleicht nur eine Warnung, besser auf sich achtzugeben. Wenn man betet und nichts Böses tut, geben die Engel schon acht, daß keine Dämonen kommen, nicht wahr, Nonna?«

»So ist es, Kinder. Die Engel sind um uns, auch wenn wir sie nicht sehen.«

»Gut, daß die Engel da sind«, riefen die Kinder, und in diesem Augenblick wurde die Tür geöffnet, und die Familie kam aus der Kirche zurück.

Jede der Mütter hatte für jedes der Kinder ein Häuflein Anisplätzchen mitgebracht.

»Seht da unsere Engel«, rief Julia mit ihrer fröhlichen Stimme, indem sie ihre Mama dankbar umarmte.

»Und dies hier ist mein Engel«, jubelte der kleine Michael, sich glücklich an sein Mütterchen schmiegend, das ihrem Liebling einen Kuß gab und ihm gleich danach ein Anisplätzchen in den Mund schob.

Man saß noch ein Weilchen, sich am Feuer wärmend, plaudernd um den Kamin, den traulichen Frieden des Hauses genießend. Dann ging groß und klein schlafen, und die Kinder mögen geträumt haben von Engeln mit und ohne Flügel.

Am ersten Weihnachtsfeiertag war die Familie Marucci zu den Nachbarsleuten Fumagalli eingeladen, während die Kinder bei der Regina daheim blieben. Ihr werdet es sicher den Fumagallis nicht übelnehmen und es ihnen als Unhöflichkeit auslegen, daß sie die fünfzehn Maruccikinder nicht auch eingeladen hatten; aber die Fumagallis, noch ein junges Ehepaar, hatten ihrerseits allein zwölf Kinder, und darunter zwei Paar Zwillinge, also vier ganz kleine Kinder, von denen zwei noch nicht laufen konnten, während das andere Zwillingspaar sich in den ersten Schritten mit noch nicht allzu großem Erfolg übte. Wenn auch auf dem Lande in der Toscana unglaublich viele Kinder in einer Küche Platz finden können, ohne zu sehr aneinanderzugeraten, läßt sich doch wohl einsehen, daß siebenundzwanzig Kinder beisammen, dazu elf Erwachsene, es ein wenig zu eng gehabt hätten. In einer italienischen kinderreichen Familie darf meistens der einzelne nicht allzu großen Wert darauf legen, sein eigenes Wort verstehen zu wollen, und danach muß sich auch der Gesprächspartner richten. So begnügt man sich damit, miteinander zu lächeln oder miteinander zu singen, was beinahe ein und dasselbe ist.

Die Maruccikinder hätten am liebsten gesehen, wenn sie alle miteinander, mitsamt der Großmutter, einmal zu den Fumagallis hätten gehen dürfen, doch so ein Wallfahrtszug wäre auch für die Erwachsenen ein sehr zweifelhaftes Vergnügen gewesen. Vielmehr schickte man einen Teil der Fumagallikinder ins Maruccihaus, wo jetzt am Kamin zwanzig Kinder beisammen waren und einstimmig die Regina um ein Märchen baten. Die gute Frau ließ sich nicht lange bitten, zumal sie dem lebhaften Schwalbengezwitscher der Kinder nicht mehr so recht gewachsen war. Um so angenehmer war es ihr, die kleine Gesellschaft lauschen zu sehen. Sie begann also:

Die schöne Gärtnerstochter

In der Gegend von Florenz gab es einmal einen Gärtner, dessen Frau gestorben war und die ihm eine wunderschöne Tochter hinterlassen hatte. Es stand aber recht traurig mit diesem Kind, weil es seit seiner Geburt nicht nur blind, sondern auch etwas verkrüppelt war, so daß es nur mühsam gehen konnte. Bis zu seinem zwölften Lebensjahr war das Kind bei einer Amme geblieben, die es gepflegt hatte. Eines Tages aber brachte die Amme das Kind ins Gärtnerhaus zurück und sagte dem Vater, sie könne das Mädchen auf keinen Fall länger bei sich behalten. Da es bei der Amme so gut versorgt gewesen war, fragte der Gärtner: »Warum nur bringst du mir die Tochter zurück?«

»Weil sie seit zwei Monaten den ganzen lieben langen Tag über so traurig singt, daß es uns alle im Hause melancholisch macht. Wir können diese Klagen, die einen Stein erbarmen könnten, nicht länger anhören.«

So blieb also das Mädchen daheim bei seinem Vater, der nun seinerseits sich die Klagelieder anhören mußte. Er verstand kein einziges Wort, denn es war mehr ein singendes Weinen, ein leise klingender Gram ohne Worte, der aus dem Kinde wie von selbst hervordrang.

»Was singst du denn eigentlich, mein Töchterchen?« So fragte der Gärtner voller Mitleid.

»Ich singe mein Leben. Mein trauriges Schicksal singe ich. Augen habe ich und kann nicht sehen. Beine habe ich und kann nicht gehen.«

»Liebes Kind, es gibt Schlimmeres auf der Welt. Sieh, du leidest keinen Hunger und kannst haben, was du willst. Du hast mich, deinen Vater, der dich lieb hat. Alle Blumen in meinem Garten gehören dir.«

»Wenn mein Vater mich liebte, würde er die Blume längst gesät haben, die mir das Augenlicht gibt. Wenn mein Vater mich liebte, würde er jenen Baum gesetzt haben, dessen Frucht ich essen könnte, damit ich richtig gehen kann.«

»Aber, Kind, wie kommst du nur zu solchen Torheiten?«

»Sind es Torheiten, die ich spreche, laß mich singen.« Damit nahm sie ihr Klagelied wieder auf, das dem Vater noch weher als der Amme ins Herz schnitt. Um einen großen Garten zu betreuen, bedarf es neben dem Fleiß auch der Freude, Freude an der Arbeit und Freude an den Blumen; aber der Gärtner war auf dem Wege, beides zu verlieren, und bald war er beinahe ebenso traurig wie seine Tochter.

Da er nicht genügend Zeit hatte, sich um die Kleine zu kümmern, ging er zu einer alten, braven Frau, die in der Nähe wohnte. Diese fragte er:

»Könntet Ihr nicht zu mir ins Haus kommen, um ein wenig nach meiner Tochter zu sehen? Sie ist seit ihrer Geburt blind und kann auch nicht gehen. Ich brauche jemand, der für sie sorgt. Wollt Ihr es wohl sein, gute Frau? Es wäre ein leichter Dienst, und wenn Ihr einverstanden seid, sagt mir, was ich Euch zum Lohn geben kann.«

»Gebt mir zu essen und zu trinken, dieselbe Kost, die Ihr gewohnt seid. Gebt mir eine Kammer mit einem Bett zum Schlafen. Gebt mir jeden Morgen einen Strauß schöner Blumen, und mit diesem Lohn will ich zufrieden sein und meine Pflicht treu erfüllen.«

Der Gärtner fand die Forderung der Frau zwar recht

bescheiden, doch wunderte er sich, daß sie für jeden Morgen einen frischen Blumenstrauß verlangte. Er dachte, ein oder zwei Blumensträuße in der Woche hätten der Frau genügen dürfen, wenn sie ihr Zimmer damit schmücken wollte. Er fragte daher, was sie mit den vielen Blumen machen wolle.

»Das soll nicht Eure Sache sein«, entgegnete sie, »und wenn Ihr auf diese Bedingung nicht eingehen wollt, kann ich den Dienst nicht antreten.«

Da die Frau offensichtlich eine große Blumenfreundin war, nahm der Gärtner auch an, daß sie eine besonders gütige Person sei, und da er gerade eine solche für seine Tochter suchte, war er einverstanden und sagte der Frau alles zu, was sie für ihren Dienst als Entgelt begehrte.

Die Blinde ließ sich nun von der alten Frau willig ankleiden, das Haar kämmen, das Essen vorsetzen, pflegen und spazierenführen, doch blieb sie im übrigen der freundlichen Wärterin gegenüber recht verschlossen. An sonnigen Tagen führte die Frau das Mädchen in einen lauschigen Gartenwinkel, wo es unter dem schattenspendenden Baume stundenlang verblieb, während der leise Sommerwind ihm den Duft der vielen Blumen zutrug, deren süße Schönheit das Mädchen nie gesehen hatte. Da saß die arme Kleine und summte ihre zarten Klagelieder vor sich her. Im Winter sowie an Regentagen ließ die alte Frau das Kind am Fenster sitzen, und ein Vorübergehender hätte meinen mögen, das Mädchen betrachte die schöne Landschaft, die sich weit ausdehnenden Äcker und Wiesen, die nahen Gärten, die fernen Wälder, die träumend auf halber Höhe des Berges lagen. Am Horizont hoben sich die kühnen Kurven der Gebirgskette in einem warmen Braun und Grün vom reinen Blau des italienischen Himmels ab; doch war dem kleinen Mädchen versagt, die Schönheit seiner

Heimat, die herrliche Natur Gottes zu betrachten und zu bewundern. So sang sie denn wieder und immer wieder ihr Klageliedchen, das natürlich auch für die alte Frau anzuhören recht schmerzlich war. Manchmal sagte sie zum Kinde: »Laß mich bei dir bleiben, ich will dir von den Blumen erzählen.«

»Nein, ich will nichts hören, ich will singen.«

»Aber, Herzchen, du wirst dich langweilen.«

»Nein, laß mich allein, ich will singen.«

»Hör, ich will dir ein sehr schönes Märchen erzählen.«

»Es gibt keine schönen Märchen für mich, ich will singen. Laß mich allein, ich will singen!«

Es war wirklich nicht ganz leicht, mit diesem Kinde umzugehen, doch mußte man seine Wunderlichkeiten um seines Leidens willen geduldig hinnehmen, denn es ist sicherlich ein hartes Los, nicht sehen und kaum gehen zu können. Darum ließ man auch das Kind singen, solange es wollte. Es summte aber viele Stunden vor sich her, bis es am Ende vor Müdigkeit einschlief, das Köpfchen leicht zur Seite geneigt.

Der Vater war zufrieden, daß sein Kind von der alten Frau gut versorgt wurde; aber es tat ihm im Herzen sehr weh, daß es zu keiner anderen Unterhaltung Lust bezeigte als zu den monotonen Liedchen, von denen man selten ein Wörtlein verstand. Jeden Morgen kam die alte Frau in den Garten, um sich ihren Blumenstrauß abzuholen, den ihr der Gärtner schneiden und binden mußte. Er sagte ihr oftmals: »Könnt Ihr nicht ein wenig darauf achten, was eigentlich meine Tochter singt?«

»Ach nein, das ist leider unmöglich. Sie drängt mich ja meistens, sie allein zu lassen, und da muß ich dem armen Kinde wohl den Gefallen tun, so leid mir dies auch tut. Hoffen wir zu Gott, daß es sich mit Eurer Tochter bald bessere. Ich aber will, so treu ich kann, für sie sorgen. Nun aber seid so gut, mir die Blumen zu geben. Habt Ihr sie schon gebunden?«

»Ja, ich habe sie im Gartenhaus liegen. Ich will sie Euch sofort bringen.« Da er ihr den Strauß überreichte, lobte sie die Blumen, und der Gärtner, der sich über die freundliche Anerkennung freute, fragte abermals lächelnd:

»Jetzt sagt mir aber doch einmal, gute Frau, was macht Ihr nur mit den vielen Blumen? Meine vornehmste Kundschaft braucht nicht so viele Blumen als Ihr. Möchte doch zu gern wissen, was Ihr mit den vielen Blumen anfangt.«

Da wurde das Gesicht der Alten plötzlich abweisend: »Ich habe Euch schon einmal gesagt, daß Euch dies nicht zu kümmern hat.«

»Nun denn, nichts für ungut«, erwiderte der Gärtner, aber die Geschichte kam ihm doch etwas verdächtig vor, zumal die Alte jeden Tag sich wenigstens für eine Viertelstunde vom Hause entfernte, was, an sich betrachtet, nichts Besonderes gewesen wäre, wenn sie für ihr Fortgehen eine harmlose Erklärung angegeben hätte. Dies aber war nicht der Fall. Der Gärtner machte die Entdeckung, daß die Frau mit einer gewissen Scheu, als habe sie etwas zu verbergen, die äußere Gartenmauer entlangstrich. Der Gärtner wollte nicht mißtrauisch sein, weil die Frau sein Kind so gut behütete; aber als dieses eines Tages zu singen aufhörte, sich auch sonst recht einsilbig zeigte, konnte der Gärtner sich eines schlimmen Verdachtes gegen die Wärterin nicht länger erwehren.

Er nahm sein Töchterchen in einer arbeitsfreien Stunde beiseite und fragte: »Sag mir doch, mein Liebling, warum singst du denn jetzt gar nicht mehr? So traurig mich deine Lieder auch machen, bin ich noch trauriger, wenn du ganz und gar schweigst. Sag's deinem Vater, mein Herzchen, was dir fehlt.«

»Ich kann nicht mehr singen, Vater. Sobald ich es nur

versuche, ist mir, als spüre ich eine Hand an meiner Kehle, die mich würgt.«

»Oh, du mein Armes, Kleines.« Besorgt nahm der Vater das Kind in die Arme und küßte sachte die blinden Augen.

Als aber das Kind in kurzer Zeit in immer tiefere Melancholie versank und von der alten Frau überhaupt nichts mehr wissen wollte, hielt der Gärtner es für ratsam, sie zu entlassen, was sie aber recht übel aufnahm. Ohne Gruß verließ sie das Haus.

Kaum aber hatte sie die Tür hinter sich geschlossen, als auch schon das Kind wieder zu singen begann. Es rief seinem Vater zu: »Vater, komm und hör mich singen.« Rasch kam er herbeigeeilt, und diesmal hörte er, was seine Tochter sang.

»Ich lausche und warte in stiller Nacht.
Es klopft an die Tür. Jetzt aufgemacht.
Auf Regen muß folgen der Sonnenschein.
Nach Leid kommt die Freude ins Herz hinein.
O Leben und Liebe . . .«

»Sing weiter, mein Kind, singe.«

»Wie es weitergeht, weiß ich nicht, Vater. Ich muß es vergessen haben, oder niemals gewußt.«

»Und wer hat dich dies Lied gelehrt, mein Kind?«

»Niemand.«

»Und worauf wartest du in stiller Nacht?«

»Ich weiß es nicht, Vater.«

»Wie aber ist dir denn das Lied in den Sinn gekommen, mein Liebling?«

»Es war da, Vater. Mir ist, als habe ich es mir nicht ausgedacht. Das Lied war plötzlich da, als wolle es von mir gesungen sein.«

Der Gärtner war tief erstaunt, doch beglückte es ihn, daß das Kind mit ihm sprach. Es fragte:

»Sag mir, Vater, warum bringst du nicht die Blume zum

Blühen, die meine Augen öffnen wird, damit ich sehen kann?«

»Töchterchen, wie gern würde ich dies tun! Keine Blume möchte ich lieber hegen und pflegen als jene, die dir das Augenlicht schenken könnte. Aber was für eine Blume kann das sein? Ich fürchte, kein Gärtner auf Erden kennt sie.«

Das Mädchen schien auf die Worte kaum zu achten und fragte weiter:

»Vater, warum setzt du nicht den Baum in die Erde, jenen Baum, von dessen Früchten ich essen möchte, damit ich wieder gehen kann?«

»Töchterchen, wie gern würde ich dies tun! Keinen Baum möchte ich sorglicher betreuen als jenen, dessen Früchte dir helfen könnten. Seine kostbaren Früchte möchte ich in deinen Schoß legen, und wenn die Früchte dich zu heilen vermöchten, würde ich mit dir vor Freude den guten Baum umarmen, und wir würden ihn dankbar umtanzen, Hand in Hand. Ach, Kind, warum erzählst du mir von einem Baum, den es kaum geben kann auf der Welt? Noch nie hörte ich von diesem Baum, und du wirst wohl nur von ihm geträumt haben, mein Kleines.«

»Dann laß mich weiter träumen, Vater«, erwiderte das Kind, und wieder begann es zu singen:

»Ich lausche und warte in stiller Nacht.
Es klopft an die Tür. Jetzt aufgemacht.
Auf Regen muß folgen der Sonnenschein.
Nach Leid kommt die Freude ins Herz hinein.«

Von dieser Zeit an ereignete sich in jeder Mitternachtsstunde etwas Sonderbares im Hause des Gärtners. Im besten Schlafe wurde er nämlich Punkt zwölf Uhr jede Nacht durch ein starkes Klopfen an die Türe in seiner Ruhe gestört. Jedesmal sprang er aus dem Bett, eilte ans

Fenster, um zu fragen, wer draußen sei, doch bemerkte er selbst bei hellem Vollmond keine menschliche Seele.

Am nächsten Morgen fragte der Gärtner seine Tochter, ob sie nicht das Klopfen an der Türe vernommen habe.

»Nein, Vater, ich habe nichts gehört. Du wirst geträumt haben.«

Indessen war doch nicht anzunehmen, daß er wochenlang jede Nacht denselben Traum haben konnte. Daher hatte der Gärtner allmählich, weil das Klopfen nicht aufhören wollte, die alte Frau in Verdacht, sie sei die Veranlassung des Spuks. Mehr noch, er hielt es nicht für ausgeschlossen, daß sie eine Hexe sei. Freilich hütete er sich wohl, seine Gedanken zu äußern, denn man soll nur in den allerdringendsten Notfällen, wo es sich um eine wirkliche Gefahr handelt, etwas Nachteiliges über einen Menschen sagen, und dies auch nur an jener Stelle, von der Hilfe zu erwarten ist. Der gute Ruf eines Menschen ist wie Milch, die das geringste Stäubchen zu trüben vermag. Das wußte auch der Gärtner und ging daher vorsichtig zu Werke.

Er ging zur alten Frau, in der Hoffnung, von ihr zu erfahren, was sie ihrerseits von der Klopferei hielte, und aus Antwort und Benehmen vielleicht seine Schlüsse zu ziehen. Die alte Frau war aber fortgezogen, und kein Mensch in der Nachbarschaft wußte, wohin. Man erzählte dem Gärtner, daß sie viel das Spinnrad gedreht habe, doch habe niemand gewußt, was sie mit dem vielen Garn anstelle. Das ging ja nun freilich keinen Menschen etwas an, aber neugierig, wie Leute ja manchmal sind, hatte man die alte Frau doch befragt:

»Was macht Ihr nur aus dem vielen Gesponnenen?«

Da hatte die Frau ärgerlich gebrummt: »Ich drehe eine Schnur, an der Ihr Euch aufhängen könnt.« Das war nicht liebenswürdig geantwortet, aber die alte Frau war eine Einsiedlerin, die ungestört für sich leben wollte.

Als nun der Gärtner, in Gedanken versunken, in sein Haus zurückkehrte, fiel ihm auf dem Wege eine längst vergangene, halbvergessene Geschichte ein, die ihm seine verstorbene Frau erzählt hatte. Diese nämlich hatte eines Tages vor der Gartentüre einen schönen Knäuel Zwirn gefunden, den sie bei sich aufhob. Sie nahm an, irgendeine Nachbarin habe den Zwirn verloren und würde ihn vielleicht bei ihr suchen kommen. Die Frau vergaß jedoch, ihrerseits sich zu erkundigen, ob jemand den Zwirn verloren habe. So kam es, daß der Knäuel über ein Jahr im Schubfach liegenblieb, wo die Frau dergleichen aufzubewahren pflegte. Eines Tages aber, da sie gerade um Zwirn verlegen war und sich nicht die Mühe nehmen wollte, welchen zu kaufen, nahm sie unbedenklich den gefundenen Zwirn, um mit diesem die kleine Ausstattung für ihr erstes Kind zu nähen.

Kaum war sie mit dem letzten Hemdchen fertig, als auch eine Frau des Weges daherkam und die junge Mutter fragte: »Sagt, habt Ihr nicht einen Knäuel Zwirn gefunden?«

»O ja«, entgegnete die junge Frau, »ich bin aber recht in Verlegenheit, da ich Euch den Zwirn nicht zurückgeben kann, weil ich meinem Buseli die Jäckchen und Hemdchen sowie die Windeln damit genäht habe. Doch sagt mir, bitte, wieviel der Zwirn kostet. Ich will Euch gern das Geld dafür geben, damit Ihr Euch neuen Zwirn kaufen könnt.«

»Damit ist mir wenig gedient«, antwortete die alte Frau, »die Schätze eines Königs würden nicht genügen, mir den Zwirn zu vergüten.« Damit drehte sich die alte Frau um und verließ unwillig das Haus.

Das Ehepaar mußte viel lachen über solch kostbaren Zwirn. Die junge Gärtnersfrau lachte aber leider nicht mehr lange. Sie wurde krank, mußte sich ins Bett legen und starb wenige Wochen nach der Begegnung mit der alten Frau.

Da nun der Gärtner an diese seltsame Geschichte zurückdachte, fiel ihm urplötzlich ein, daß sein Kind verzaubert sein könne, weil die Erstlingswäsche mit dem geheimnisvollen Zwirn genäht war. Er wünschte jedenfalls der Sache auf den Grund zu kommen und hätte gar zu gern sicher gewußt, ob jene alte Frau, die zur Mutter seines Kindes gekommen war, dieselbe Frau war, die hier in der Gegend so viel Zwirn spann und der er seine Tochter einmal in Obhut gegeben hatte.

Als er heimkam, fand er die Kleine bitterlich weinend vor. Sie begann auch gleich ihre Not zu klagen: »Ach, Vater, es hat an die Tür geklopft, und ich habe nicht rechtzeitig öffnen können. Ich versuchte die Treppe hinabzusteigen, aber als ich endlich unten ankam, war niemand mehr da.«

»Beruhige dich, mein Kind. Es wird jemand gewesen sein, der Blumen kaufen wollte. Er wird sicher zurückkommen.«

»Ach nein, Vater, es muß etwas anderes gewesen sein.

Ich lausche und warte Tag und Nacht.
Es klopft an die Tür. Jetzt aufgemacht.
Auf Regen muß folgen der Sonnenschein.
Nach Leid kommt die Freude ins Herz hinein.

Ach, Vater, wenn es nicht wieder klopfen würde!«

Das arme Kind begann abermals zu weinen, und der Vater wußte nicht, wie er es trösten sollte.

»Warte, Kindlein, ich bringe dir jetzt einen Strauß frische Blumen.«

Der Gärtner beeilte sich, die schönsten Blumen abzuschneiden. Da waren herrliche Lilien, von zartem Silberschaumkraut umgeben, Rosen, soeben erblüht, weiße und rote Rosen, deren Dornen er sorglich abschnitt, edle Vergißmeinnicht und süß duftende Hyazinthen, kurzum, es war das Köstlichste an Blumen, was der Gärtner für seine Tochter aussuchte, und obwohl sie den Strauß ja nicht sehen konnte, war er gleichwohl mit viel Geschmack zusammengefügt.

Die Blinde nahm dankend die Blumen aus ihres Vaters Hand. Eine Weile atmete sie den wundersamen Duft der Blumen ein. Plötzlich aber begann sie die Blumen einzeln zu betasten, eine nach der andern behutsam mit den Fingerspitzen berührend. Dann aber ließ sie den Strauß in den Schoß sinken, begann abermals zu weinen, und wie verzweifelt zerpflückte sie die Blumen, so daß die zarten, bunten Blätter ringsherum am Boden zerstreut liegenblieben.

Als der Gärtner solches sah, fragte er bestürzt:

»Aber, Kind, warum zerstörst du die schönen Blumen?«

»Weil jene Blume, die ich suche, nicht dabei ist.«

Da begann der Gärtner nachzudenken, was das wohl für eine Blume sein könnte, die seine Tochter sich so sehr wünschte. Er brachte ihr aus seinem reichhaltigen Garten immer neue Blumen in der vagen Hoffnung, die ersehnte Blume könne sich unter den vielen andern befinden. Er bestellte sich Blumensamen aller Art und begann zu säen, und der Garten wurde immer schöner, da immer mehr fremdartige Blumen erblühten, die er, im Wunsche, seine Tochter zu heilen, ihr alle brachte.

Eines Morgens kam in einem feinen Wagen, der von vier Pferden gezogen wurde, die sämtlich Schellengurte trugen, so daß es ein lustiges, silbernes Geläute gab, ein überaus schöner junger Mann daher, der wie ein Rittersmann in goldbordierte Seide gekleidet war. Eine feine Halskrause rahmte das edle Gesicht ein. Spitzen an den Ärmeln bedeckten zur Hälfte die wohlgeformten Hände.

Der Gärtner war über solch vornehme Kundschaft aufs höchste überrascht, grüßte in ehrerbietiger Bescheidenheit, doch war er so verlegen, daß er kaum nach dem Begehr des Fremden zu fragen wagte.

»Ihr seid der Gärtner selbst?«

»Zu dienen, edler Herr.«

»Gut, pflückt mir, bitte, alle Blumen, die Ihr habt, und bringt sie mir in meinen Wagen. Ihr seht, ich habe Platz genug, und wie ich bemerke, ist Euer Garten mit Blumen vorzüglich bestellt.«

»Gnädiger Herr, gern will ich Euch eine schöne Auswahl von Blumen überlassen, doch kann ich Euch nicht alle geben, da ich die schönsten meiner Tochter lassen muß.«

»Und was macht Eure Tochter mit den Blumen?«

»Sie betastet sie und wirft sie fort.«

»Oh, das finde ich nicht recht. Sagt, ist jenes Mädchen dort unterm Baum Eure Tochter?«

»Ja, das ist sie«, antwortete der Gärtner und blickte wehmütig hinüber.

Der junge Mann trat ein paar Schritte näher, blieb dann wie gebannt stehen. Welch ein bezaubernd schönes Mädchen! Das helle, blonde Haar war wie feinstes Gold. Die langen weichen Locken schmiegten sich an ein engelhaft schönes Gesicht.

Sie schien auf ihre Umgebung nicht zu achten, und doch war dem jungen Mann, als müsse er eigentlich von ihr gesehen werden.

»Warum sieht sie mich nicht an?« fragte er.

»Weil sie blind ist.«

Ach! Blind . . . Voller Mitleid betrachtete er das schöne Mädchen und wandte seine Augen ab, als dürfe auch er sie nicht ansehen, da es ihr nicht möglich war, ihn zu sehen.

»Ja, edler Herr, meine Tochter ist nicht nur blind. Sie ist auch verkrüppelt, sie kann kaum gehen.«

»Oh, wie sehr leid mir das tut! Auch um Euretwillen, Herr Gärtner . . .«

»Ich lausche und warte Tag und Nacht.
Es klopft an die Tür. Jetzt aufgemacht.
Auf Regen muß folgen der Sonnenschein.
Nach Leid kommt die Freude ins Herz hinein.«

Der junge Mann stand tiefbewegt lauschend da, sah nochmals auf das wunderschöne Mädchen, das den innigen Blick nicht spürte.

»Es wird mir genügen, wenn Ihr mir nur einige Blumen, nur wenige überlassen wolltet. Nehmt dies als kleine Bezahlung, bitte, und behaltet nur die schönsten Blumen für Eure Tochter.« Damit übergab der Jüngling dem Gärtner vier Goldstücke, die er in der Verlegenheit nicht zurückzuweisen wagte, sondern nur mit herzlichem Dank entgegennahm.

Dann ging er eilends, um die schönsten Rosen zu schneiden, die er nur finden konnte, die er dem jungen Manne überreichte, der wie in einem Traum versunken seinen Wagen bestieg und fortfuhr.

Am nächsten Morgen machte abermals eine Kutsche vor der Gärtnerei halt. Diesmal entstieg dem Wagen eine sehr reich gekleidete, vornehme alte Dame.

»Ihr seid der Gärtner selbst?«

»Zu dienen, gnädige Frau.«

»Seid so gut und pflückt sämtliche Blumen Eures Gartens ab und bringt sie mir in meinen Wagen.«

»Ich kann Euch wohl viele Blumen überlassen, aber die schönsten muß ich für meine Tochter aufheben.«

»Und was macht Eure Tochter mit den Blumen?«

»Ach, sie betastet und zerreißt sie und wirft sie fort.«

»Oh, das ist aber schade. Ist jenes Mädchen, das dort unterm Baum sitzt, Eure Tochter?«

»Ja, das ist sie.«

»Was singt sie nur so traurig?«

»Sie singt vom Glück, das nicht kommen will. Sie ist blind und kann nicht gehen.«

»Oh, das tut mir leid! Hört, gebt mir nur einen kleinen Blumenstrauß, das wird mir genügen. Behaltet nur die andern Blumen für Eure Tochter.«

Während der Gärtner Rosen schnitt, blieb die alte Dame versunken in den Anblick des schönen, armen Mädchens und empfand nicht nur mit der Gärtnerstochter inniges Mitleid, sondern auch mit dem Vater. Bevor er ihr die frischen Rosen anbot, entnahm sie ihrem Handtäschchen vier große Goldstücke, die sie in die Hand des Gärtnes gleiten ließ, der sich wiederum nur bewegt bedanken konnte und die Dame bis zum Wagen führte, die mit freundlichem Gruß »Auf Wiedersehen!« wünschte.

So erfreulich auch solch noble Kundschaft für den Gärtner nun auch sein mochte, fühlte er sich dennoch tagsüber recht müde und abgespannt, weil er fast jede Nacht durch lautes Klopfen im Schlaf gestört wurde, während die Tochter das Klopfen nicht vernahm. Daß ihm dieser Umstand zu denken gab, ist leicht begreiflich. War die Tochter blind, so war sie wenigstens nicht taub, und darum war es dem Gärtner ein Rätsel, daß nur er das Klopfen vernahm, die Tochter dagegen nicht.

Dann freilich wieder kam es der Tochter vor, als habe es geklopft, doch geschah dies nur in Abwesenheit des Vaters.

Da beschloß der Gärtner, zum Schein einmal das Haus zu verlassen, um zu sehen, ob nicht doch jemand heimlich sich zu seiner Tochter begeben würde. Er sagte ihr daher eines Tages, er wolle auf den Markt gehen, sie möge aber ja nicht die Tür öffnen, falls es klopfen sollte, was das Mädchen auch versprach.

Der Gärtner ging jedoch nicht eigentlich vom Hause fort, sondern versteckte sich in einer Buchsbaumhecke gleich neben der Haustüre. Es verging eine, es vergingen zwei Stunden, und schon war der Gärtner des vergeblichen Wartens müde und im Begriff, seinen Spähwinkel zu verlassen, als er plötzlich einen jungen Mann in netter sauberer Bauerntracht erblickte, der sich vorsichtig neben die Haustüre stellte und dreimal anklopfte. Der Gärtner hörte die Stimme seiner Tochter: »Wer ist da? Wen sucht Ihr?«

»Ich suche die schönsten Augen von der Welt.«

»Da habt Ihr Euch in der Türe geirrt«, rief die Gärtnerstochter zurück.

»O nein, ich habe mich nicht in der Türe geirrt«, rief der Bauernbursche zurück. Als der Gärtner ihm ins Gesicht blickte, ohne daß dieser es bemerkte, fiel dem Gärtner eine große Ähnlichkeit mit jenem vornehmen Herrn auf, der vor wenigen Tagen seine Blumen so teuer bezahlt hatte. War es nicht ein und dasselbe Gesicht? Wie aber war es möglich? Wie und warum vermochte der vornehme Herr sich als Bauer verkleidet haben? Der junge Mann zögerte noch eine Weile an der Tür, weil er auf die Antwort der Gärtnerstochter wartete. Diese aber schwieg. Als der junge Mann sich zum Fortgehen anschickte, stellte sich der Gärtner in den Weg und fragte ihn: »Wer seid Ihr, und was sucht Ihr hier?«

»Ich suche Arbeit und möchte mich gern verdingen, aber ich verlange keinen Lohn.«

Über dieses bescheidene Angebot mußte der Gärtner beinahe lächeln, doch bewahrte er seine strenge Miene und fragte nicht ohne gespielte Würde:

»Und was seid Ihr von Beruf?«

»Ich bin Gärtner«, sagte der Bursche mit dem unschuldigsten und bescheidensten Gesicht von der Welt.

Der Gärtner sah dem angeblichen Gärtnergehilfen scharf in die Augen, doch dieser hielt seelenruhig den forschenden Blick aus. Sollte ich mit täuschen, fragte sich der Gärtner. Er sah nochmals in das ihm bekannte Gesicht, sah auf die sauber gepflegten, edelgeformten Hände. Die Ähnlichkeit mit dem Edelmanne war frappant. Da der Bursche mit dem treuen Blick nun aber doch behauptete, Gärtnergehilfe zu sein, mußte man ihn doch wohl auch als solchen nehmen. Die Wahrheit würde sich mit der Zeit jedenfalls gelegentlich herausstellen. Da der Gärtner mit der Antwort zögerte, fragte der Arbeitsuchende nochmals in demütigem Tone:

»Könnt Ihr mich wirklich nicht als Gehilfen brauchen? Bedenkt, ich verlange keinen Lohn, werde mich mit der einfachsten Kost begnügen, ganz gleich, was man mir vorsetzen wird. Wenn Ihr mit meiner Arbeit nicht zufrieden seid, könnt Ihr mich ja wieder fortschicken. O ja, das könnt Ihr wirklich, aber . . .«

»Schon gut«, fiel ihm der Gärtner ins Wort, »ich will's mit Euch versuchen. Kommt nur gleich mit in den Garten. Ich will Euch sofort Eure Arbeit anweisen.« Der Gehilfe folgte und begann, einen Spaten ergreifend, sogleich ein Beet umzugraben, während der Gärtner ins Haus zu seiner Tochter ging.

Diese war leider schon wieder einmal am Weinen.

»Was ist denn jetzt passiert?« fragte der Gärtner.

Die Tochter erzählte, was dem Vater nichts Neues war, nämlich daß es an die Tür geklopft habe, und diesmal sei es einer gewesen, der die schönsten Augen von der Welt gesucht habe.

»Nun ja, mein Liebling, ist denn das so sehr schlimm? Es kann doch vorkommen, daß jemand einmal die schönsten Augen sucht, und du solltest auch nicht gar so empfindlich sein.«

In diesem Augenblick begann eine helle, angenehme Stimme, die vom Garten heraufklang, ein schönes Lied zu singen.

Der Gärtner und seine Tochter lauschten. Sie fragte: »Vater, wer mag es sein, der in unserm Garten singt?«

»Es ist ein junger Gehilfe, den ich vor kaum einer halben Stunde angestellt habe.«

»Es scheint ein fröhlicher Mensch zu sein.«

»Nun ja, er ist jung, und man arbeitet nicht schlecht, wenn man dabei singt. Wenn sein Gesang dich stören sollte, kann ich ihm begreiflich machen, daß er zu schweigen hat.«

»Ach nein, Vater, laß ihn nur singen. Er hat eine wunderschöne Stimme.«

Kaum hatte der Gärtner seine Tochter verlassen, als auch sie zu singen begann:

»Ich lausche und warte Tag und Nacht.
Es klopft an die Tür. Jetzt aufgemacht.
Auf Regen muß folgen der Sonnenschein.
Nach Leid kommt die Freude ins Herz hinein.«

Obwohl die Stimme des Mädchens nicht mehr so hoffnungslos klang wie früher, fühlte der Gärtnergehilfe sich dennoch vom Liede so sehr ergriffen, daß er nicht weiterzuarbeiten vermochte. Betrübt und mit gesenktem Kopfe stand er lauschend da, und so fand ihn der Gärtner.

»So arbeitet Ihr?«

»Ich kann nicht. Verzeiht, aber das klagende Lied, die weinende Stimme zerbricht mir fast das Herz.«

»Nun, daran müßt Ihr Euch gewöhnen, junger Mann.«

»Wie kann man sich daran gewöhnen?« antwortete der Gehilfe mehr klagend als fragend.

»Sagt mir einmal, wo wart Ihr früher angestellt?«

»Beim Gärtner des Königs.«

»Dann habt Ihr aber einen guten Posten gehabt und habt eigentlich keinen vorteilhaften Tausch gemacht. Und warum seid Ihr von dort weggegangen?«

»Weil der Königssohn mich fortgeschickt hat.«

»Doch wohl nicht ganz ohne Grund?«

»Doch, ohne Grund.«

Das kam dem Gärtner doch verdächtig vor, und gleich am nächsten Tag begab er sich ins königliche Schloß, um sich beim dortigen Gärtner über seinen neuen Gehilfen zu erkundigen.

Im Königsschloß schien alles drunter und drüber zu gehen. Es herrschte eine allgemeine Aufregung, und die Dienerschaft ging mit verstörten Gesichtern unruhig hin und her. Es war eine so große Verwirrung, daß unser Gärtner ohne weiteres in den königlichen Garten eintreten konnte, denn selbst die Wachen schienen den Kopf verloren zu haben. Der Gärtner sprach einen von der Wache an und fragte ihn, ob es wohl möglich sei, mit dem Hofgärtner ein paar Worte zu sprechen.

»Aber gewiß doch«, entgegnete die Wache zuvorkommend, »er befindet sich gerade jetzt im zweiten Treibhaus links, wo er einige Arbeiter zu beaufsichtigen hat.«

Der Gärtner bedankte sich höflich und traf auch seinen vornehmen Kollegen an der von der Wache ihm bezeichneten Stelle. Er bat den Hofgärtner sehr um Entschuldigung, wenn er ihn bei der Arbeit störe, doch würde er gern zu einer vielleicht passenderen Zeit wiederkommen.

»Oh, bitte sehr. Uns ist nicht so sehr um die Arbeit zu tun in diesen Tagen. Ihr habt sicherlich schon erfahren, was bei uns im Schlosse los ist.«

»Nichts habe ich erfahren«, entgegnete der Gärtner, »ich habe selbst hier in der Nähe eine kleine Gärtnerei, die ich bis jetzt so gut wie allein besorgt habe; aber ich habe mir gerade jetzt einen Gehilfen genommen, der mir gesagt hat, er sei bei Euch in Diensten gewesen und durch den Königssohn entlassen worden.«

»Davon kann nicht die Rede sein. Es stimmt nicht, was Euch der Bursche gesagt hat. Unser Königssohn ist seit mehreren Tagen verschwunden. Der König und die Königin sind in hellster Verzweiflung und beweinen ihn, als wäre er schon gestorben. Er hätte die Tochter des Königs von Frankreich heiraten sollen, das wäre gewiß keine üble Partie gewesen; aber eine Zigeunerin hat dem Prinzen ins Ohr geflüstert, es wäre nicht gut, wenn der Prinz die französische Königstochter heirate, da er am Tage der Hochzeit sterben würde. Da lohnte sich's ja freilich kaum zu heiraten. Die Unterhandlungen mit Frankreich wurden abgebrochen, und der Königssohn wurde so tiefsinnig, daß er nicht mehr wiederzuerkennen war. Wo er jetzt ist, mag der liebe Gott selbst wissen. Wir haben keine Ahnung. Er ist auf und davon.«

»Das ist ja furchtbar.«

»Freilich ist es furchtbar, doch halte ich für möglich, daß er von selbst wieder zurückkommt. Die vornehmen Herrschaften haben oft seltsame Launen, haben ja auch Geld genug, sich dergleichen leisten zu können.«

»Jaja«, sagte der Gärtner etwas verlegen, weil es ihn wunderte, den Hofgärtner sich so offen über die königlichen Familienverhältnisse äußern zu hören, und um das Gespräch auf ein anderes Thema zu bringen, sprach er seine Bewunderung über den herrlichen Garten aus, der den Gärtner als Fachmann natürlich entzücken mußte.

Der Hofgärtner seinerseits, der sich durch soviel Komplimente geschmeichelt fühlte, ließ seinem Kollegen einen prächtigen Strauß von höchst seltenen Blumen binden und schenkte ihm noch obendrein ein Päckchen mit Blumensamen, den es hierzulande sonst nirgends gab. Der Gärtner nahm die Gaben mit vielem Dank an, und danach trennten sich die beiden Männer mit großer Herzlichkeit voneinander.

Daheim angekommen, erzählte die Gärtnerstochter ihrem Vater, dieselbe Person, welche das letztemal da war, habe an die Tür geklopft. Sie habe die gleiche Stimme vernommen, dieselben Worte: »Ich suche die schönsten Augen von der Welt.« »Und es tut mir doch so weh, Vater, daß ich solches anhören muß, da ich weder schöne noch häßliche Augen besitze, sondern gar keine.«

Der Vater, der ja schon wußte, wer es war, der die schönsten Augen suchte, begab sich gleich in den Garten, wo der Gehilfe singend die Blumen begoß. Der Gärtner stellte den jungen Burschen zur Rede: »Was fällt dir nur ein, meine Tochter zu verhöhnen, indem du an ihrer Türe die schönsten Augen von der Welt suchst?«

Der sonst so aufmerksame Gehilfe tat, als sei er schwerhörig, sang vielmehr mit heller Stimme weiter:

»Ich lausche und warte Tag und Nacht.
Es klopft an die Tür. Jetzt aufgemacht.
Auf Regen folget der Sonnenschein.
Nach Leid kommt die Freude ins Herz hinein.
Wer bringt wohl das Glück, wenn die Blume blüht?
Ein Königssohn, der in Liebe erglüht.
Wer grüßet die schönsten Augen der Welt?
Ein Gärtner, der vorher kein Feld bestellt.«

Der Gärtner glaubte seinen Ohren nicht trauen zu dürfen, doch spielte jetzt auch er den Tauben und ging schnurstracks zu seiner Tochter, die im Lehnstuhl am Fenster lag und dem Liede des Gehilfen lauschte. Sie hatte jenen Vers vernommen, den sie vergessen hatte. Jetzt aber kannte sie das Lied für immer. Der Gärtner war bis jetzt gar nicht dazu gekommen, seiner Tochter die Blumen zu schenken. Er holte dies rasch nach und sagte, diese seien aus dem königlichen Garten. Die Blinde betastete sie sogleich, aber leider war die gesuchte Blume nicht unter den vielen, seltenen Blumen.

Am nächsten Morgen kam die vornehme Kundin, die alte Signora, angefahren, um abermals Blumen zu bestellen. Der Gärtner sagte: »Wollet mich gütigst entschuldigen, gnädige Frau. Dort steht mein Gehilfe, der Euch gut bedienen wird. Ich selbst bin leider anderweitig beschäftigt.« Damit ließ der Gärtner die vornehme Dame ohne weiteres mit dem Gehilfen allein, stellte sich aber hinter einen Baum, um zuzuhören, was die beiden wohl miteinander sprechen würden.

»Nun, wie ist's?« fragte die Dame den Gehilfen, »hat sie die Tür endlich geöffnet?«

»Nein, immer noch nicht. Sobald ich ihr sage, daß ich die schönsten Augen von der Welt suche, beginnt sie zu weinen oder zu schweigen.«

»Klopft noch einmal morgen früh beim Sonnenaufgang an. Sie wird Euch öffnen.«

»Und die Wunderblume?«

»Habt keine Sorge, junger Königssohn, die Blume ist schon nahe am Aufgehen. Zweifelt nicht daran, sie wird bald erblüht sein. Ihr werdet sie zur rechten Zeit schon in Händen halten. Hier übergebe ich Euch aber ein Päckchen mit Pulver, das Ihr heute nacht vor die Haustüre streuen müßt, damit der Zauber der Hexe, die jede Nacht kommt und dem armen Mädchen nicht wohlwill, gelöst wird. Nun aber lebt wohl und seid glücklich, junger Königssohn. Vergesset nie, wer Gutes säet, wird Gutes ernten. Ihr werdet mich nicht mehr wiedersehen, doch vergeßt mich nicht, wie ich Euch nicht vergessen werde. Bringt mir nur noch ein paar Blumen in den Wagen und gebt dieses Geld dafür dem Gärtner.«

Kann sich wohl einer vorstellen, wie dem Gärtner, der alles mitangehört hatte, zumute war? Die vornehme

Dame war sicherlich eine gute Fee, und der Gehilfe war kein anderer als der Königssohn. Doch war es gewiß am besten, wenn man ihn vorerst wenigstens als den Gärtnergehilfen betrachtete. Es war für den Vater des Mädchens nicht schwer einzusehen, daß seine Tochter vom Königssohn geliebt wurde, aber darüber mußte man schweigen. Gleichwohl umarmte er an diesem Abend sein Kind mit kaum verhaltener, stürmischer Freude, weil sein väterliches Herz von Hoffnung für sein blindes Kind erfüllt war.

In dieser Nacht klopfte es heftiger denn je an die Tür. Die Tochter vernahm es, rief den Vater zu sich, er möge ihr doch helfen, die Treppe hinunterzukommen. »Vater, es hat geklopft, ich muß öffnen.« Da er aber genau wußte, es könne nicht der Königssohn sein, wehrte er seiner Tochter. »Du wirst geträumt haben, mein Liebling. Schlaf ruhig weiter.«

Er selbst jedoch trat ans Fenster und sah, wie die alte Frau, die seinerzeit Wärterin in seinem Hause gewesen war, vor seinen Augen in Flammen aufging. Sie war also doch eine Hexe gewesen, die der Königssohn durch das gestreute Pulver jetzt für immer vernichtet hatte.

In der Morgenstunde bei Sonnenaufgang klopfte es wieder an die Tür. Die Gärtnerstochter beeilte sich, so sehr sie nur konnte. Vor der geschlossenen Tür blieb sie stehen, fragend: »Wer seid Ihr? Was suchet Ihr?«

»Ich suche die schönsten Augen von der Welt.«

Da öffnete die Blinde, blieb in der weitgeöffneten Türe stehen und rief: »Hier, sehet meine geschlossenen Augen!«

Im selben Augenblick fühlte sie etwas Lindes, Duftendes über ihre Augenlider streifen. Das traf sie wie ein Glanz und ein Lichtsturz. Sie stieß einen Schrei aus und fiel ohnmächtig in die Arme des Königssohnes. Als sie nach einer Weile die Augen aufschlug, fiel ihr Blick in ein Augenpaar, das ihr in innigster Liebe zugewandt war. So standen die beiden Menschenkinder in der weitgeöffneten Türe, mitten im Sonnenstrahl des ersten Lichtes.

Unbeschreiblich war die Freude des Vaters, und das Glück des Mädchens war grenzenlos. Liebe und Licht, sie wußte nicht, was beseligender war. Immer wieder betrachtete der Königssohn die schönsten Augen von der Welt. Sie waren schön, aber nur für den Königssohn die allerschönsten, weil er die reinste Liebe in diesen Augen erblickte. Da man die Blume gefunden hatte, die dem Mädchen das Augenlicht schenkte, zweifelte man nicht daran, auch jenen Baum zu finden, der für das andere Leiden Heilung bringen würde. Vorher war das Mädchen immer »Cecchina« genannt worden. Der Königssohn aber nannte sie Lucia, die Erleuchtete. Er bat den Gärtner um die Hand seiner Tochter, sich sehr entschuldigend, daß er eigentlich kein gelernter Gärtner sei. Dieses Geständnis vermochte der Vater nur mit einem seltsamen Lächeln zu beantworten, das nichts verriet, dem Prinzen aber doch manches sagte.

Der Gärtner hatte den jungen Mann ins Herz geschlossen, doch wagte er dies nicht einzugestehen. Dieser aber glaubte seiner Sache gewiß zu sein: »Lucia, meine kleine Königin, ich werde jetzt zu meinen Eltern gehen und ihnen erzählen, wie es mit uns beiden steht. Bist du einverstanden?«

»Ja. Zu deinen Eltern wirst du auf jeden Fall gehen müssen. Solltest du aber nicht wiederkommen – du kannst es nicht vorher wissen –, sei dann nicht allzu traurig. Wisse, daß ich dich nie vergessen werde, immer in Dankbarkeit an dich denken will und in . . .«

»In was, Lucia?«

»In Liebe.«

Im Schlosse angelangt, wurde der Königssohn nicht ohne weiteres bei den höchsten Herrschaften vorgelassen, weil er nämlich in seiner einfachen ländlichen Tracht daherkam und die Wache ihn nicht erkannte. Selbst jene, die ihn erkannten, wagten nicht, ihn in die königlichen Gemächer zu führen, und die Königin selbst mußte sich in einen Vorraum bemühen, um ihren Sohn persönlich zum König zu führen. Ja, da gab es selbstverständlich zunächst eine große Freude, daß der Sohn überhaupt wieder da war, und beide Eltern waren sehr geneigt, ihm seinen abenteuerlichen Ausflug zu verzeihen. Er ließ sich, wie er ging und stand, von Papa und Mama gehörig umarmen und abküssen. Erst nach diesem Zärtlichkeitsaustausch hielt er es für angebracht, von seinen Erlebnissen zu berichten. Er erzählte zunächst, warum er sich aus dem Schlosse entfernt habe und was die Zigeunerin ihm gewahrsagt hatte, an eine Heirat mit der Tochter des französischen Königs sei keinesfalls zu denken, da er seine Wahl schon getroffen habe. Er bitte um das Jawort seiner Eltern, Lucia, die Tochter des Gärtners, ehelichen zu dürfen.

Das Königspaar jedoch, aufs äußerste erzürnt, sagte anstatt »ja« nur immer wieder: »Nein! Nein! Nein!« Sie waren so böse, daß sie am liebsten die ausgeteilten Umarmungen und Küsse zurückgenommen hätten. Aber geküßt ist geküßt, und ein Kuß läßt sich bei späterer noch so heftiger Feindschaft nicht mehr rückgängig machen.

»Ach, meine künftige Frau hat die schönsten Augen von der Welt, und sie hat sicher auch das beste Herz. Meines gehört ihr für immer. Ich bin Gärtnergehilfe bei ihrem Vater. Er ist recht zufrieden mit mir, dünkt mich. Aber es hilft ja alles nichts. Ich bin ein Königssohn und kein Gärtner.«

»Nein, wenn du die Gärtnerstochter heiratest, kannst

du nicht länger Königssohn sein, und wir müssen uns von dir lossagen. Verzichtest du aber auf das Mädchen, wirst du der Königssohn bleiben und einmal den Thron erben. Wähle! Bist du der Königssohn oder bist du der Gärtner?«

»Ich bin Gärtner«, sagte der verliebte Königssohn, und mit tiefer Verneigung empfahl er sich den Majestäten.

So verzichtete der Königssohn um seiner Liebe willen auf Krone und Ansehen, auf Glanz und Herrschertum, ja sogar auf die Liebe seiner Eltern mußte er verzichten, wenn auch das letzte ihm sehr schwer fiel. Aber er hatte nun einmal sein Lebensglück in den schönsten Augen von der Welt gesehen und war bereit, alles dafür hinzugeben.

Er ging ins Gärtnerhaus zurück, und hier wurde wenige Wochen später die Hochzeit des Königssohnes mit der Gärtnerstochter in aller Stille und Heimlichkeit gefeiert. Nun fehlte zum Glück des jungen Paares nur noch die vollkommene Gesundheit Lucias, die immer noch nicht recht gehen konnte. Eines Tages aber entdeckte der Königssohn im Winkel des Gartens einen bescheidenen Strauch, den er vorher nie bemerkt hatte und der sich in wenigen Tagen zu einem herrlichen Baum entwickelte. Zwischen dem dichten grünen Laub zeigten sich schöne rote Blumen, die von selbst zu Boden fielen, und als der Königssohn die Blumen aufhob, verwandelten sie sich in seinen Händen zu kleinen Früchten, die nicht viel größer als Waldbeeren waren. Voller Freude brachte er die Früchte der jungen Frau, sie möge kosten, denn es war eine selige Gewißheit in ihm, daß dies die Frucht war, durch welche die Gärtnerstochter geheilt werden würde.

Lucia verspürte zwar keinen sonderlichen Appetit und nahm mehr ihrem Manne zu Gefallen eine Beere in den Mund. Kaum hatte sie diese geschluckt, als sie auch schon ein seltsames Kribbeln in den Füßen empfand. »Gut schmeckt die Frucht«, sagte sie, »gib mir noch eine.« Er schob sie ihr in den Mund und lächelte sie dabei erwartungsvoll an. Da wußte Lucia, daß sie geheilt war, sprang vom Stuhl, flog ihrem Manne an den Hals und wirbelte voller Freude mit ihm im Zimmer umher. Der Vater wurde herbeigerufen, und man kann sich leicht vorstellen, wie entzückt er war, als die Eheleute ihm ein Tänzchen vor Augen führten, das nur sehr gesunde Beine zustande bringen. So war jetzt alles zum besten bestellt, und der junge Mann hatte schon beinahe vergessen, daß er je Königssohn gewesen war. Er war auch als Gärtner der König seines Glückes. Er fand es viel angenehmer, über einen friedlichen Blumengarten zu regieren als über ein großes Reich mit viel tausend Menschen.

Das Königspaar indessen gedachte oft des verlorenen Sohnes, und da sie doch Verlangen spürten, ihn wenigstens einmal wiederzusehen, verfielen sie auf den Gedanken, sich als Bettler zu verkleiden, um im Gärtnerhaus auf diese Weise einmal nach dem Rechten zu sehen. Sie waren auch neugierig festzustellen, ob die Gärtnerstochter tatsächlich die schönsten Augen von der Welt besaß. Vor allem wollten sie wissen oder sonstwie in Erfahrung zu bringen suchen, ob diese Augen, die so schön sein sollten, auch der Spiegel einer ebenso schönen Seele seien.

So klopfte denn das Königspaar an der Tür des Gärtnerhauses an. Lucia öffnete und sah zwei alte Leute, die wahrlich höchst mitleiderregend aussahen.

»Ach, verzeiht, wenn wir stören, aber wir sind ein armes Ehepaar und haben seit zwei Tagen nichts gegessen.«

»Ja, du lieber Gott, das sieht man ja auf den ersten Blick. Kommt nur herein. So. Hier setzt Euch nur an den Tisch. Sofort werde ich Euch ein paar Spiegeleier braten. Das ist rasch gemacht. Hier, fangt nur mit einem Stück

Butterbrot an, damit Ihr den ersten Hunger gestillt bekommt.«

Das Königspaar hatte sogar sehr reichlich zu Mittag gegessen. Es hatte nicht nur eine gute Kraftbrühe, sondern auch Suppenfleisch, Salzkartoffeln mit Senfsoße an der königlichen Tafel gegeben, vom Dessert, einem herrlichen Schokoladepudding mit Schlagsahne, ganz zu schweigen. Den Kaffee mit Biskotten hatten sie kaum angerührt, weil das Essen so ausgiebig war. Jetzt aber mußten sie am hellichten Nachmittag, keine zwei Stunden nach dem Mittagessen, dicke Scheiben Schwarzbrot, nicht zu knapp mit Butter bestrichen, verzehren. Und dann kamen noch die Spiegeleier, zu denen die junge Frau noch eine Pfanne mit Bratkartoffeln gab.

Wenn das kein gutes Herz war! Der König und die Königin blickten einander vielsagend in die Augen und betrachteten sich dann verstohlen die heimliche Schwiegertochter, die sich an Gebefreudigkeit nicht genugtun konnte und den beiden Alten zum üppigen Mahl noch zwei Goldstücke zuschob, die den Bettlern allerdings bei näherem Hinsehen nicht unbekannt vorkamen.

»Sagt, gute Frau, seid Ihr nicht eigentlich die künftige junge Königin?«

»Nein. Wie habe ich das zu verstehen?«

»Nun, wir haben gehört, daß Ihr den Königssohn zum Manne bekommen habt.«

»Ihr irrt Euch. Mein Mann ist nicht mehr Königssohn. Er ist Gärtner.«

»Nun, wohl mag er Euch zuliebe Gärtner geworden sein, deswegen aber bleibt er gleichwohl des Königs Sohn, der ein Anrecht auf den Thron hat.«

»Mein Mann stellt aber keine Ansprüche, und er braucht keinen Thron. Es genügt ihm, der König meines Herzens zu sein.«

»Das habt Ihr allerdings recht hübsch gesagt, junge Frau; aber es war doch sehr schlecht vom Königspaar gehandelt, den einzigen Sohn zu entrechten, nur weil er sich eine Frau aus einfachem Stande gewählt hat. Nein, das war wirklich ein großes Unrecht vom König und auch von der Königin.«

»Das versteht Ihr nicht, und ich bitte Euch zu schweigen. Ich kann nicht dulden, daß über die Eltern meines Mannes etwas Böses gesagt wird, und es trifft auch nicht zu. Laßt Euch dies gesagt sein.«

Das Königspaar ließ es sich nicht ungern sagen, und blickte verlegen und bewegt in den Schoß, die Augen tief gesenkt.

»Habt Ihr noch Hunger? Mögt Ihr noch etwas essen, oder soll ich Euch ein Brot mitgeben, damit Ihr das Geld ein wenig sparen könnt?«

»Nein, danke, tausend Dank! Und vergelt's Gott!« Damit erhoben sich die Bettler vom Tisch, um eiligst fortzugehen. Sie waren kaum zur Tür heraus, als die junge Frau ihnen nachgeeilt kam: »Ihr habt ja das Geld vergessen!«

»Oh, es ist eine zu große Gabe!«

»Aber nein, es ist ja nur ein Almosen!«

»Gut, dann nehmen wir es mit tausend Dank. Behüt' Euch Gott, junge Frau, und auf Wiedersehen!«

Am nächsten Morgen kam der königliche Hofwagen, vor den nicht weniger als acht Pferde gespannt waren, vor der Gärtnerei angefahren. Der junge Gärtner kam selbst den Wagenschlag öffnen, sah den König und die Königin aussteigen, doch wagte er kaum den Blick zu erheben.

»Ihr seid der Gärtner?« fragte der König hoheitsvoll, als kenne er seinen eigenen Sohn nicht.

»Zu dienen, Majestät.«

»Gut also. Bringt mir die schönste Blume aus Eurem Garten.«

Da entdeckte der Königssohn den Blick der Liebe in den Augen seiner Eltern.

Mit einem Jubelruf stürzte er fort und kam in allerkürzester Zeit zurück, aber nicht allein.

»Seht hier, Majestät, meine Blume!«

Da umarmte der König seinen Sohn, und die Königin schloß die schönste Blume, ihre junge Schwiegertochter, ans Herz.

Als es aber hieß: »Alle in den Wagen einsteigen, auf zum Schloß!«, rief Lucia ihren Vater herbei und meinte, er könne doch nicht allein zurückbleiben.

»Freilich kann er das nicht«, sagte der Königssohn und sah den Gärtner mit einem leuchtenden Blick der Dankbarkeit an. Zu seinen Eltern gewandt, fügte er hinzu: »Seht, dies ist der Gärtner, der nach dem Willen Gottes meine Blume ins Leben rief, der Schützer ihrer Kindheit. Nicht wahr, ich darf ihn mitnehmen? Unser Schloß muß einem Himmel gleichen, in dem es viele Wohnungen gibt.«

Und dann begann die Fahrt ins Glück, an einem hellen Maienmorgen.

Am Abend des ersten Feiertages war die Familie Marucci bis auf die ganz kleinen Kinder, die ins Bett geschickt wurden, vollzählig beisammen. Draußen hatte es stark zu regnen begonnen und die Maruccis erwarteten bei solch ungemütlichem Wetter keinen Besuch, hatten daher schon die Türe abgeschlossen, sich schon an den Kamin begeben, um sich von der Regina die übliche Geschichte erzählen zu lassen, die fast ohne Ausnahme zu den abendlichen Unterhaltungen gehörte und ohne die man wohl überhaupt nicht hätte schlafen gehen mögen. Carola hatte für die Männer je ein Glas Wein auf das schmale Kaminsims gestellt, eine Einrichtung, die eigens für diesen Zweck gedacht war. Den Kindern wurde ein Häuflein selbstgebrannter Mandeln in die Hand gegeben, von denen sie während der Erzählung von Zeit zu Zeit eine verzehrten. Am Kaminstein vor dem Feuer hatte man die große Schüssel mit den gerösteten Kastanien hingestellt, sorglich mit einem Tuch zugedeckt, damit sie warm blieben. Meistens wurden die Kastanien zeitig geröstet, weil sie in der großen, durchlöcherten Pfanne, die an der Kette überm Kamin hing, geschüttelt und gerüttelt werden mußten, um das Anbrennen der Kastanien zu vermeiden, aber das Rasseln der Kette störte die Erzählung; und so war alles gut vorherbedacht.

Schon wollte die Regina beginnen, als plötzlich an die Tür geklopft wurde, und herein kam Vezzosa, ein junges, siebzehnjähriges Mädchen vom Nachbargut. Sie war in den großen Radmantel ihres Vaters gehüllt. Die Kapuze hatte sie über die schwarzen Locken gezogen. Der ländliche Wachstuchschirm triefte vor Nässe. Alles lachte: »Oh, ein Eremit zu später Stunde!«

Vezzosa lächelte verlegen: »Ja, um die Erzählung der Regina zu hören, lohnt es sich schon, bei Regenwetter zu kommen. Hoffentlich störe ich nicht?«

»Sogar sehr störst du uns«, antwortete Cecco und betrachtete Vezzosa mit schalkhaftem Blick. Eine der Schwägerinnen half ihr aus dem Mantel, und nun sah man, daß Vezzosa sich ein schönes hellblaues Leinenkleid angezogen hatte, das für die weihnachtliche Zeit eigentlich ein wenig zu leicht war. Doch trug sie über dem Kleid ein rot und blau gestreiftes Flanelljäckchen, das ihr reizend zu Gesicht stand.

Carola fragte: »Hast du dich der Erzählung oder der Großmutter wegen so fein gemacht?«

Vezzosa wurde glühend rot im Gesicht und wußte gar nicht, wo sie hinsehen sollte.

»Aber, Vezzosa, du mußt doch kalt haben. Komm, setz dich zwischen uns«, riefen die jungen Frauen.

»Nein, komm nur zu mir«, rief Cecco, »hier, wo ich sitze, ist's noch gemütlicher als drüben.«

»Laß dich nur nicht verwirren, Vezzosa«, sagte die Großmutter, »nimm du nur Platz, wo es dir gefällt.«

»Aber drüben zieht es doch ein wenig zur Türe herein«, gab Cecco sorglich zu bedenken.

»Ja, und wo Cecco sitzt, zieht es gar nicht«, scherzten die Frauen.

»Nun, wenn man noch so jung ist wie Vezzosa und so hübsch angezogen, erkältet man sich nicht so leicht«, meinte die Großmutter, aber die andern schäkerten gleichwohl weiter.

Die Kinder, Frauen und Männer riefen durcheinander: »Vezzosa, setz dich hier, nein, dort.« Doch machte man dies nur, um ein wenig Spaß mit Cecco zu treiben, der Vezzosa gern in seiner Nähe gehabt hätte, die schließlich einen Platz ihm gegenüber fand.

»So. Seid ihr jetzt endlich so weit?« fragte die Großmutter. »Ich möchte endlich meine Geschichte beginnen. Sie handelt vom Glück, wenn euch dieses Thema zusagen wird.«

»O ja, erzähle vom Glück, Großmütterchen, darüber kann man nicht genug erfahren.«

»Gut also, ich werde gleich beginnen. Nur bitte ich dich, Carola, vorher noch um ein Glas Orangensaft mit etwas Wasser und Wein vermischt, damit ich mich erquicken kann, wenn's mit dem Glück gelegentlich hapert.«

»Ja, kommt denn das auch vor, daß es mit dem Glück hapert?« fragte Cecco seine Mutter lachend.

»Es wird sich herausstellen, man kann es nicht vorhersagen«, entgegnete die Regina, nahm mit Dank den Orangenwein entgegen und begann nach einem kräftigen Schluck zu erzählen.

Felizitas von nirgendher

Es war einmal ein junger Großfürst, der sich für sein Leben gern verheiratet hätte, aber unter den vielen Hofdamen, mit denen er auf Bällen und festlichen Anlässen zusammenkam, gab es keine, die ihm gefallen hätte. Es gab aber manches feine Fräulein, das sich heimlich den schönen, liebenswürdigen Großfürsten zum Gatten wünschte, aber das ließ sich keine merken. Es hätte auch wenig geholfen, wenn eine ihm ihre Sympathie zu verstehen gegeben hätte, denn der Fürst wollte nicht. Die meisten Damen nämlich bildeten sich auf ihre Herkunft gar viel ein, und das vertrug der Fürst nicht. Er beurteilte die Menschen nicht nach ihrem äußeren Stande in der Welt, und der Adel der Seele galt ihm mehr als ein vornehmer Name. Dünkel und Hochmut waren ihm verhaßt. Je weniger Aussicht er hatte, zu einer passenden Frau zu kommen, um so eifriger suchte er. Es ist anzunehmen, daß es schon brave Mädchen auch bei Hofe gab, aber man muß sie suchen, wenn man sie finden will. Das Glück kann aber auch kommen, wenn man es nicht sucht. Man muß warten können oder warten lernen.

Der Vater des Fürsten, der alte Herzog, sagte zu seinem Sohne: »Drängle doch nicht so. Die rechte Frau wird zur rechten Zeit schon dasein. Sieh mich an, ich bin doch auch zu einer Frau, zu deiner lieben Mutter, gekommen. Als wir noch kleine Kinder waren, mag der Allwissende schon vorbedacht haben, was zusammengehört oder nicht. Nur Geduld, mein Sohn.«

Aber gerade die Geduld war nicht die Stärke des jungen Fürsten, und von der väterlichen Prophezeiung, daß die Frau von selbst komme, hielt er auch nicht viel. Er plante, dem Glücke Gelegenheit zu geben, sich einzustellen, mehr noch, ihm entgegenzueilen. Drum sagte er eines schönen Tages zu seinem Vater:

»Lieber Papa, sei so gut und leihe mir deinen treuen Diener Johann und schenke mir dein kühnes Reitpferd Raschvoran, und wenn es nicht zu unbescheiden ist, hätte ich auch gern etwas Klein- oder Großgeld, je nach deinen Verhältnissen. Damit will ich dann in die weite Welt und werde schon ein Mädchen finden, das auf mich wartet, und sollte sie von nirgendher sein, denn ich frage gar nichts nach der feinen Herkunft. Ich bin aber alt genug, eine Familie zu gründen. Ich will und muß mich verheiraten, oder ich will nicht länger Melchior heißen.« Auf diesen Namen hörte er nämlich manchmal.

»Meinetwegen«, sprach der Vater nachgiebig, »mach, was du willst. Geh nur in die weite Welt. Solltest du ohne Frau heimkommen, kann ich dich auch Adalbert nennen, doch hoffe ich um deinetwillen, daß du Melchior bleiben wirst.«

Damit übergab ihm der Fürst noch mehr als das Gewünschte, während er die wohlgemeinten Ermahnungen als Verschwendung betrachtete und sich diese nur dachte. Beim Abschied rief der Vater den braven Knappen Johann beiseite und sprach zu diesem: »Höre, Johann, nimm für dich den trefflichen Rappen Langsamabersicher, mein Sohn mag auf Raschvoran reiten. Hier ist ein Sack voll Geld. Sieh zu, daß ihr es möglichst bald kreisen laßt. Das hat Geld und Gold gern. Gib acht auf meinen Sohn, so gut du kannst, und ich werde dich mit Vergnügen dafür entlohnen.«

Nun gut, die beiden ritten in die weite Welt, durch Wälder und Felder, durch Dörfer und Städte, und wo es ihnen gefiel, blieben sie, solange sie Lust hatten, und wurde es ihnen langweilig, ritten sie weiter. Eines Tages kamen sie an einem Schloß vorbei. Ein hübsches Mädchen guckte gerade zum Fenster hinaus. Es hatte nußbraune Locken, die ein allerliebstes Gesicht einrahmten, und große blaue Sternaugen, die von oben herab, aber doch recht neugierig die beiden Reiter musterten.

»Das ist ja ein goldiges Geschöpf«, sagte der Großfürst zu Johann.

Der antwortete:

»Genau dasselbe, Hoheit, habe ich mir erlaubt auch zu denken.«

Der Großfürst beschloß, dem Grafen einen Besuch abzustatten. Dieser, ein älterer Herr, war froh über die Gesellschaft und lud den Großfürsten und natürlich auch den Knappen Johann für einige Tage zu Gaste ein. Der Großfürst nämlich, der ein Verlangen trug, die Standesunterschiede aufzuheben, gab seinen Knappen als seinen besten Freund aus, so daß man Johann dieselben Höflichkeiten erwies wie dem Großfürsten. Als dieser die junge Grafentochter – es war genau dieselbe, die aus dem Fenster geguckt hatte – näher kennenlernte, verspürte er große Lust, sie zu heiraten. Er wollte sie aber doch vorher noch ein wenig prüfen, ob sie auch nicht stolz sei. Er fragte sie daher, ob sie nicht zufrieden sei, so tapfere, berühmte Ahnen zu haben, die doch in so manchen Schlachten sich höchst siegreich gezeigt hätten. Die kleine Grafentochter, Thekla hieß sie, wußte nicht recht, was die Frage bedeuten sollte, lächelte und sagte nur:

»Ach, die Ahnen liegen ja jetzt still und unauffällig in ihren Särgen, haben Krieg und Sieg längst vergessen. Ich für mein klein Teil frage mehr nach Glück und Frieden.«

Das könnte die Richtige für mich sein, dachte Melchior, aber Johann dachte dasselbe, und als Melchior nach acht Tagen um die Hand der kleinen Gräfin anhielt, hatte sie Hand und Herz schon vergeben und sich heimlich mit Johann verlobt. Als der Großfürst ihn deswegen zur Rede stellte, sagte er nur:

»Hoheit, wenn es sich um Liebe handelt, ist sich jeder selbst der Nächste. Ihr werdet sicherlich auch noch zu Eurem Glücke kommen.«

Aber der Großfürst war verstimmt, daß sein Knappe früher zu einer Braut gekommen war als er, der Sohn des Herzogs; doch merkte er kaum, daß er selbst stolz war und sogar in seinem Stolze verletzt. Er drängte auf Abreise. Johann mußte sich wohl oder übel fügen und die soeben erst gewonnene Braut zurücklassen; doch versprach er, sobald als möglich wiederzukommen. Thekla stand am Fenster und winkte den beiden nach. Melchior aber ritt wie ein Wilder voran, während Johann sich alle zwei Minuten umblickte, um Thekla und das Schloß, das sein Glück barg, möglichst lange im Auge zu behalten.

Es läßt sich nicht flott reiten, wenn man immer rückwärts blickt, während Melchior davonstürmte, als würde er irgendwo dringend erwartet. So kam es, daß die beiden

Reiter einander aus den Augen verloren. Als Johann bemerkte, daß sein Großfürst überhaupt nicht mehr zu sehen war, wäre er am liebsten ins Schloß zurückgekehrt, doch hatte er ja dem Herzog versprochen, auf Melchior achtzugeben, und Johann war ein braver, gewissenhafter Mensch. Drum suchte er auch und erkundigte sich überall nach dem Großfürsten, wenn auch zunächst vergeblich. Doch lassen wir ihn einmal suchen und sehen wir lieber zu, wo Melchior geblieben ist.

Beim scharfen Ritt und weil die Sonne sehr heiß schien, ermüdete das Pferd nach einigen Stunden, und als der Fürst an einem schattigen Waldrand einen Brunnen erblickte, hielt er an, damit Raschvoran trinken und ausruhen konnte. Der Fürst stieg also vom Pferde herab, setzte sich an den Brunnenrand, um zu sehen, ob sich hier ein Eimer befinde und ob das Wasser auch rein und klar sei.

Kaum aber hatte er hinabgeblickt, als ihn aus der Tiefe des Brunnens ein Mädchenantlitz anlächelte, das ihn in höchstes Entzücken versetzte. Nein, wie bildschön war dieses Mädchen! Es hatte langes, blondes Haar, das wie helles Gold schimmerte. Wie anmutig das süße Gesicht ihm zulächelte! Der Fürst lächelte wie im Traum befangen zurück und konnte sich an dem bezaubernden Bild nicht sattsehen. Augen, blau wie Kornblumen! Welche Freude, sich in diesen reinen Blick zu versenken! Das Gesicht bewegte sich ein wenig, und jetzt entdeckte der Fürst auch sein eigenes Spiegelbild. Das wundervolle lange Haar schien seine Wange zu streifen. Er war so entzückt, daß er am liebsten hinabgestürzt wäre, um dem Märchenbild, das ihn aus der Tiefe des klaren Brunnens anlächelte, nahe zu sein. Da hörte er plötzlich über sich ein silbernes Lachen. Er sah hinauf und bemerkte nun über sich hoch im Eichbaum, leicht auf einem Ast sich wiegend, ein junges Mädchen. Es war dasselbe, das er auch in der Tiefe des Brunnens erblickt hatte. Sie erschien ihm dort oben beinahe noch schöner.

Sie trug ein Kleid aus zartblauem Batist. Der faltenreiche Rock und die weiten Ärmel waren mit bunten Bändern besetzt. Kleine rote Feldnelken hatte sie in ihr Haar gesteckt. Das ganze Mädchen kam dem jungen Mann wie eine reizende Sommerblume vor, eine kleine Wunderblüte, die er sich ansah, als habe er noch niemals Blumen gesehen. Als aber das Mädchen hellauf lachte, begann auch Melchior zu lachen. Dann bat er, es möge doch ein wenig herunterkommen zu ihm. Da kletterte es geschickt vom Baum und setzte sich zutraulich neben ihn auf den Brunnenrand.

Verlegen vor Glück, fragte er: »Sag, woher kommst du, schönes Mädchen?«

»Du hast es ja gesehen. Vom Eichbaum komme ich.«

»Nein, ich meine, woher du stammst und wer du bist.«

»Ach, danach habe ich selbst noch nie gefragt. Ich weiß es nicht. Ich bin von nirgendher.«

»Von nirgendher? Von nirgendher . . . Seltsam, eine solche suche ich gerade . . . Wie aber kann es sein, daß du von nirgendher bist?«

»Weil ich ein Findelkind bin und nicht weiß, wer mich verloren hat. Ich weiß auch nicht, wer mich gefunden hat.«

»Melchior heiße ich, schönes Mädchen.«

»Felizitas heiße ich, junger Herr.«

»Sag, Felizitas, wie kommst du nur hierher?«

»Ich bin da, und das genügt mir.«

»Sag, Felizitas, weißt du auch, wofür du da bist?«

Der Fürst sah ihr mit tiefem Blick in die Augen.

Sie lachte leise und erwiderte:

»Wer kann das wissen? Mir scheint, du bist neugierig.«

»Ja, du hast recht, Felizitas, ich bin sehr neugierig. Aber erzähle mir doch, bitte, worauf du gewartet hast.«

»Auf nichts, was nicht schon da war. Ich habe auf diesen Sommertag gewartet, und er kam und war da.«

»Ach, Felizitas, ich wäre gern ein Sommertag, immer, mein Leben lang.«

Da sah ihn das Mädchen an und sagte: »Melchior, du bist ein Sommertag.«

Da sagte Melchior: »Willst du meine Frau werden?«

»Ich will.«

Da nahm Melchior seinen goldenen Ring vom Finger und gab ihn dem Mädchen an den Finger der rechten Hand. Das Mädchen aber trug ein schlichtes Ringlein aus grünem Glas, das sie dem Fürsten über den kleinen Finger der rechten Hand streifte, und dann waren sie miteinander verlobt.

Da sagte Melchior mit einer gewissen Zaghaftigkeit: »Felizitas, du mußt wissen, daß ich von hohem Stande bin. Mein Vater ist Herzog, und ich bin ein Großfürst. Du aber bist ein Königskind, weil du so schön und lieb bist. Ich komme mir so gering neben dir vor.«

»Sprich nicht so. Wir lieben einander.« So sprach Felizitas und hielt ihr Gesicht nahe dem seinen. Da küßte er sie leise auf den Mund und wußte, daß er immer nur Felizitas lieben würde. Dann sagte er, er wolle sofort zu seinem Vater reiten, um ihm die frohe Botschaft von seiner Verlobung zu überbringen.

»Gut«, sagte Felizitas, »ich werde auf dich warten.« Aber bevor er fortging, gab sie noch seinem braven Pferde zu trinken.

Während dann der Fürst eilends nach Hause ritt, hatte er noch das Glück, unterwegs dem suchenden Johann zu begegnen, der recht zufrieden war, seinen Schützling wieder an der Seite zu haben. Als er hörte, daß Melchior sich inzwischen so gut wie verlobt hatte, rief er voller Freude aus:

»Oh, ich gratuliere. Das Glück trägt sich viel hübscher zu zweien als allein. Bin nur gespannt, was Euer Herr Vater zu unseren Erfolgen sagen wird.«

Felizitas blieb singend am Brunnenrand, um auf ihren Bräutigam zu warten. Nach einer guten Weile kam eine Zigeunerin des Weges daher, schlug vor Erstaunen die Hände überm Kopf zusammen und rief bewundernd: »Herrin, wie seid Ihr schön! Worauf wartet Ihr hier?«

»Auf das Glück warte ich. Ich bin die Braut des Großfürsten Melchior, der gleich kommen wird, um mich heimzuholen.«

»Oh, da werdet Ihr also bald eine vornehme Frau sein und schöne Kleider tragen?«

»Nach schönen Kleidern frage ich nicht viel.«

»Wirklich nicht? Dann schenkt mir Euer Kleid, und ich gebe Euch das meine. Wir wollen uns im Brunnen spiegeln, um zu sehen, wer schöner von uns ist.«

Nun trug aber die Zigeunerin nur ein paar armselige Lumpen an ihrem hageren Leibe, und von Schönheit konnte man bei ihr mit dem besten Willen nicht sprechen; aber Felizitas hatte Mitleid mit ihr und war zum Kleidertausch sofort bereit.

Als nun die beiden nebeneinander am Brunnenrande saßen, um zu sehen, wer schöner sei, gab die böse Zigeunerin dem schönen Mädchen einen Stoß, daß es in den Brunnen fiel und gleich ertrinken mußte. Dann setzte die Zigeunerin sich an den Brunnenrand, und als der Großfürst in Gesellschaft seines Vaters und eines Gefolges von Edelleuten ankam, war der Bräutigam höchst verwundert, statt der schönen Felizitas ein häßliches Mädchen mit dunklem, strähnigem Haar vorzufinden. Nur mit dem Kleid stimmte es, es war das hübsche blaue Kleid mit den bunten Bändern, aber das Mädchen selbst, das sah der

Fürst ein, war nicht mehr seine Felizitas und konnte es auch nicht werden. Die Zigeunerin aber wurde von allen ehrerbietigst begrüßt, und Melchior schämte sich einzugestehen, daß es nicht die richtige Braut war. Kurz, aber leider nicht gut, die Zigeunerin wurde Fürstin, und die Hochzeit wurde mit großem Pomp gefeiert.

So. Und jetzt hatte Melchior, was er wollte. Er war verheiratet, aber glücklich war er nicht. Die Frau war launisch und zänkisch und machte ihrem Manne das Leben zur Qual. Wo mochte die schöne Felizitas geblieben sein? Der Fürst wünschte eines Tages zu jenem Brunnen zu gehen, wo er das liebe Mädchen einmal für immer erblickt hatte, doch sagte er nichts von seiner heimlichen Sehnsucht. Er nahm nicht nur seine Frau, sondern auch Johann mit. Dieser ließ, um den Pferden Trinkwasser geben zu können, einen Eimer in den Brunnen hinab, aber als er den Eimer wieder heraufzog, schwamm ein wunderschöner Goldfisch im Wasser, glitzernd und springlebendig. Melchior fand das Goldfischlein so niedlich, daß er beschloß, es mit nach Hause zu nehmen, wo er es in ein mit Wasser gefülltes Glas setzte und täglich sich am Anblick des stummen Tierleins ergötzte. Goldfische sind freilich recht anmutige kleine Lebewesen, aber sonderlich unterhaltsam sind sie nicht, und daher war es um so verwunderlicher, daß Melchior sich stundenlang mit dem Fischlein unterhielt, als wolle er sich mit solchem Spiel über seine unglückliche Ehe hinwegtrösten.

Eines Tages nun wurde die Frau krank, aber kein Arzt war imstande zu sagen, was ihr fehle, obwohl die tüchtigsten Professoren gerufen wurden. Keiner wagte eine Medizin zu verschreiben, weil man nicht wissen konnte, ob die Leidende auch die passende Krankheit dafür hatte. Daher begnügten die Ärzte sich damit, die Patientin zu fragen, ob sie nicht auf irgendeine Speise besonderen Appetit habe. Da wurden gebratener Fasan und Fleischbrühe vorgeschlagen, eisgekühlte Erdbeercreme und Apfelpudding mit Schlagsahne; aber bei so reizvollen Vorschlägen bekamen nur die Ärzte selbst Hunger, während die Kranke zu allem nur den Kopf schüttelte. Schließlich gab sie an, sie habe Appetit auf den Goldfisch, die Art der Zubereitung sei ihr völlig gleichgültig. Ob gebraten, geräuchert oder gesotten, gleich wie, der Goldfisch werde ihr auf alle Fälle munden.

Der Fürst sagte zur Kranken:

»Noch niemals habe ich gehört, daß man Goldfische essen kann.«

»Nun, dann hörst du es jetzt zum ersten Male«, erwiderte die Frau schroff, »es wird noch manches geben, was du zum ersten Male erfahren wirst.«

»Aber, liebe Frau, wie magst du nur den Goldfisch essen? Es kann doch kaum ein schöneres Geschöpf geben als diesen goldigen Goldfisch.«

»Laß mich in Ruhe mit deinem goldigen Goldfisch!« schrie die Frau ihren Mann an.

»Ach, ich wäre ja froh, wenn du mich mit dem goldigen Goldfisch in Ruhe lassen wolltest!«

So wurde hin und her gestritten, und die Diener im Vorzimmer mußten sich die Ohren zuhalten, weil sie die Streitigkeiten nicht anhören mochten.

Da der Fürst sich vom Fischlein nicht trennen wollte, wurde die Frau immer böser mit dem Mann.

»Gib mir den Goldfisch zu essen, oder ich sterbe.« Die Diener dachten bei sich, das letzte sei nicht das schlimmste. Die Ärzte dagegen rieten dem Großfürsten, seiner Gemahlin das Gewünschte servieren zu lassen, und um des lieben Friedens willen gab Melchior nach. Er bat Johann, er möge es übernehmen, das Tierlein schmerzlos zu töten, und um diesen Auftrag auszuführen, ging Johann zu einer Quelle, die nahe dem Garten floß. Schon war das Fischlein abgeschuppt, als eine alte Frau zufällig vorbeikam und Johann fragte, was er dort mache.

»Du siehst ja, ich nehme einen Fisch aus.«

»Ach, schenk mir doch das kleine Herz des Fisches.«

»Meinetwegen, hier hast du es, doch sage niemandem, daß ich es dir gegeben habe. Es wäre möglich, daß es meiner gnädigen Frau nicht recht ist.«

Die alte Frau versprach Stillschweigen und legte das Herz in ihrer Hütte hinter den Herd, damit niemand es sehen sollte. Die Schuppen hatte Johann mit den Flossen in die Quelle geworfen, doch eine der goldigen Schuppen fiel auf die Gartenerde, und als am nächsten Morgen der Fürst zum Fenster hinausblickte, sah er an derselben Stelle, wo die Schuppe hingefallen war, einen herrlich blühenden Apfelbaum, dessen Blätter und Äste einen feinen Goldschimmer zeigten.

Die böse Fürstin fühlte sich an diesem Morgen, da sie den Fisch gegessen hatte, wohler denn je zuvor, und als Melchior sie ans Fenster rief, um ihr den schönen Baum zu zeigen, kam sie gleich herbeigeeilt. Kaum aber hatte sie den Wunderbaum erblickt, als die gute Laune auch schon verflogen war.

»Nein, nein, das ist gar zu grell und gar zu hell. Der Baum muß sofort abgehauen und verbrannt werden.«

»Aber, liebe Frau, siehst du denn nicht, was für ein einzig schöner Baum das ist? Es wäre ein Frevel, ihn zu fällen.«

»Nein, nein, der Baum muß weg, weg, weg!« lamentierte sie, verfiel abermals in Krankheit, und es blieb dem Fürsten nichts anderes übrig, als tiefbetrübten Herzens nachzugeben.

Er bat Johann, das Fällen des Baumes zu beaufsichtigen, und als dieser ihn unter den Axtschlägen ächzen hörte und bald danach stürzen sah, blieb er neben dem Baum stehen, bis die Leute den Wagen geholt hatten, auf dem der Baum fortgefahren werden sollte. Da kam die alte Frau, die das Goldfischherz bekommen hatte, wieder vorbei, sah den herrlichen Blütenbaum am Boden liegen und sagte: »Welch ein Jammer! Gib mir doch ein Zweiglein von diesem wunderbaren Baum.«

»Meinetwegen, hier hast du ein Zweiglein, aber versorge es nur gut, sonst könnten wir beide Unannehmlichkeiten bekommen.«

»O ja, ich werde das Zweiglein schon gut verstecken und werde niemandem sagen, daß du es mir geschenkt hast. Hab herzlichen Dank.«

Daheim aber legte die Frau das Zweiglein zum Herzen, damit nur ja niemand ihre Schätze entdecke.

Als sie aber am nächsten Morgen erwachte, kam hinter dem Herde ein junges Mädchen hervor, das überaus lieblich anzusehen war. Es sagte zur alten Frau: »Fürchte dich nur ja nicht vor mir, gute Frau. Sehr dankbar bin ich dir, weil du das Herz und den Blütenzweig an dich genommen hast, denn ohne dieses würdest du nie von mir gewußt haben. Du hast mir Liebe erwiesen, die ich dir vergelten will, so gut ich's vermag. Darf ich wohl bei dir bleiben als deine Magd?«

»Oh, eine Magd brauche ich nicht. Wenn du aber allein auf der Welt stehst, kannst du als meine Tochter bei mir bleiben, wenn du willst.«

»Und ob ich will, Mütterchen, und damit du gleich erfährst, wie dein Kind heißt: Felizitas nennt man mich, und ich will dir alle Arbeit abnehmen, die zu schwer für dich ist.«

So blieb denn Felizitas, die frühere, kleine Fürstenbraut, bei der alten Frau und führte zusammen mit ihr ein recht friedliches Leben.

In diesem Sommer war nun auf den herzoglichen Feldern so viel Korn gewachsen, daß man zum Mähen und Garbenbinden viele Burschen und Mädchen gegen gute Bezahlung suchte. Da meldete sich auch Felizitas zum Garbenbinden und Korneinsammeln, denn sie lebte mit der Frau in größter Bescheidenheit und hätte gern einen Notgroschen für den Winter verdient. Ihr goldblondes Haar trug sie unter einem weißen Kopftuch verborgen, und so ging sie jetzt täglich aufs Feld, um für den Fürsten zu arbeiten.

Als nach einigen Wochen das Korn in die Scheunen gebracht war, wurde ein Erntedankfest abgehalten, an dem auch der Fürst sich beteiligte. Weil er das Volk gern erzählen hörte, bat er jeden einzelnen um eine kleine Geschichte. Als aber die Reihe an Felizitas kam, und der Fürst sie aufmerksam betrachtete, wurde sie blaß vor Schreck, senkte die Augen zu Boden und sagte mit leiser Stimme: »Ich weiß nichts, hoher Herr.«

»Oh, du wirst schon etwas wissen. Erzähle nur. Wer bist du, schönes Mädchen, und woher kommst du?«

Da überfiel eine schmerzliche Wehmut das arme Mädchen, und nur mit Mühe vermochte es seine Tränen zurückzudrängen.

Dann aber blickte Felizitas dem Fürsten ruhig in die Augen und begann: »Ich bin ein Mädchen von nirgendher. Einmal saß ich nahe einem Brunnen auf einem Eichbaum. Da kam ein vornehmer Jüngling zu mir, der schön wie ein junger Sommertag war und mir sagte, daß er mich liebe. Er gab mir seinen Ring und ich gab ihm den meinen. Dann ist er zu seinem Vater gegangen, um diesem anzuzeigen, daß er mich, seine Braut, gefunden habe. Da ich meinen Freund am Brunnenrande erwartete, kam eine Zigeunerin, die mich um mein Kleid bat. Ich gab es ihr, und sie gab mir ihr Kleid. Dann spiegelten wir uns im Brunnen, weil die Zigeunerin sehen wollte, wer schöner sei, sie oder ich. Plötzlich aber gab sie mir einen Stoß, und ich fiel in den Brunnen und versank. Doch bin ich später durch ein Wunder gerettet worden. Das ist alles.«

»Nicht alles, Felizitas«, sagte Melchior, indem er ihr das Kopftuch löste, so daß ihr die langen, blonden Zöpfe über die Schultern fielen. »Du bist es, Felizitas. Ich habe dich wiedergefunden und werde dich nie wieder verlassen.« Dann nahm er sie bei der Hand und führte sie vor den Augen der erstaunten Landleute zu seinem Vater, dem er die ganze Begebenheit berichtete. Da wurde die Zigeunerin, die falsche Fürstin, als Zauberin erkannt, die aber vor Schreck und Ärger im selben Augenblick starb, da sie von der Ankunft der Felizitas erfuhr.

Ein Jahr später wurde die Hochzeit jubelnd gefeiert. Die alte Frau, die Felizitas Güte erwiesen hatte, wurde auch zur Hochzeit eingeladen und blieb von da an für immer im Schloß. Johann wurde für seine Treue in den Adelsstand erhoben und vom Herzog mit einem stattlichen Vermögen bedacht, so daß er seine Braut bald heimführen konnte. Da gab es dann zwei glückliche Ehepaare, und eines wollte immer glücklicher sein als das andere, aber beim Glück muß auch viel guter Wille dabeisein. Wer große Lust hat, glücklich zu sein, hat meistens Glück mit dem Glück.

»So, Kinder, also das wäre die Geschichte«, sagte die Regina. »Wenn sie euch gefallen hat, mögt ihr sie im Gedächtnis behalten, und wenn nicht, dürft ihr sie vergessen.«

»Oh, sie hat uns gefallen, Nonna, aber ob wir sie im Kopf behalten können, wissen wir nicht.«

»Die Felizitas war eine Liebe, weil sie für die brave alte Frau gearbeitet hat und sie dann nachher mit ins Schloß zu sich nahm.«

»Ja, aber der Fürst Melchior hätte nicht gleich die häßliche Zigeunerin heiraten brauchen.«

»Gewiß«, antwortete die Großmutter, »das war freilich etwas überstürzt, und das ist niemals angebracht, und beim Heiraten schon gar nicht. Aber, Kinder, für heute abend muß ich mich entschuldigen, ich will früh schlafen gehen.«

Die Regina und die kleinen Kinder gingen zwar früh schlafen, aber die Erwachsenen hatten sich Gesellschaft eingeladen, den großen Küchentisch beiseite gerückt, und dann wurde getanzt. Es hatten sich einige Burschen eingefunden, die abwechselnd die Gitarre und die Geige spielten, und Cecco, der sonst nicht viel nach dem Tanzen fragte, drehte sich mehrmals mit Vezzosa im Kreise, und als das junge Mädchen sich am nächsten Abend wieder bei den Maruccis einstellte, war man nicht so ganz sicher, ob sie nur der Erzählung wegen kam. Man neckte sie gern ein wenig und fragte, ob sie gar keine Märchenbücher daheim hätte. Da zeigte Vezzosa sich gekränkt, und sie sagte: »Ich kann ja nach Hause gehen, wenn ihr mir die Erzählungen der Regina nicht gönnt.«

»Dann dürftest du aber auf keinen Fall allein gehen, Vezzosa«, sagte Carola mit schelmischem Lächeln, »entweder wird Maso oder Cecco dich begleiten. Du kannst wählen.«

»Laßt sie doch in Ruhe«, machte die Regina der Neckerei ein Ende, »ich werde meine Geschichte erzählen, und wie es dann mit dem Heimgang von Vezzosa wird, mag sich später finden. Ich bin froh um eine so aufmerksame Zuhörerin, wie Vezzosa es ist.«

Vezzosa lächelte der alten Frau dankbar zu und sagte in holder Verlegenheit: »Oh, Regina, Ihr seid so lieb, und ich möchte gern von Euch lernen, wie man Geschichten erzählt, weil ich auch einmal meinen Enkelkindern erzählen möchte, genau wie Ihr es macht.«

Alles lachte, aber die Regina gebot Stille für:

Die Schatzgräber

Es war einmal ein alter Bauer, der auf dem Gipfel des Monte Cinesio sich in einer Felsenhöhle einquartiert hatte. Niemand wußte, woher der Mann gekommen war und warum er auf dem Berge allein lebte; denn der felsige Boden war nur mühsam urbar zu machen, aber der alte Bauer hatte es doch geschafft. Er säte Gemüse und Blumen, je nach der Jahreszeit, und der Garten war recht nett und sauber gehalten. Obwohl er von den Dorfbewohnern im Tal eine gute Stunde entfernt wohnte, kamen doch einige aus Neugier zu ihm hinauf und nannten ihn Nachbar Anton.

Fragte man ihn also: »Nachbar Anton, was macht Ihr mit dem vielen Gemüse?«, entgegnete er:

»Das ist für den Magen.«

»Und die vielen Blumen?«

»Die sind fürs Auge.«

»Da habt Ihr aber nicht gar viel fürs Auge.«

»O doch«, entgegnete Nachbar Anton, »jede Blume ist ein Edelstein, den ich zu meinem Schatz lege.«

»Schatz«, das ist ein Wort, das mancher gerne hört, und so fragte man weiter:

»Und wo habt Ihr Euren Schatz?«

»In der Höhle halte ich ihn verborgen ... Aber beschwert Euch nicht mit unnützen Gedanken. Den Schatz kann nämlich, von mir abgesehen, nur ein Mann ohne Arme heben.«

Verrückt, vollkommen verrückt, dachten sich die Leute.

Verrückt mußte er doch sein, der Nachbar Anton, denn wo gab es auf der Welt einen Mann ohne Arme? In Albori, dem Dorfe, sicherlich nicht, und gar viel weiter konnten die Leute dort nicht denken.

Eines Tages stellten sich zwei Jäger, Sandro und Massimo, auf dem Berge ein.

»Nachbar Anton, könnt Ihr uns sagen, ob es in dieser Gegend Wild gibt? Wir möchten gerne jagen.«

»Ich wüßte nicht, daß es hier etwas zu jagen gibt. Hab' hier noch niemals Wild gesehen.«

»Nun gut, dann ist es also nichts damit . . . Aber was Ihr für schöne Blumen habt, Nachbar Anton! Blumenaugen wie Edelsteine! Solche Blumen gehörten in den Boboligarten zu Florenz.«

»O nein, sie sind hier fürs Auge.«

»Ja gewiß, aber doch auch ein bißchen für unsere Augen. Erlaubt Ihr, daß wir uns ein paar Blumen pflücken?«

»Ja, pflückt nur, soviel Ihr Lust habt.«

Das ließen sich Sandro und Massimo nicht zweimal sagen, bückten sich, um eilends möglichst viele Blumen zu pflücken, denn man konnte ja nicht wissen, ob sie sich nicht sofort oder allmählich in Edelsteine verwandelten. Kaum aber hatten die Jäger auch nur eine Blume berührt, als sie aufschrien: »Autsch! Autsch! Eia! Eiaei!« Dabei schüttelten sie sich vor Schmerz die Finger, weil sie sich wie mit scharfen Nadeln gestochen und geschnitten fühlten.

»Oh, das tut mir leid, meine Freunde. Ich wußte nicht, daß Ihr so gar empfindsam seid, sonst hätte ich Euch aufmerksam gemacht.«

»Oh, bitte, das macht nichts. Es gibt in Albori Blumen, die sich sanfter brechen lassen. Aber hört, Nachbar Anton, wir sind etwas müde, könnten wir nicht in Eurer Höhle vielleicht bis morgen früh ausruhen? Damit Ihr wißt, mit wem Ihr zu tun habt: Dies da ist mein Freund Sandro, und ich bin Massimo von Albori.«

»Freut mich, freut mich sehr, meine Herren. Gewiß könnt Ihr in der Höhle übernachten und übertagen nach Gefallen, aber . . .

Geöffnet ist der Eingang weit,
Doch steht kein gastlich Bett bereit.
Ein Stein dient hier als Ruhekissen.
Hier schläft nur, wer ein gut Gewissen.«

»Oh, dann ist es ja grad das Richtige für uns. Wir werden achtgeben, daß wir nicht sechzehn Stunden in einer Tour schlafen. Wir sind nämlich todmüde, und unser Gewissen ist so rein wie das eines neugeborenen Kindes.«

»Dann also seid willkommen und angenehme Ruhe«, wünschte der alte Bauer, der draußen im Garten blieb, während Massimo und Sandro sich in die Höhle begaben.

Es fiel ihnen aber im Traum nicht ein, sich schlafen zu legen. Sie fingen sofort an, die Wände abzuklopfen, mit der Faust, mit dem Hausschlüssel, mit dem Flintenkolben. Es gab ein hohles Echo, als wäre hinter der Wand eine große Leere, aber man konnte sich täuschen. Die unbefugten Schatzgräber sahen ein, daß man hier mit Hacke und Schaufel vorgehen mußte. Sie hatten aber doch den Eindruck gewonnen, daß der alte Bauer nicht verrückt sei, jedenfalls nicht ganz und gar, denn mit den Blumen, die nur fürs Auge da waren und sich nicht hatten pflücken lassen, hatte es doch seine Richtigkeit. Um Anton auf keinen Fall mißtrauisch zu machen, legten sie sich auf die Erde und übernachteten in der Höhle, obwohl sie lieber in ihrem warmen Bett als auf dem harten Stein gelegen hätten.

Zwei Tage später schon kamen die beiden Burschen wieder, aber diesmal waren sie als Maurer verkleidet, und jeder trug eine Schaufel und eine Hacke in der Hand.

»Wir haben grad in der Gegend eine Arbeit ausgeführt und sind noch zu müde zum Heimgehen. Würdet Ihr wohl erlauben, daß wir in Eurer Höhle ein wenig ausruhen?«

»Gewiß, gern, aber:

Geöffnet ist der Eingang weit,
Doch steht kein gastlich Bett bereit.
Ein Stein dient hier als Ruhekissen,
Hier schläft nur, wer ein gut Gewissen.«

»Dann dürfen wir es also wagen.«

»Seid willkommen und angenehme Ruhe!« wünschte der alte Bauer, der im Garten blieb, während die Schatzgräber in der Höhle verschwanden.

Da wir selbst nicht gar viel nach Edelsteinen und Gold fragen, brauchen wir uns auch nicht an der stundenlangen, eingehenden Arbeit zu beteiligen, die Sandro und Massimo jetzt auf sich nahmen, denn ans Schlafen dachten sie natürlich nicht einen Augenblick. Vielmehr hatten sie genug zu tun, die Wände abzuklopfen und jene Wand ausfindig zu machen, die sich am besten durchbrechen ließ. Sie mußten gehörig bei der Arbeit schwitzen, und als sie endlich ein Loch gemacht hatten, das groß genug war, den Kopf durchzustecken, sahen sie zunächst nichts als die rabenschwarze Nacht.

»Wenn's nur nicht am Tage auch so schwarz bleibt«, beunruhigte sich Sandro.

»Ach was«, entgegnete Massimo, »du bist ein rechter Schwarzseher. Man riecht ja das Geld förmlich.« Er mußte aber für sich zugeben, daß er nur Schwarz und nichts anderes sah.

Endlich wurde es Tag oder, genauer gesagt, Dämmerung.

Wieder blickten sie durchs Loch, einmal der eine und dann wieder der andere.

»Was siehst du, Sandro?«

»Gold, Gold, Gold und Topase und Edelsteine und was weiß ich, was noch alles da liegt.«

»Laß mich sehen . . . Wahrhaftig Gold, Gold, Gold . . . Aber höre, mein Junge, wir können hier nicht die Zeit mit

Betrachtungen vertrödeln. Hier, nimm die Hacke, und jetzt wird Platz gemacht, damit wir durchkönnen.«

Nach stundenlanger Arbeit war der Zugang offen, und jetzt füllten sich die Burschen die Taschen gehörig voll. Dukaten, Diamanten, Rubine, Topase, alles wurde durcheinander in die Taschen gestopft. Als sie nun ihrer Wege gehen wollten, merkten sie, daß sie sich nicht vorwärts bewegen konnten. Sie hatten sich offenbar zuviel aufgeladen. Was tun?

»Werfen wir ein paar Dukaten oder Edelsteine fort. Es kommt ja auf etwas mehr oder weniger nicht an.«

So flogen denn einige Schätze wieder zurück, aber es genügte immer noch nicht. Selbst die wenigen Steinchen, die sie noch in der Tasche hatten, kamen ihnen beinahe noch schwerer vor als die vielen Schätze, mit denen sie sich zu Anfang belastet hatten. Sie sahen die herrlichsten Schätze strahlender als Sonnenlicht in allen Regenbogenfarben vor sich leuchten, waren aber nicht fähig, auch nur ein kleines Diamantsplitterchen zu tragen, und mußten schließlich einsehen, daß sie unverrichtetersache fortgehen mußten.

Gerade als sie im Begriff standen, aus der Höhle herauszutreten, sahen sie durch die Luft zwei Stöcke auf sich zukommen. Die schienen von unsichtbaren Händen ergriffen zu werden, aber die Prügel, die die beiden Burschen bekamen, wurden recht geschickt ausgeteilt. Sie schrien »ach und weh!« und »Hilfe, zu Hilfe!« Aber niemand war so gefällig, einzuschreiten.

Da gab's kaum einen Knochen, der den beiden nicht weh tat, und als sie aus der Höhle traten, sahen sie den Nachbar Anton, der seelenruhig seine Blumen begoß.

»Wünsche Euch glückseligen guten Morgen, meine Freunde. Was habt Ihr denn, daß Ihr so jammert?«

»Oh, nichts weiter, es hat uns nur geträumt, daß wir

geprügelt würden«, gaben Sandro und Massimo zur Antwort.

»Jaja, so was kann einem manchmal im Traum vorkommen«, sagte der Alte, aber ein verschmitztes Lächeln spielte um seinen Mund.

Sandro und Massimo befühlten sich Arme und Beine, ob sie auch noch alle Glieder beisammen hätten, und als sie das spöttische Lächeln ihres Gastgebers sahen, fragten sie:

»Was findet Ihr denn so heiter, Nachbar Anton?«

Er aber tat, als sänge er vor sich her:

»Jäger und Maurer
Sind gute Laurer.
Sie klopfen an Wänden.
Sie greifen mit Händen.
Der Schatz war zu schwer,
Die Taschen sind leer.«

Da merkten sie, daß der Alte sie erkannt hatte, und ohne sich für das Nachtlager zu bedanken, holperten sie talwärts. Unten im Dorf erzählten sie allen, die es hören wollten, ihr nächtliches Abenteuer, doch fanden sie kaum einen, der ihnen Glauben schenken konnte.

Alle sagten: »Der Alte da oben muß verrückt sein. Ein Mann ohne Arme! Wo gibt es denn einen Mann ohne Arme?«

»Man muß ihn suchen, den Mann ohne Arme, dann kann der Schatz schon gehoben werden.«

»Ja, suchet und Ihr werdet finden«, so hänselte man die beiden Burschen.

Sandro und Massimo machten sich nun auf die Wanderschaft, um einen Mann ohne Arme zu finden, aber von Florenz bis Neapel begegneten ihnen nur Leute mit Armen. In Neapel fanden sie schon einmal einen Drehorgelspieler auf der Straße, der nur einen Arm hatte, und als sie ihm viel Geld anboten, ihm den andern abzukaufen, stellte sich heraus, daß ihm auch der eine nicht fehlte und er diesen einen nur, um das Mitleid der Leute zu erregen, im Rock verborgen hielt. »Was denkt Ihr auch?« fragte der Orgelspieler, »ich könnte ja meine liebe Frau ohne Arme nicht umarmen, und zur Arbeit brauche ich wenigstens einen Arm.«

Als sie sahen, daß es aussichtslos war, einen Mann ohne Arme aufzutreiben, kamen sie auf den frevelhaften Gedanken, einer von ihnen müsse sich opfern und sich die Arme abschneiden lassen, gingen deshalb nach Salerno zu einem Chirurgen, dem sie ihr Anliegen vortrugen. Im Sprechzimmer des Arztes losten sie aus, wer das Opfer sein solle. Es traf Massimo. »Wenn du mich nur nicht bei der Teilung betrügen wirst, ich säße ja schön da ohne Arme.«

»Aber was denkst du? Willst du mich mit Gewalt beleidigen, mich, deinen besten Freund, für den ich alles hingeben würde?«

»Wenn's so mit deiner Freundschaft steht, laß du dir die Arme abschneiden.«

»Aber das würdest dann du wiederum nicht ertragen. Nein, das Los hat entschieden, und dabei bleibt es.«

»Das würdest du kaum sagen, wenn das Los dich getroffen hätte.«

Der Arzt trat herein und fragte, was die Herren wünschen.

»Herr Doktor, hier ist mein Freund Massimo, der sich die Arme von Ihnen abschneiden lassen möchte.«

»Wie?! Was?!«

»Ja, die Arme, Herr Professor, wenn Sie so freundlich sein wollten.«

»Was ist denn mit den Armen los? Laßt mich die Arme sehen.«

Massimo mußte die Jacke ausziehen, krempelte sich die

Hemdsärmel auf und zeigte seine einwandfreien, soliden Arme. Der Arzt fühlte ein bißchen an den Muskeln herum und fragte verwundert: »Ja, was fehlt diesen Armen denn? Habt Ihr Beschwerden? Tun Euch die Arme weh?«

»Sie tun mir nicht weh, und es fehlt den Armen an sich nichts. Sie stören mich einfach, und drum will ich sie los sein.«

»Das beste wird sein, Ihr begebt Euch sofort ins Irrenhaus. Die Adresse will ich Euch gerne geben. Wollt Ihr dagegen die Arme amputieren lassen, müßt Ihr Euch an einen andern wenden. Ich bin nicht der richtige Mann dafür. Adieu, meine Herren.«

Und dann standen sie draußen vor der Tür.

Um es kurz zu machen, weder in Salerno noch in Neapel, weder in Pompeji noch in Florenz fanden sie einen Arzt, der ihnen gefällig gewesen wäre, obwohl sie Geld genug für den Dienst boten.

Da mußten sie wieder gen Albori ziehen und wandten sich in der dortigen Gegend an eine Hexe, die kein Federlesens machte, sondern sofort sagte: »Also gib schon die Arme her, wenn sie dir nicht passen.« Während nun Massimo sich abermals die Jacke auszog und die Arme entblößte, rührte die Hexe eine Salbe zurecht, die nicht einmal übel roch, strich sie Massimo auf die Arme, der sich zwar nicht allzu zimperlich anstellte, aber immerhin doch ein bißchen zu stöhnen begann. Sandro rief im begütigend zu: »Mut, Mut, mein Freund, es wird sich lohnen!«

Die Arme fielen ab, und die Wunden heilten im selben Augenblick. »Was sind wir schuldig, gute Frau?«

»Nichts, die Arme genügen mir. Ich werde sie versorgen für den Fall, daß Ihr sie einmal wieder brauchen könnt.«

Damit legte sie die Arme sorglich in eine saubere Kassette.

»Das war aber billig«, wunderte sich Massimo und war

recht zufrieden, daß er sein Geld geschont hatte, denn den großen Schatz hatte er ja noch nicht.

Es war mitten in der Nacht, als Sandro und Massimo das Haus der Hexe verließen, und so konnten sie unbemerkt nach Albori gelangen. Sie hatten nämlich große Furcht, gesehen zu werden; denn wenn die Alboreser Massimo ohne Arme gefunden hätten, würden sie ihn kaum aus den Augen gelassen haben, weil ja er es war, der ohne Arme den Schatz heben konnte. Am nächsten Morgen ließ er sich von Sandro einen weiten Radmantel umlegen und ging sehr früh schon mit seinem Freunde auf den Monte Cinesio. Der alte Bauer war wie gewöhnlich in seinem Garten beschäftigt, grüßte die Ankömmlinge freundlich und fragte nach ihrem Befinden.

Die Burschen zeigten sich auch höflich und fragten dann ohne weitere Umschweife:

»Nachbar Anton, warum schenkt Ihr uns denn nicht eine von Euren schönen Blumen?«

»Ich habe doch schon einmal gesagt, jede Blume ist ein Edelstein, den ich zu meinem Schatz lege. Der große Schatz in der Höhle aber ist verzaubert, und nur der Mann ohne Kopf vermag ihn zu heben.«

»Der Mann ohne Kopf?!« schrien beide erschrocken wie aus einem Munde.

»Ja freilich, der Mann ohne Kopf. Seid Ihr schwerhörig, daß Ihr noch einmal fragt?«

»Ihr habt uns doch gesagt, es brauche einen Mann ohne Arme.«

»Niemals habe ich das gesagt. Ihr müßt Euch verhört haben. Mir scheint, Ihr seid beide schwerhörig. Ihr solltet einmal zum Ohrenarzt gehen.«

»Dank für den guten Rat. Wir würden sofort zum Ohrenarzt gehen, wenn wir nicht so müde wären. Dürfen wir nicht ein wenig in der Höhle uns ausruhen?«

»Herzlich gern, Ihr lieben Leute, aber:

Geöffnet ist der Eingang weit,
Doch steht kein gastlich Bett bereit.
Ein Stein dient hier als Ruhekissen,
Hier schläft nur, wer ein gut Gewissen.«

»Nun, dann sind wir am rechten Platz. Unser Gewissen ist rein wie die Sonne.«

»Dann seid willkommen und angenehme Ruh'!« grüßte der alte Bauer und ließ die Burschen in die Höhle eintreten, während er im Garten verblieb.

Kaum waren sie in der Höhle angelangt, als sie sich auch schon nach dem großen Loch umsahen, das sie vor wenigen Tagen mit Not und Mühe in den Felsen geschlagen hatten. Aber siehe da, das Loch war verschwunden, und jetzt hieß es, von neuem sich an die Arbeit zu begeben.

»Durchtrieben ist dieser Alte! Er hat nur gesagt, daß es eines Mannes ohne Kopf bedürfe, damit wir nicht unsererseits den Schatz heben. Zu oft hat er erzählt, es bedürfe eines Mannes ohne Arme, und das bin ich, Massimo. Schaff nur fleißig, Sandro. Es tut mir leid, daß ich dir nicht bei der Arbeit helfen kann, aber du wirst einsehen, daß es ohne Arme nicht möglich ist.«

»Laß nur deine Sprüche unterwegs. Stemme dich wenigstens gegen die Wand, damit du nicht vollends müßig dastehen mußt. Mir scheint, die Arbeit geht noch härter als das erstemal.«

»Gut Ding will Weile haben, laß dich die Mühe nicht verdrießen.« Als aber Massimo sich energisch gegen die Wand stemmte, gab sie zum angenehmen Erstaunen der Schatzgräber plötzlich nach und sank fast lautlos ein. Dann lag die Herrlichkeit abermals vor ihren gierigen, schier geblendeten Augen.

Sandro füllte sich die Taschen, aber Massimo sagte: »Füll doch zuerst mir die Taschen, damit es dir später nicht zu schwer fällt. Du siehst doch, daß ich mich nicht selbst bedienen kann.«

»Du hast recht. Massimo, du bist ein grundgescheiter Bursche. Wärest du nicht so sehr klug, hättest du dir auch nicht die Arme abnehmen lassen. Komm, hier sind die Dukaten. Oder ziehst du Edelsteine vor? Dein Lebtag wirst du nicht mehr zu arbeiten brauchen.«

»Aber auf den Tanzboden werde ich auch nicht mehr gehen können. Darum füll mir nur die Taschen nicht zu knapp, damit ich wenigstens mein Leben fristen kann.«

»Du wirst es schon fristen, nur keine Sorge.«

»Wenn wir nur beim Ausgang keine Prügel bekommen.«

»Ich glaube kaum. Diesmal werden wir verschont bleiben, aber ich will doch vorsichtshalber die Taschen nicht so gar füllen. Wir können ja morgen wiederkommen. Du wirst ja auch morgen noch ohne Arme sein.«

»Hoffen wir das Beste und machen uns aufs Schlimmste gefaßt«, entgegnete Massimo.

Als sie nun aus der Höhle traten, blickten sie sich scheu um, ob nicht die verdächtigen Stöcke aus der Luft auf sie loskommen würden, doch blieben sie unbehelligt. Das war sehr angenehm. Daher grüßten sie auch den alten Bauer besonders freundlich.

»Nun, wie habt Ihr geschlafen, meine Freunde?«

»Wie auf Rosen ohne Dornen.«

»Nun, das freut mich. Ich wünsche einen glückseligen Tag.«

»Danke, danke, gleichfalls.« Und damit zogen die beiden ihrer Wege.

Nun war es herrlich, mit Gold und Edelsteinen beladen durch Gottes schöne Natur zu spazieren; doch konnten sie die Zeit nicht abwarten, bis sie ihre Schätze daheim in

Sicherheit gebracht hatten. Sie gingen daher in den Wald, setzten sich behaglich unter einen Baum, um sich die Taschen in aller Ruhe und Stille zu leeren und sich am Glanz ihrer Kostbarkeiten zu erfreuen. Sandro warf den ganzen Reichtum auf einen Haufen. War das eine Augenweide! Sie konnten sich an dem bunten, strahlenden Gefunkel kaum satt sehen und machten dabei die herrlichsten Zukunftspläne, kauften sich in Gedanken die schönsten Kleider, die lauschigsten Parkanlagen, Häuser und Wagen und malten sich aus, was für gute Sachen sie essen wollten. Als sie mit solch seligen Träumereien einige Stunden verbracht hatten, war es die höchste Zeit, zum Mittagessen zu gehen; denn es macht nur vorübergehend satt, wenn man viel vom Essen und Trinken spricht. Der Magen läßt sich nicht durch leere Versprechungen betrügen. Sie verspürten beide gehörigen Hunger, und darum beeilte sich Sandro, seinem Kameraden die Taschen wieder anzufüllen. Aber, aber was war denn plötzlich los? Kaum hatte Sandro die Schätze mit den Händen berührt, als sich urplötzlich die ganze Herrlichkeit in leere Schneckenschalen verwandelt hatte. Sie starrten und starrten auf den wertlosen Kram, als hätten sie in ihrem ganzen Leben noch nie leere Schneckenschalen gesehen. Sie hofften eine Weile lang, die Schalen würden sich wieder zurückverwandeln, aber das fiel den Schneckenschalen nicht ein.

Da gab's eine böse Zänkerei zwischen den Freunden. »Hätten wir nur nicht vorzeitig die Taschen geleert!«

»Es muß noch ein Geheimnis geben, das wir nicht kennen.«

»Möglich, daß der Schatzheber ohne Arme geboren sein muß.«

»Um's Himmels willen, ich kann doch nicht dafür, daß ich mit gesunden Armen geboren worden bin. Oh, was hab' ich getan! Meine Arme, meine Arme, meine armen Arme!«

»So laß doch das unnütze Lamentieren!«

»Du hast gut reden. Du hast deine Arme noch, aber ich . . ., ich . . ., ich . . . Du wirst mich von nun an ernähren müssen. Ich weiß mir keinen anderen Rat. Nicht wahr, Sandro, du wirst mich nicht im Stiche lassen?«

»Im Stiche lassen? Hab' ich denn einen Vertrag mit dir gemacht? Ich hab' doch selbst nichts und wäre froh, wenn ich ein paar gefüllte Schnecken zu essen hätte. Es tut mir leid, aber helfen kann ich dir nicht.«

»Gut, dann leb wohl mit deinen gesunden Armen. Wir haben einander nichts mehr zu sagen. Mich hat der Himmel für meine Geldgier gestraft, und mir ist recht geschehen. Leb wohl!«

»Leb wohl, Massimo!«

So schieden die beiden voneinander.

Nun war Massimo natürlich besonders schlimm dran. Er war auf die Güte der Mitmenschen angewiesen. Manche im Dorfe aber, als sie hörten, warum und wie er seine schönen Arme losgeworden war, konnten ihm kein Mitleid bezeigen, weil er sein Unglück selbst verschuldet hatte. Doch ist es gleichwohl nicht recht, nur jenen Hilfe zu erweisen, die ohne ihr Verschulden in Not geraten. Wer eine Sünde begangen hat und dadurch ins Elend gerät, verdient auch unsere Barmherzigkeit, und auf eine gewisse Weise noch mehr als der unschuldig Leidende. Es gibt nichts Schöneres und Edleres auf der Welt, als einer verirrten Seele beizustehen und daneben auch für das leibliche Wohl zu sorgen. Der unglückliche Massimo, der hilfloser als ein kleines Kind geworden war, ging von Haus zu Haus, um sich ein wenig Nahrung zu erbitten. Nun waren zwar nicht alle Leute herzlos, doch waren die meisten zu bequem, dem armen Massimo jeden Bissen Brot in den Mund zu schieben. Wer aber diese Liebesmühe auf sich genommen hätte, dem hätte sicherlich der liebe Gott solch edle Tat reichlich vergolten.

Massimo war betrübt, daß er selbst gutmütigen Leuten bald eine große Last wurde. Da besann er sich auf einen Verwandten, der in äußerster Armut lebte. Es war ein Köhler namens Julian, der Witwer war und für sechs kleine Kinder zu sorgen hatte. Dieser nahm Massimo auf und fütterte ihn abends und morgens mit eigener Hand, wie man einem jungen, verlassenen Vogel zu essen gibt.

Massimo wollte sich seinem Wohltäter gerne erkenntlich zeigen, war bereit, betteln zu gehen, aber Julian wollte das nicht, solange noch ein Stückchen Brot im Hause war. Massimo meinte: »Vielleicht findest du einmal einen Mann, der ohne Arme geboren ist, und der den Schatz hebt, und dann wird er dir sicher etwas Geld ablassen.«

»Ach nein, du sollst mich in Ruhe lassen damit. Fände ich einen Mann ohne Arme, würde ich diesen selbst als einen Schatz betrachten und ihm Gutes erweisen, soviel ich es nur könnte. Dann hätte ich Hoffnung, einen Schatz an Liebe im Paradiese vorzufinden.«

»Du wirst ihn finden, lieber Julian«, sagte Massimo in sich gekehrt, und von dieser Zeit an wurde er ein besserer Mensch. Die Güte seines Verwandten hatte sein Herz bekehrt.

Sandro aber konnte nicht davon lassen, an den Schatz in der Höhle zu denken und, was noch schlimmer war, er steckte das ganze Dorf mit seiner Geldgier an. Einige freilich begannen ihn für verrückt zu halten, weil er immer nach einem Manne ohne Arme ausspähte, den es nirgends gab. Massimo war nicht der Richtige gewesen, den Schatz zu heben. Es mußte einer sein, der niemals Arme besessen hatte. Immer wieder trug er den Leuten dieses Märchen vor, und um den Verwirrten nicht noch mehr aufzuregen, sagte man ihm: »Ja, es kann schon sein. Vielleicht kommt eines Tages der Richtige ohne Arme. Ihr müßt nur Geduld haben.« Sobald man ihm widersprach, gebärdete er sich wie ein Wilder, und allmählich wurde er ganz wunderlich im Kopf, so daß man ihn im Armenhaus versorgen mußte.

Eines Tages nun zeigte sich eine junge Frau im Dorfe, die, ihr Kind auf den Armen, von Haus zu Haus betteln ging. Die Frau war in Lumpen gekleidet, sah mitleiderregend mager aus, und das kleine Kind erschien noch elender als die Mutter. Sie trug es, obwohl es im warmen Sommer war, in ein Tuch gehüllt, und als man sie fragte, ob es für das Kind nicht zu heiß sei, gab die Frau zur Antwort:

»Ach nein, es ist nur ein leichtes Tuch, aber mein kleiner Sohn ist leider ohne Arme geboren, und einen solch traurigen Anblick mag ich keinem Menschen zumuten. Daher trage ich das Kind im Tuche.«

Aber siehe da, man fand es gar nicht so sehr traurig, daß der Knabe keine Arme hatte, und wir wissen ja schon, aus welchem Grunde, aber die unglückliche Mutter wußte es nicht.

»Wie schade, daß dein Sohn noch nicht volljährig ist!« sagte man der Frau und gab ihr reichlich Almosen.

»Ach, ich denke nicht gern an die Zukunft. Jetzt trage ich mein Kind noch im Arm und kann sorgen für mein Kleines. Was aber wird sein, wenn mein Sohn erwachsen sein wird und ich alt sein werde und dann von dieser Welt fortmuß? Wer wird dann für meinen Sohn sorgen? Ach nein, ich möchte, daß mein armes Kind immer klein bliebe.«

»Immer werden wir für dich und deinen Sohn sorgen. Bleibe nur bei uns. Ihr sollt es gut bei uns haben.«

»Gott lohne Euch Eure Güte, Ihr guten Menschen«, sagte die Frau, doch wunderte sie sich ein wenig, daß es in Albori so gar viel hilfsbereite Menschen gab, die sich nicht genugtun konnten, ihr Söhnlein und auch sie zu verwöhnen.

Kaum gab es eine Familie, die nicht dringend darum bat, sie möge doch mit ihrem Sohne wenigstens für einige Wochen zu ihnen kommen. Die arme Frau dachte, man dürfe den Menschen die Gelegenheit, Gutes zu tun, nicht nehmen, und so ließ sie sich überall mit einem herzlichen »Vergelt's Gott!« einladen, so daß sie und ihr kleiner Junge sichtlich aufblühten und bald recht gesund und frisch aussahen. Sie kam gar nicht dazu, sich von Albori zu verabschieden, blieb jahre- und jahrelang im Dorf, einmal hier und einmal dort.

»Wie heißt Euer Söhnlein, gute Frau?«

»Angelo.«

»Oh, er ist wirklich ein kleiner Engel.«

»Ach, aber ohne Flügel. Wenn der liebe Gott ihm nur ein paar Arme geschenkt hätte!« So klagte die Frau, doch hörte man den leichtbegreiflichen Wunsch nicht gerne.

»Und wie heißt Ihr, gute Frau?«

»Maria.«

»Oh, einen heiligen Namen tragt Ihr.«

»Ach ja, ich stehe zwar unter dem Schutz der Gottesmutter, aber wenn sie nur meinem Angelo ein Paar gesunde Arme erbitten würde, dann würde ich ihr ewig dankbar sein, im Diesseits und im Jenseits.«

»Nun ja, man muß mit seinem Los zufrieden sein«, gab man ihr zu verstehen, doch war das nur ein schwacher Trost für die Mutter.

Der kleine Angelo wuchs zu einem lieblichen Kinde heran, doch war er immer ein wenig traurig, ging viel in die Kirche und fragte oftmals den lieben Gott: »Lieber

Gott, darf ich dich um ein Paar Arme bitten? Wie gern möchte ich ein Paar gesunde Arme haben, damit ich für meine Mutter arbeiten kann, wenn ich groß bin. Wenn ich aber ohne Arme leben muß und du es so haben willst, soll es mir recht sein, und ich will mich in mein Schicksal fügen.«

So betete das Kind in seiner frommen Einfalt, weil es sich nicht ganz sicher fühlte, ob es auch um ein Paar Arme bitten dürfe, weil die Leute ihm oftmals sagten, er möge sich mit der Gesundheit zufrieden geben und nicht auch noch nach gesunden Armen verlangen, die er nun einmal nicht erhalten könne. Manchmal freilich erwiderte der kleine Angelo auf solche Vorhaltungen: »Ach, dem lieben Gott ist nichts unmöglich, und er wird schon wissen, was er zu tun hat.«

Während nun das Kind immer größer wurde und bald seine Volljährigkeit erreicht hatte, gingen einige Leute aus Albori auf den Monte Cinesio, um sich beim Nachbar Anton nochmals genau nach dem Schatz zu erkundigen. Zuerst bewunderten sie vor der Höhle die Blumen.

»Nachbar Anton, was macht Ihr nur mit den vielen schönen Blumen?«

»Die Blumen sind fürs Auge da. Jede Blume ist ein Edelstein, den ich zu meinem Schatz lege.«

»Und wo habt Ihr Euren Schatz?«

»Er liegt in der Höhle verborgen. Aber macht Euch keine unnützen Gedanken. Nur derjenige, der ohne Arme geboren wurde, vermag den Schatz zu heben.«

»Braucht es nicht einen Mann ohne Kopf?«

»Nein, nein, es braucht keinen Mann ohne Kopf. Es hat gar mancher seinen Kopf verloren, der nach Geld und Gold trachtet, obwohl man den Kopf noch sehen kann. Aber der Kopf steckt sozusagen nicht mehr im Kopf.«

»Das verstehen wir nicht, Nachbar Anton.«

»Das will ich Euch gerne glauben, Ihr versteht manches nicht.«

»Aber das haben wir doch recht verstanden, daß ein junger Mann, der ohne Arme geboren ist, den Schatz zu heben vermag.«

»Ja, das eine habt Ihr genau begriffen«, sagte der Alte und lächelte seine neugierigen Besucher überlegen an.

»Und seid so freundlich, uns noch zu sagen: Handelt es sich um einen großen Schatz, der in der Höhle zu finden ist?«

»Ich werde wohl sagen dürfen, daß es jedenfalls einer der größten Schätze ist, die man auf der Welt finden kann.«

Da kehrte die Gesellschaft jubelnd ins Dorf zurück, denn jetzt hatten alle Aussicht, über die Maßen reich zu werden.

Die Mutter und ihr Sohn, vor denen man die Sage vom Schatz in der Höhle streng geheimhielt, wurden mit Aufmerksamkeit überschüttet. Angelo aber, der in wenigen Tagen volljährig sein würde, mußte sich krank ins Bett legen, worüber im Dorf große Aufregung entstand.

Die Ärzte, die man rufen ließ, meinten zwar, es sei nur eine leichte Erkältung, die den jungen Mann befallen habe, doch waren die Alboreser dennoch in Sorge, er könne ihnen vor der Zeit sterben. Angelo lag ein wenig schwach im Bett, doch ging es ihm schon wieder besser, als die Leute vom Dorfe kamen, sich nach seinem Befinden zu erkundigen. Sie hätten gern gewußt, wie er selber über den Schatz dachte, doch suchte man dies auf eine versteckte Art herauszubringen, indem man ihn fragte, ob er nicht Lust habe, sehr reich zu werden. Lächelnd verneinte er.

»Aber, Angelo, es wäre doch für dich und deine Mutter

ein ganz großes Glück, wenn ihr sorgenfrei leben könntet.« Angelo, welcher der Meinung war, man sage ihm dies nur aus Gutmütigkeit, begann leise zu singen:

»Was frag' ich viel nach Geld und Gut,
Wenn ich zufrieden bin!
Gibt Gott mir nur gesundes Blut,
Dann hab' ich frohen Sinn
Und sing' aus dankbarem Gemüt
Mein Morgen- und mein Abendlied.«

Er wußte nicht, welch kostbare Lehre er den Leuten gab, die sein Lager umstanden, und diese waren so verblendet, daß sie nicht fähig waren, die gute Lehre zu erfassen. Sie konnten die Zeit nicht abwarten, Angelo wieder gesund zu sehen, und ihr heimlicher Jubel war groß, als sie ihn einen Tag vor seiner Volljährigkeit im Dorf umhergehen sahen. Sein erster Gang aber war – in die Kirche, dem lieben Gott für die wiedererlangte Gesundheit zu danken.

Am nächsten Tage wurde er mit seiner Mutter zu einem Ausflug nach dem Monte Cinesio eingeladen, und das konnten sie ihren Wohltätern doch nicht abschlagen. So pilgerten also Mutter und Sohn, begleitet von beinahe sämtlichen Einwohnern des Dorfes, auf den Berg, wo der alte Anton den Ankömmlingen schon von weitem entgegensah. Das gab ein Gegrüße! Jeder wünschte, in der Höhle »auszuruhen«. Diesmal aber wehrte der alte Mann ab und sagte:

»Nur der Mann ohne Arme darf die Höhle betreten. Ihr andern müßt alle draußen bleiben.«

»Aber sagt uns, guter Nachbar Anton, wird er auch wirklich mit dem Schatz aus der Höhle herauskommen?«

»Gewiß, meine Freunde, er wird den Schatz in Empfang nehmen.«

Angelo stand bestürzt neben seiner ebenso erschrockenen Mutter.

»Aber ich will doch gar keinen Schatz, guter Mann. Es ist ein Irrtum. Ich bin nicht hierhergekommen, um Schätze zu heben. Der Schatz, den ich mir wünsche, wird hier nicht zu finden sein.«

Jetzt erkannte er, daß es nicht wahre Liebe gewesen war, die man ihm und seiner Mutter erwiesen hatte, sondern daß nur Goldgier der Grund gewesen war. Vor Enttäuschung begann er bitterlich zu weinen, und seine Mutter weinte mit ihm.

Das Volk aber drängte ihn gewaltsam in die Höhle, während die Mutter nicht genügend Kraft besaß, ihren Sohn zu schützen. Sie mußte ihren Angelo vor ihren Augen in der Höhle verschwinden sehen. Da sank sie in die Knie, um für ihren Sohn zu beten.

Angelo kehrte lange nicht zurück. Als er in das Innere der Höhle trat, lag der Reichtum auch vor seinen Augen ausgebreitet. Er erblickte alles genau so, wie Sandro und Massimo es einmal gesehen hatten. Ihn aber freute dieser Glanz nicht. Vielmehr brach er in Tränen aus, die zu Boden fielen, weil er ja keine Hände hatte, sein Gesicht in ihnen zu verbergen. Er hatte weder Arme noch Hände, die er zum Himmel erheben konnte, nur sein Herz wandte sich zu Gott.

Draußen aber wartete voll Ungeduld die Menschenmenge. Nach einigen Stunden erst vernahmen sie einen Aufschrei und einen Ruf des Jubels, wie man ihn seliger noch niemals vorher vernommen hatte.

»Mutter! Mutter, ich habe den Schatz gefunden! Ich hab' ihn, ich hab' ihn!« Dann stand plötzlich Angelo im Eingang der Höhle, die vom Sonnenlicht hell erleuchtet war.

»Mutter! Komm! Sieh, wie reich ich bin!« Die Mutter stürzte ihrem Sohne entgegen, der weit seine Arme ausstreckte, seine Mutter zu umfangen.

Die Leute standen zuerst sprachlos da und starrten nur auf Angelo, der seiner Mutter in übergroßer Seligkeit das Gesicht streichelte. Sie aber schmiegte sich in die Arme ihres Sohnes, wortlos, während die Tränen der Dankbarkeit ihr über das Gesicht rannen.

»Ja, und der Schatz?« So wagte einer höchst verdutzt zu fragen.

Da ließ Angelo die Mutter los, streckte seine Arme gen Himmel und hielt sie dann den Leuten hin: »Da, seht den Schatz! Was bedarf es eines anderen? Aber Ihr braucht mich nicht zu beneiden, denn auch Ihr habt diesen Schatz. Komm, Mutter, gehen wir.«

Arm in Arm gingen die beiden fort, und man hörte sie jubelnd zusammen singen:

»Was frag' ich viel nach Geld und Gut,
Wenn ich zufrieden bin!
Gibt Gott mir nur gesundes Blut,
Dann hab' ich frohen Sinn
Und sing' aus dankbarem Gemüt
Mein Morgen- und mein Abendlied.«

Nachbar Anton aber sagte lächelnd: »Nun, was gafft Ihr noch, Ihr guten Leute? Freut Euch, Ihr habt denselben Schatz wie Angelo. Seid zufrieden und braucht Eure Hände und Arme mit gutem Gewissen, und Ihr werdet glücklich sein.«

Schweigen herrschte im kleinen Kreise. Jeder dachte auf seine Weise über die lehrreiche Geschichte nach. Plötzlich fragte der kleine Michael mitten in die Stille hinein: »Nonna, warum haben die andern Leute nicht mit Angelo und seiner Mutter gesungen?«

»Weil sie nicht zufrieden waren mit dem, was sie hatten.«

»Vielleicht hatten sie zu wenig«, gab Nicola zu bedenken.

»Ob sie viel oder wenig hatten«, gab die Regina Aufschluß, »das ist gleichgültig. Die Genügsamkeit ist es, die den Menschen glücklich macht.«

»Aber daß der Mann sich die Arme abschneiden ließ, das ging denn doch zu weit«, meinte Julia.

Maso sagte: »Es geht immer zu weit, wenn der Mensch habsüchtig ist. Die Gier kann ihn zu jedem Frevel treiben, und dafür enthält diese Geschichte ein starkes Beispiel.«

»Und wie kommt es, daß man gar so oft bei uns annimmt, in den Berghöhlen müsse es Schätze geben?« fragte Francesca.

»Das mag verschiedene Gründe haben. Sehr oft verbergen die Menschen in Kriegszeiten ihre Schätze in den Höhlen. Dann aber gibt es auch einfältige Leute, die unter der Form des Berges zugeschüttete Reichtümer vermuten, und es gibt ja auch tatsächlich Edelgestein im Innern der Berge, das sich auf natürliche Weise gebildet hat.«

Jetzt teilte Carola an alle Anisplätzchen aus: »Mir scheint, wir alle, die wir hier beisammen sind, haben uns über nichts zu beklagen. Darum schlage ich vor, daß wir, bevor wir schlafen gehen, das kleine Loblied der Zufriedenheit anstimmen, das ihr sicher alle kennt. Den ersten Vers hat uns Angelo vorgesungen, darum können wir mit dem zweiten beginnen. Seid ihr einverstanden?«

»Ja, wir sind einverstanden, besonders, wenn Cecco unser Lied mit der Gitarre begleitet.« Dazu war Cecco sofort bereit, und dann klangen die hohen und tiefen, die starken und schwachen Stimmen fröhlich vereint zusammen.

»So mancher schwimmt im Überfluß,
Hat Haus und Hof und Geld
Und ist doch immer voll Verdruß
Und freut sich nicht der Welt.
Je mehr er hat, je mehr er will.
Nie schweigen seine Klagen still.

Da heißt die Welt ein Jammertal,
Und oh, wie ist sie schön,
Hat Freuden ohne Maß und Zahl,
Läßt keinen leer ausgehn!
Das Käferlein, das Vögelein
Darf sich ja auch des Maien freun.

Und uns zuliebe schmücken ja
Sich Wiese, Berg und Wald,
Und Vögel singen fern und nah,
Daß alles widerhallt.
Bei Arbeit singt die Lerch' uns zu,
Die Nachtigall bei süßer Ruh'.

Und wenn die goldne Sonn' aufgeht,
Wird golden auch die Welt
Und alles in der Blüte steht,
Viel Ähren trägt das Feld.
Dann denke: Alle diese Pracht
Hat Gott zu deiner Lust gemacht.

Dann preise ich und lobe Gott
Und habe frohen Mut.
Ich weiß: Es ist ein lieber Gott,
Er meint's mit Menschen gut.
Drum will ich immer dankbar sein.
Will mich der Güte Gottes freun.«

Es war mitten im Winter und eine recht harte Zeit für die Familie Marucci. Die Regina, welche die Kälte nur sehr schlecht vertrug, hatte sich ins Bett legen müssen, doch wollte sie nicht zugeben, ernstlich krank zu sein, obwohl jeden Abend ein leichtes Fieber festgestellt wurde. Vezzosa hatte sich eines Abends wieder eingestellt, Cecco beiseite genommen und ihm gesagt: »Höre, Cecco, ich muß morgen nach Florenz fahren. Soll ich nicht zu einem Arzt gehen und ihn zu euch bitten, damit er nach deiner Mutter sieht, damit ihr wenigstens ruhig sein könnt, alles für ihre Gesundheit getan zu haben, was sich gehört?«

»Es wäre mir lieb, wenn du das tun wolltest, Vezzosa, und ich danke dir für deine Gefälligkeit, aber gib, bitte, dem Arzt zu verstehen, daß er bei seinem Kommen nicht verlauten läßt, daß er eigens bestellt ist, weil dies meiner Mutter nicht recht wäre, und leider haben wir hier noch mehr Hausgenossen, die nur allzu gerne den Arzt sparen, auch wenn seine Hilfe nötig ist.«

Es war aber sehr gut, daß der Arzt schon am nächsten Tage kam, denn Carola hatte sich eine starke Bronchitis geholt und lag jetzt auch krank im Bett. Vezzosa aber half ihren Nachbarn, wo sie nur konnte, sorgte vor allem für die kleinen Kinder, weil die Mütter doch viel im Haushalt und in den Ställen beschäftigt waren. Sie zeigte den größeren Kindern, Annina und Julia, wie man Wäsche ausbessert, während sie die Kleinen anstellte, Bohnen aus den trockenen Schoten zu enthülsen oder die Maiskolben von den dürren Blättern zu befreien. So hatte jedes der Kinder eine kleine Beschäftigung, die um so lieber verrichtet wurde, wenn es daneben noch eine Geschichte zur

Belohnung gab, und um die Kinder zu erfreuen, erzählte Vezzosa folgendes Märchen.

Der wunderliche Fingerhut

Es war einmal ein reicher Ritter, der eine wunderschöne Tochter hatte, namens Mariebell. Es war ein liebes, gutes Mädchen, das aber von seinen Eltern als einziges Kind recht verwöhnt wurde. Als Mariebell noch klein war, saß sie eines Tages am Fenster, um sich zur Kurzweil das Leben auf der Straße anzusehen. Da kam eine Zigeunerin vorüber, die den Leuten für ein kleines Entgelt die Zukunft sagen konnte, was sie ohne weiteres aus der Hand las. Mariebell rief die Zigeunerin zu sich heran und sagte: »Ich will dir einen Taler aus meiner Sparbüchse schenken, wenn du mir etwas Gutes aus der Hand herauslesen kannst.«

»Zeige deine Hand«, sagte die Zigeunerin, und Mariebell streckte ihr Händchen zum Fenster hinaus. Die Zigeunerin sah sich die Linien an, schüttelte bedenklich den Kopf und sprach:

»Alles Schlimme und alles Gute
Steckt in einem Fingerhute.«

Da gab Mariebell der Zigeunerin den Taler und wußte so wenig und so viel als vorher.

Der Ritter aber hatte die Unterhaltung seiner Tochter mit der Zigeunerin gehört und sagte zu seiner Frau: »Es wird gut sein, wenn wir Mariebell niemals einen Fingerhut in die Hände geben. Ohne Fingerhut werden wir schon dafür sorgen, daß sie glücklich wird. Hat sie aber einen Fingerhut, können wir nicht sicher sein, daß ihr etwas Schlimmes begegne.«

»Du hast recht«, entgegnete die Frau, »wir werden für Mariebell ein schönes kleines Haus gleich neben unserem Palast bauen lassen, und da kann sie dann mit ihrer Amme eingeschlossen wohnen bis zu ihrer Verheiratung, denn eine Wahrsagung kann nur bis zu diesem Zeitpunkte gelten.«

Nun lebte also Mariebell mit ihrer Amme in vollkommener Abgeschiedenheit, und obwohl sie schöne Bücher und Spielsachen hatte, langweilte sie sich zum Sterben. Die Amme war zwar eine gutmütige Person, doch als ausschließliche Gesellschaft für ein junges Mädchen wenig anregend. Durch die Fenster konnte sie auch nicht mehr wie früher auf die Straße blicken, wo Kinder spielten, sondern nur auf ein nettes Blumengärtchen, das von einer hohen Mauer umgeben war, damit nur ja niemand einen Fingerhut über die Mauer werfen konnte. O wie gern hätte Mariebell mit andern Kindern auf der Straße ein bißchen getollt, wie dies Kindern entspricht. Manchmal glaubte sie Kinder singen zu hören:

»So gemeinsam wir spielen,
so gemeinsam im Kreis.
Es ist eine verschwunden,
kannst du raten, wie sie heißt?«

Ach, das bin ich, dachte Mariebell, aber die Kinder meinten leider nicht das arme, eingeschlossene Mädchen. Sie spielten Verstecken und Nachlaufen und dachten wenig an das einsame Kind, an Mariebell, die sie gar nicht kannten.

Mariebell wurde immer schöner und größer, aber ihre Langeweile wuchs auch, und das ewige Einsamsein machte sie allmählich immer trauriger. Sie hielt das Gefängnis nicht aus, und da ihre Eltern sie besuchen kamen, fragte sie: »Wann werdet ihr mich aus der Verbannung erlösen?«

»Sobald wir einen Mann für dich gefunden haben.«

»Ach, dann werde ich wohl noch lange warten müssen, da ich erst vierzehn Jahre alt bin, und wer weiß, ob ihr einen Mann für mich findet!«

Die Eltern meinten: »Du hast es gut hier, und du mußt nur Geduld haben, denn du darfst vor deiner Ehe keinen Fingerhut anrühren.«

Die arme Mariebell hatte keine Ahnung, was ein Fingerhut ist, und befragte ihre Amme. Die gab Auskunft: »Es ist ein ganz kleines Hütchen, das man auf den Mittelfinger der rechten Hand setzt, wenn man nähen oder sticken will, damit die Nadel nicht in den Finger sticht.«

»Muß das drollig sein, ein solch winziges Hütchen! Ach, liebste Amme, zeige mir wenigstens ein solches Ding! Ich verspreche dir, es nicht anzurühren, aber sehen möcht' ich es einmal. Übrigens hat die Zigeunerin gesagt, daß nicht nur das Böse vom Fingerhut kommen solle, sondern auch das Gute. Und wer glücklich ist, muß auch einmal unglücklich sein können; denn wie kann ich wissen, was Glück ist, wenn ich das Unglück nicht kenne, an dem ich das Glück ermessen kann?«

»Du hast recht, mein Liebling, aber tu mir den einzigen Gefallen und verlange keinen Fingerhut zu sehen, weil es mir so sehr schwerfällt, deine Bitte abzuschlagen.«

»Sag, liebste Amme, besitzest du denn einen Fingerhut, den du mir zeigen könntest?«

»Das ist es ja gerade, mein Liebling, ich habe einen Fingerhut in meiner Tasche. Doch muß ich ihn versteckt halten, damit du ihn nicht findest. Ich weiß, daß du nicht meine Taschen durchstöberst; aber ich hab' ihn gleichwohl in meinem grauen Rock unter meinem Taschentuch verborgen.«

Man sieht wohl, daß die Amme nicht gerade die Gescheiteste war, und Mariebell mußte lachen, da die Amme ihr in aller Unschuld verriet, wo der Fingerhut zu finden war.

»Bitte, bitte, zeige mir doch den Fingerhut.«

Die Amme ließ sich erweichen, holte einen ganz alten, eisernen Fingerhut aus der Kleidertasche und hielt ihn Mariebell vor Augen. Da begannen die beiden Einsamen miteinander umherzujagen. Mariebell suchte den Fingerhut zu erhaschen, während die Amme auswich. Schließlich aber gelang es Mariebell, sie zu erhaschen und ihr den Fingerhut zu entwinden.

Sie betrachtete das Hütlein von allen Seiten und fand nichts Besonderes an ihm. Die Amme bat: »O Mariebell, gib mir den Fingerhut zurück. Deine Eltern haben mir streng verboten, einen Fingerhut zu tragen, und ich benutze ihn auch niemals, er ist nur aus Vergeßlichkeit in meiner Tasche geblieben. Sei so gut und verrate mich nicht. Gibst du mir den alten Fingerhut zurück, will ich dir einen goldenen schenken, wenn du einmal Hochzeit feiern wirst.«

Mariebell gab ihr artig den Fingerhut zurück und versprach, ihre Amme niemals an die Eltern zu verraten.

Merkwürdig genug aber: in der Nacht ließ die Sache der neugierigen Mariebell keine Ruhe. Sie stand heimlich von ihrem Bette auf, schlich sich zu den Kleidern der Amme, die im tiefen Schlafe lag und nicht merkte, daß Mariebell ihr den Fingerhut aus der Kleidertasche holte. Wie kann nur ein solch winziges, unansehnliches Ding mir Gutes oder Böses bringen, fragte sich das Mädchen und drehte das Hütlein hin und her. Da fiel es ihr plötzlich wie von ungefähr ein, mit dem Fingerhut ein bißchen an der Wand herumzuklopfen, so nebenbei, aus purer Langerweile. Du lieber Himmel, was war das? Die Mauer teilte sich, und Mariebell sah mit einem Male durch alle Wände hindurch, und alles wurde hell vor ihren Augen. Sie war gar nicht erschrocken, nur sehr angenehm überrascht. Sie ging durch mehrere prächtig eingerichtete Räume hindurch, da jede Wand sich öffnete, sobald sie mit dem Fingerhut nur dreimal leicht anklopfte. Das war ja ein unglaublich gefälliger Fingerhut. Mariebell ging immer weiter, sah plötzlich durch eine gläserne Wand hindurch in einen wunderhübschen Schlafraum. Eine goldene Lampe hing an langer Kette von der Decke herab und beleuchtete sanft das Gesicht eines Jünglings, der wunderschön wie ein schlafender Engel anzusehen war. Mariebell konnte der Versuchung nicht widerstehen, mit ihrem Fingerhütlein dreimal leise an die Wand zu klopfen. Die Wand öffnete sich, als wäre sie aus Luft, und schloß sich, sobald Mariebell hindurchgegangen war. Und jetzt stand sie also vor dem Ruhelager, auf dem der Jüngling schlafend lag. Sie betrachtete ihn und dachte: »Oh, das wäre einer, der mich zur Frau nehmen könnte, damit ich nicht länger im Gefängnis wohnen muß!« Dann blickte sie sich ein wenig um und entdeckte auf dem Tische eine kleine goldene Uhr, die ihr so gut gefiel, daß sie beschloß, diese mit sich zu nehmen. Auf der Uhr war an der Rückseite das königliche Wappen in Edelsteinen ausgelegt, und da wußte Mariebell, daß es der Prinz war, der hier schlief. Es macht wohl nichts, wenn ich die Uhr ein bißchen mit mir nehme, dachte sie, und es ist auch nicht ausgeschlossen, daß ich sie wieder zurückbringe. Die kleine Uhr ließ sich willig mitnehmen, als gehöre sie zu Mariebell. Diese ging nun wieder durch die vielen Räume in ihr Zimmer zurück, und nachdem sie Fingerhut und Uhr sorglich versteckt hatte, legte sie sich wieder in ihr Bett und schlief herrlich bis in den hellen Morgen hinein.

Der Prinz aber bemerkte bald nach dem Erwachen, daß ihm seine Uhr fehlte, zeigte den Verlust unverzüglich seinem königlichen Vater an, der den Palast von oben bis unten durchsuchen ließ, doch die Uhr wurde nirgends gefunden. Die ganze Dienerschaft mußte sich eine Untersuchung gefallen lassen, aber niemand war darüber gekränkt, weil jeder sich unschuldig wußte. Der Dieb schien nicht im Schlosse zu sein. Am nächsten Abend ließ der König zwanzig Wachen im Vorzimmer des Prinzen aufstellen, damit niemand unbemerkt zu ihm gelangen könnte.

Mariebell jedoch ließ sich das Vergnügen nicht entgehen, am nächsten Abend abermals den königlichen Palast zu besuchen, und der Fingerhut tat treu seine Dienste, öffnete alle Wände und Türen, als wär's seine Pflicht. Der Prinz lag im gesunden Schlafe der Jugend, und Mariebell konnte ihn sich nach Herzenslust betrachten. Diesmal bemerkte sie an seiner rechten Hand einen sehr schönen Siegelring, den sie dem Schläfer vom Finger zog, um ihn als Andenken an den Prinzen mitzunehmen.

Am nächsten Morgen, als der Prinz sich die Hände waschen wollte, bemerkte er zu seinem nicht geringen Schrecken, daß ihm der Fingerring fehlte. Nun, da gab's aber ein Hallo im Schloß! Der geheimnisvolle Dieb hatte gewagt, den Ring vom Finger des schlafenden Prinzen zu ziehen! Das mußte doch ein ganz verwegener Gauner sein, der vor nichts zurückschreckte. Ja, und die zwanzig Wachen im Vorzimmer? Da war nicht einer unter diesen zwanzig, der nicht hoch und heilig seine Unschuld und seine Zuverlässigkeit beschwor. Niemand wollte geschlafen haben, und selbst wenn einige von den Wachen ein bißchen geduselt hätten, würde doch wohl einer unter den vielen das Eintreten des Diebes bemerkt haben. Kurzum, man stand vor einem Rätsel. Der König befahl: »Heute abend werden fünfzig Soldaten strenge Wache halten, und wehe dem Diebe, der sich erwischen läßt!«

Es war nur ein Glück, daß Mariebell – an diesem Abend

kam sie selbstverständlich wieder – nicht durch das Vorzimmer ihren Weg nahm, sondern wie auch die andern Male durch die Wand kam, die zu anderen Räumen führte. Diesmal hatte sie sich eine kleine Schere mitgenommen, und nachdem sie den schönen Prinzen, als wäre er ein Bild, genügend betrachtet hatte, schnitt sie ihm, zickzack, eine seiner langen, goldblonden Locken ab, die sie als Andenken mitzunehmen gedachte.

Als sie dann aber nach einer Weile den Rückweg wieder antreten wollte, bemerkte sie zu ihrer Bestürzung, daß sie den Fingerhut nicht mehr hatte. Sie suchte eifrig im Zimmer umher, aber er war nicht zu finden. Sie mußte ihn im Nebenraum verloren haben. Hier jedoch war nur eine Wand, die fest geschlossen war, durch die sie ohne Fingerhut nicht einmal hindurchsehen konnte. Jetzt war guter Rat teuer. Nebenan hörte sie einige von den Wachen leise miteinander sprechen. Mariebell wagte vor Angst kaum zu atmen. Was sollte sie nur tun? Sie überlegte hin und her. Den Prinzen wagte sie nicht zu wecken, denn der würde sicherlich über ihre heimlichen Besuche recht böse sein, und sie hatte ihm ja auch Uhr und Ring weggenommen, sanfter gesagt, ein wenig ausgeliehen. Ring und Uhr, die sie sogar bei sich in der Tasche trug, hätte sie dem Prinzen zurückgeben können. Was aber konnte er mit der Locke anfangen, die sie ihm abgeschnitten hatte? Die Locke würde ihm gewiß nicht wieder anwachsen, und Mariebell verbarg das geraubte Haar rasch in ihrem Ärmel. O Fingerhütlein, komm zu mir! So wünschte Mariebell in ihrer Not, aber da kam kein Fingerhütlein.

Sie wagte nicht, sich zu rühren, fürchtete jeden Augenblick, die Wache könne ins Zimmer treten. Und was würde dann geschehen?

Plötzlich schlug die große Wanduhr, die sich in einem Winkel des Zimmers befand. Mariebell sah hin und erblickte eine Frau, in silbergraue Schleier gehüllt, die den Uhrzeiger um eine Stunde vorrückte. Da schlug die Uhr mit wundersam leisem Klang zwölfmal.

Die Schleierfrau wandte sich um, bemerkte Mariebell, die tieferschrocken dastand, mit großen Augen auf die seltsame Erscheinung starrend. Diese aber blickte freundlich auf Mariebell und fragte mit zarter Stimme: »Was fehlt dir denn, mein Kind?«

»Oh, rette mich, ich flehe dich an! Nicht weiß ich, wie du hierhergekommen bist. Die Türen sind geschlossen. Oh, kannst du mich nicht verzaubern oder mich mit dir nehmen? Wie bist du nur hierhergekommen? Wer magst du sein?«

Die Schleierfrau lächelte ein wenig und sagte: »Ich bin die Stundenfee und überwache die Zeit. Mitnehmen kann ich dich nicht, aber verwandeln kann ich dich. Willst du, daß ich dich in eine Taube verwandele?«

»O ja, bitte, bitte, tu das. Laß mich eine Taube werden, denn ich habe solche Angst, Mariebell zu sein. Wenn man mich hier entdecken wird! Verwandle mich ganz rasch!«

Da wurde Mariebell sogleich zur weißen Taube, doch war sie gleichwohl so ängstlich, daß sie auf die goldene Lampe flog, die oben von der Decke herabhing, und in den Verzierungen der Lampe blieb die Taube in sich geduckt die ganze Nacht über still sitzen, ohne sich zu rühren.

Als am nächsten Morgen die warme Sonne ihre Strahlen durchs Fenster warf, erwachte der Prinz. Er rief sogleich nach seinem Kammerdiener, damit dieser ihm das Bad bereite und ihm beim Ankleiden behilflich sei. Der Kammerdiener bemerkte sofort, daß dem Prinzen vorne an der Stirn eine Locke fehlte, und rief erstaunt aus: »Oh, gnädiger Herr, es muß Euch jemand während der Nacht eine Locke abgeschnitten haben.«

»Reiche mir einen Spiegel«, rief der Prinz. Ja, wahrhaftig, die schönste Locke fehlte. Die fünfzig Wachen wurden herbeigerufen, die wieder einmal lebhaft ihre Unschuld beteuerten. Der König kam herbeigeeilt. In der ersten Entrüstung befahl er voreilig, sämtliche Wachen ins Gefängnis abführen zu lassen. Schon wurden Wächter für die armen Wachen beordert, als der Blick des Königs zufällig auf den Kronleuchter fiel, in dessen vergoldeten Armen völlig verängstigt die kleine weiße Taube saß, die vor Schreck die Locke fallen ließ, die sie unter den Flügeln verborgen gehalten hatte. Alles war aufs höchste erstaunt. »Die Taube ist die Diebin. Sie wird am Tage durchs Fenster geflogen sein, um nachts zu stehlen. Ergreift die Räuberin. Sicher hat sie auch Ring und Uhr genommen. Faßt sie! Untersucht sie sofort.«

Mariebell als Taube zitterte vor Angst, flatterte hin und her, ließ Schere, Ring und Uhr aus den Flügeln fallen. Sie wurde von einer der Wachen ergriffen und dem König in die Hand gegeben. Das kleine Herz zitterte ihr in der Brust. Sie schloß die Augen und glaubte, ihr letztes Stündlein sei gekommen.

Der König befahl: »Man soll die Taube dem Koch übergeben, damit er sie gebraten dem Prinzen als Mittagessen vorsetzt.«

Soll das mein Los sein? Vor solchem Schicksal grauste der kleinen Mariebell, aber als Taube konnte sie ja kein Wort zur Erklärung vorbringen. Der Koch aber war ein gutmütiger Mensch, und als man ihm das niedliche Täubchen übergab, brachte er es nicht über sich, es zu töten.

»Es ist ja viel zu mager«, erklärte er, »und es hat keinen Sinn, ein solch winziges Ding zu braten. Wär ja schad um die Butter.«

Das hörte die Taube nicht ungern und äugte mit ihren blanken, blauen Gucksen so dankbar als möglich den freundlichen Koch an. Dieser beschloß, die Taube vorerst in den Hühnerstall zu lassen, ihr reichliches Futter zu geben. Später könne man ja dann immer noch sehen, ob sich die Taube als Braten oder Pastete eignen würde.

Nun war es für Mariebell zwar kein sonderliches Vergnügen, im Hühnerstall wohnen zu müssen, aber es war doch angenehm zu wissen, daß sie nicht auf der Stelle ihr junges Leben lassen mußte. Die Taube nahm sich fest vor, möglichst wenig zu essen, damit sie schlank und leicht bliebe, denn es mußte ein zweifelhaftes Vergnügen sein, geschlachtet und gebraten zu werden. Sie wurde in dem Hühnerstall untergebracht, wo sie zwar nicht mit ihresgleichen auf einer Stange saß, aber die Hühner waren wenigstens gutmütige Wesen, wenn auch nicht sonderlich anregend, und manchmal sehnte sich die verzauberte Mariebell nach ihrer guten Amme zurück.

Ja, und wie es der ging, wagen wir kaum mitzuteilen. Wer beschreibt den Schrecken der Amme, als sie an jenem Morgen nach dem nächtlichen Ausflug Mariebells das Nest leer fand? Suchen, Weinen, Händeringen, Rufen, nichts half, und die Amme war der Verzweiflung nahe. Die Eltern wehklagten über das verlorene Kind, suchten es überall in der Stadt, obwohl man sich nicht erklären konnte, wie es aus dem Hause gekommen war, und die Amme hütete sich, etwas vom Fingerhut verlauten zu lassen, der mit Mariebell verschwunden war.

»Wir haben sie doch gut eingeschlossen«, jammerte die bekümmerte Mutter.

»Ja, das haben wir«, klagte der betrübte Vater, »aber es wäre gewiß besser gewesen, wenn wir sie nicht eingeschlossen hätten. Du siehst, sie hat sich ihre Freiheit zu verschaffen gewußt.«

»Wenn ihr nur kein Fingerhut in die Hände gerät, der ihr Unglück bringen kann!«

Aber Mariebell saß ohne Fingerhut im Hühnerstall.

Eine der Hennen sagte aufmunternd zu ihr: »Iß doch, Täubchen, du kommst ja von Kräften, wenn du nicht ordentlich issest.« Da antwortete es: »Ach, ich habe gar keinen Appetit, ich will lieber noch magerer werden.«

»Mir scheint, du bist nicht recht bei Trost. Schau her, sogar unser Hahn hat Mitleid mit dir. Geh, nimm den Regenwurm, den er für dich ausgescharrt hat.«

»Ach, ich mag keinen Regenwurm!« antwortete die Taube und senkte schwermütig das Köpfchen.

»Du weißt nicht, was gut schmeckt«, sagte das Huhn und aß den Regenwurm selbst.

Manchmal flog die Taube in die Küche, weil sie dort etwas über den Prinzen zu erfahren hoffte. Auch wünschte sie dem Koch zu zeigen, wie mager sie noch war. Sie setzte sich ihm zutraulich auf seine Schulter, schmiegte sich weich an seine Wange, als hätte sie ihn bitten mögen: Nicht wahr, du tust mir nichts zuleide? Dann schob der Koch dem zahmen Tierchen einen kleinen Leckerbissen in den Schnabel. »Iß nur, Täubchen, du kannst ruhig etwas fetter werden, wir werden dich gleichwohl nicht schlachten, und wenn du zehn Ringe und zehn Uhren gestohlen hättest. Du weißt ja nicht, daß du eine kleine Diebin bist, hast auch alles brav zurückgegeben. Gib nur acht, daß du nicht unversehens in den Kochtopf fällst. So, jetzt geh fliegen, ich muß die Suppe rühren, Täubchen.«

Dann flog es fort und war eine Weile ganz vergnügt.

Eines Tages hörte die Taube die braune Henne schwer seufzen und fragte teilnehmend: »Was fehlt dir, gute Henne? Warum ißt du so wenig? Früher hast du mich aufgefordert zuzugreifen, und jetzt läßt du den Kopf hängen.«

»Ich weiß schon, warum ich mich gräme. Du verkehrst doch viel in der Küche, und daher wundert's mich, daß du nicht weißt, was los ist.«

»Keine Ahnung«, antwortete die Taube, »ich habe nichts Besonderes gehört. Allerdings habe ich mich seit zwei Tagen nicht in der Küche blicken lassen. Das Wetter ist so schön, und da habe ich mich aufs Dach des Schlosses gesetzt, um mir die Gegend ein wenig anzusehen.«

»Hast du den Prinzen gesehen?« fragte die Henne.

»Nein, den habe ich nicht bemerkt«, antwortete die Taube, aber sie war etwas verlegen dabei und scharrte mit den Füßchen im Sand, ohne etwas zu suchen und zu finden, was nämlich die Art der Tauben ist, wenn sie etwas zu verbergen haben. Wohl hätte die Taube nach dem Prinzen sich erkundigen mögen, fürchtete aber, ihre Liebe dadurch zu verraten, die sie einem Huhn nicht anvertrauen mochte. Dann jedoch sah sie das Huhn fragend ein wenig von der Seite an.

Dieses begann klagend zu berichten: »Doch, dok, dok, doch. Jaja, ich bin alt und kenne die Welt, und ich möchte am liebsten nichts mehr sehen und hören von ihr.«

»Was ist denn los?« fragte das Täubchen, »du machst mich neugierig. Was ist denn passiert?«

»Hochzeit gibt es. Dreihundert Gäste sind eingeladen, und einhundertzwanzig Köche sind angenommen worden. Zwei Ochsen und sieben Kälber sollen geschlachtet werden. Nun ja, das geht mich nichts an, aber man nimmt ja auch an anderer Leute Schicksal teil, und im Kuhstall wird nicht die beste Laune herrschen, und manche Mutter wird um ihr Kälbchen klagen. Ich bin ja selber Mutter und weiß, wie es einer Mutter zumute ist, wenn sie ihre Kinderchen verlieren muß.« Die arme Henne seufzte ein Mal übers andere und fing ein wenig zu weinen an.

»Ach, liebe Henne, was bist du doch für eine Gute. Weinst du um die Kälbchen?«

»Freilich weine ich um die Kälbchen; aber ich weine noch mehr um meine eigenen Kinder, die alle in der

Pfanne oder im Kochtopf endigen werden. Mich selbst kann man nicht brauchen, ich bin zu alt und zu zähe. Bin ja nur fürs Eierlegen gut genug, und zum Brüten läßt man mich ja kaum mehr kommen. Ach, wenn ich nur selbst zu einer kleinen Kraftbrühe dienen könnte! Ich würde gern mein Leben lassen, damit meine Kinder sich noch ein wenig des Daseins erfreuen könnten. Ach, aber dieses wird ihnen nicht beschieden sein!«

»O du Armes!« sagte die kleine Taube voller Mitleid, »wenn ich nur mit dem Koch sprechen könnte! Er mag mich ja gut leiden, und ich will's versuchen, meinen Einfluß auf ihn für deine Kinder geltend zu machen. Sei nur nicht zu traurig, es kommt vielleicht besser, als du denkst.«

Der Henne rollte noch ein Tränlein übers Schnäbelchen, aber der Zuspruch der Taube tat ihr sichtlich gut, und nachdem sie wie in der Zerstreuung ein paar umherliegende Erbsen aufgepickt hatte, sah sie die Angelegenheit weniger tragisch an, kam wieder ins Plaudern, denn Aussprache tut in solchem Falle immer wohl.

»Doch, doch, doch, es ist, wie ich sage, es gibt eine Hochzeit, und da wird es hoch hergehen an der Tafel. Der Prinz bekommt die steinreiche Prinzessin Mirabilis zur Frau.«

»So, so, der Prinz heiratet«, gurrte die Taube und versank in tiefes Nachdenken. Oh, wie traurig sie war, daß der schöne Prinz schon eine Braut hatte.

»Ist sie schön, die junge Braut?« erkundigte sich die Taube, melancholisch girrend.

»Weder schön noch jung«, gackerte die Henne ärgerlich, »mein Schnabel ist schöner als ihre Nase, und sie ist wenigstens viermal älter als ich. Aber was willst du? Sie ist steinreich, und das kann manchen Schönheitsfehler gutmachen. Aber was geht uns das an? Soll der Prinz heiraten, wenn er Lust hat. Uns kann er ja nicht zur Frau nehmen.«

O wie das Täubchen seufzte! Das kleine Herz wollte ihm fast brechen. Wie recht die alte Henne doch hatte! Der Prinz konnte weder die Henne noch die Taube zur Frau nehmen. Das Täubchen litt sehr unter seiner Verzaubenrung. Mariebell gedachte ihrer Eltern in großer Sehnsucht und hatte an diesem Tag nicht einmal Lust, auch nur ein einziges Hirsekorn zu essen.

In der Abendstunde wurde das Heimweh nach den Eltern so stark, daß sie auf und davon flog. Sie flog bis zum kleinen Haus, in dem sie ihre Kindertage verbracht hatte. Hier setzte sie sich bescheiden aufs Dach, bis die Sonne untergegangen war. Dann nahm sie sich vor, auf einem Baum zu übernachten. Doch als sie dorthin fliegen wollte, sah sie dasselbe Fenster geöffnet, an dem sie früher einsam gesessen hatte. Da flog die Taube durchs Fenster und ließ sich auf dem Kissen nieder, auf dem Mariebells Kinderköpfchen geruht hatte. Oh, der schlimme Fingerhut! Hätte sie ihn doch nie zu Gesicht bekommen! Weil das Zimmer dunkel und verlassen war, dachte sich das Täubchen, es könne wohl nicht schaden, wenn es hier auf dem Kissen ein Schläfchen mache. Es konnte am Morgen ja zeitig wieder fortfliegen. So schlief die Taube denn voller Vertrauen ein. Den kleinen Kopf steckte sie unter die Flügel. Mitten im Schlaf jedoch erwachte sie, weil sie plötzlich etwas Hartes spürte. In der Morgendämmerung erkannte sie, daß es der Fingerhut war, den die gute Stundenfee dorthin gezaubert hatte. Die Taube bemühte sich, den Fingerhut mit den Füßchen zu ergreifen, doch – o Wunder – kaum hatte sie den Fingerhut berührt, als sie sich im selben Augenblick verwandelt fühlte, und jetzt war es wieder Mariebell, die in ihrem Bette lag, das Fingerhütchen in der Hand.

Oh, ihre Freude war sehr groß, denn jetzt konnte sie doch wieder zu den lieben Eltern kommen, und alles konnte wieder gut werden, wie es einmal gewesen war. Dann aber fiel ihr der schöne Prinz ein, der vielleicht schon morgen seine Hochzeit feiern würde mit der Prinzessin Mirabilis. Da fühlte Mariebell die unbezwingbare Sehnsucht, den Prinzen noch einmal zu sehen. Vielleicht war es noch nicht zu spät. Es mochte noch nicht vier Uhr in der Frühe sein, und es war nicht anzunehmen, daß der Prinz so gar zeitig aufstehen würde. Da nahm Mariebell eilends ihren Fingerhut, klopfte an die Wand, die sich öffnete, genau wie früher, ging durch alle Räume hindurch, die sich hinter ihr schlossen, und so kam sie zum königlichen Palaste und noch einmal in jenen Raum, in dem der Prinz auf seinem Bette schlafend lag.

Ein Lächeln umspielte seinen Mund, als träume ihm vom Glück. Mariebell setzte sich leise neben ihn auf das Ruhebett. Da sie aber nun daran dachte, daß sie ihn jetzt nie wieder würde ansehen dürfen, begann sie zu weinen. Die Tränen fielen auf das Antlitz des Königssohnes. Da erwachte er und sah das kleine Mädchen an seinem Bette sitzen. Mariebell dachte nur an die Flucht, beeilte sich aufzuspringen, aber der Prinz hielt sie an der blauen Schärpe fest, die sich um das helle Kleid schlang. Mariebell riß sich los, doch die Hälfte ihrer Schärpe blieb in den Händen des Prinzen. Dem Mädchen aber gelang es, mit Hilfe des Fingerhutes zu entfliehen, und wenige Minuten später war es im Hause seiner Eltern.

Der Prinz aber, bewegt von der großen Schönheit und den Tränen des Mädchens, ging sogleich zu seinem Vater und teilte ihm mit, daß er auf keinen Fall die Prinzessin Mirabilis heiraten werde. Er wünschte sich nur das verschwundene Mädchen zur Frau. Der König, der seinen Sohn sehr liebte, war einverstanden und sprach: »Sieh nur zu, daß du das schöne Kind findest. Die Prinzessin Mirabilis mag deinen Vetter heiraten oder wen sie sonst will. Es gibt genug Prinzen in unserer Familie, aber du sollst nur ein Mädchen heiraten, das du von Herzen liebst.«

Nun befestigte der Prinz die Schärpe höchst eigenhändig an einer langen Stange, so daß sie wie eine Fahne anzusehen war, die ein Page durch die Straßen tragen mußte. Der Prinz ritt mit einem großen Gefolge hinter der Fahne her, und ein Diener mit besonders kräftiger Stimme rief überall aus: »Jenes Mädchen, dem die andere Hälfte dieser Schärpe gehört, melde sich frei und offen, da ein großes Glück es erwartet.«

O ja, es gab viele Mädchen in der Stadt, die gar zu gern ihr Glück gemacht hätten und die aus dem Fenster blickten, aber leider konnte die Schärpe ja nur einem Mädchen gehören. Und dieses eine Mädchen zeigte sich nicht.

Während nun der Prinz von einer Straße zur andern zog, lag Mariebell im Bett, um sich von ihrem letzten Abenteuer im Schlaf zu erholen. Es mochte die zehnte Morgenstunde sein, als es der Amme einfiel, einmal in Mariebells Zimmer zu gehen, um dort ein wenig Staub zu wischen. Sie schlug die Hände vor Erstaunen über dem Kopf zusammen, als sie Mariebell frisch und gesund im Bett erblickte. Die Augen waren besonders blank, weil sie so gut ausgeschlafen hatte. Sie lächelte vergnügt der Amme zu, die ihren Schützling gerührt in die Arme schloß; doch hielt sie sich bei den Liebkosungen nicht allzulange auf, sondern eilte zu den Eltern, deren Freude keine Grenzen kannte. »Welch ein Glück, daß du wieder da bist! Erzähle uns, wie es dir gegangen ist. Was hast du gemacht? Wo hast du dich herumgetrieben, du kleiner Ausreißer?«

»Bitte, liebste Mama, liebster Papa, ich habe einen Riesenhunger. Ich will mich rasch ankleiden und komme sofort zum Frühstück. Dann will ich euch alles haarklein erzählen.«

»Aber komm ins Schloß, denn einsperren wollen wir dich nicht mehr. Wir laufen nur Gefahr, daß du uns wie ein Vogel davonfliegst.«

»Ja, und noch wie eine Taube«, rief sie fröhlich den Eltern nach. Rasch kleidete Mariebell sich an.

Da fiel ihr ein, daß sie nur noch die Hälfte ihrer Schärpe hatte, aber dagegen war jetzt nichts zu machen. Mochte der Prinz die andere Hälfte der Schärpe zum Andenken behalten. Sie hielt die zerrissene Schärpe in der Hand, um sie beiseite zu legen. Da hörte sie plötzlich durch das geöffnete Fenster eine laute Stimme rufen: »Jenes Mädchen, dem die andere Hälfte dieser Schärpe gehört, möge sich frei und offen melden, da ein großes Glück es erwartet.«

Mariebell horchte auf, eilte zum Fenster, und da sie den Prinzen erblickte, entfuhr ihr ein kleiner Jubelschrei des Glückes. In hoch erhobener Hand ließ sie ihr Stücklein Schärpe wie ein heiteres, blaues Flatterfähnlein im Morgenwinde zum Fenster hinauswehen. Da sie den Augen des Prinzen begegnete, der lächelnd zu ihr hinaufgrüßte, errötete sie in holder Freude.

Überglücklich betrat der Prinz das Haus, und Mariebell kam ihm auf der Treppe entgegen. »Du bringst mir meine Schärpe zurück?« fragte sie.

»Nein, die Schärpe bringe ich nicht, aber mein Herz. Willst du es?«

»Ja«, sagte Mariebell, »denn meines gehört dir schon lange.«

Da kam die Amme herzu: »Mariebell, die Eltern fragen, wo du bleibest. Der Frühstückstisch ist gedeckt.«

»Ja, sag nur, daß ich gleich komme.«

»Aber nicht allein«, rief der Prinz der Amme zu, »ich

bitte darum, mit frühstücken zu dürfen, wenn man geneigt ist, mich einzuladen.«

»Ja, komm nur«, sagte Mariebell, »meine Eltern werden sich freuen.«

»Und werde ich deine Eltern auch um etwas Bestimmtes fragen dürfen?«

»Um was willst du fragen, wenn ich fragen darf?«

»Ob du meine Frau werden willst.«

»Frag nur«, sagte sie leise lächelnd.

Das verspätete Frühstück war mehr eine Verlobungsmahlzeit, und der Prinz kam zu spät heim zum Mittagessen. Wenige Tage später aber gab es auf der Hochzeit um so reichlicher zu essen, aber weder Hühner noch Tauben, weder Ochsenbraten noch Kalbfleisch, doch die feine vegetarische Kost schmeckte den Gästen auch nicht schlecht, zumal es die allerzartesten Gemüse in Butter gedünstet gab, und nachher Erdbeeren mit Schlagsahne. Die Henne im Stall wunderte sich über den bescheidenen Speisezettel und freute sich über die Maßen, daß ihre Kinderchen am Leben bleiben durften; aber sie hat nie erfahren, wem sie diese Gunst verdankte; denn sie konnte natürlich nicht ahnen, daß sie mit der schönen Braut einmal auf recht vertrautem Fuße gestanden hatte.

Am Hochzeitstage sagte die Henne zu ihren Kindern: »Wenn man nur nicht meine Freundin, die kleine weiße Taube, verzehrt hat, das würde mir doch sehr leid tun. Wo sie nur geblieben sein mag?«

»Hast du sie denn so liebgehabt?« fragten die jungen Hennen.

»Dodokdooch . . .«, sagte die gute alte Henne.

Die weiße Taube aber saß im weißen Seidenkleid neben dem Prinzen, und beide waren so glücklich, als man nur werden kann, wenn zwei Menschenkinder einander liebhaben.

»Oh, war das eine hübsche Geschichte!« jubelten die Kinder, und Annina und Julia, deren Fingerchen beim Nähen mit einem Hütchen versehen waren, begannen im Spiel an die Wände zu klopfen; aber keine Wand öffnete sich, weil es rein zufällig kein Wunderfingerhut war, den sie besaßen.

Vezzosa lachte. »Nein, Kinderlein, man kann nicht solche Schlüsse aus den Märchen ziehen. Es sind nur die anmutigen Spiele der Phantasie, an denen wir uns erfreuen.«

Vezzosa, du erzählst beinahe ebensoschön wie die Nonna. Sag, weißt du noch mehr Geschichten?«

»Oh, einige werde ich wohl noch wissen. Als Kind habe ich viele Märchen gelesen und auch von meiner lieben Mutter erzählen hören. Seid ihr nicht zu müde? Soll ich euch noch eines zum besten geben?«

»O ja, bitte, tu es«, drängen die Kinder. Doch hätten die Kleinen kaum so schmeichelnd zu bitten brauchen, weil das Erzählen Vezzosa Freude machte.

Das Glück der Lerche

Es war einmal ein Witwer, der seines Zeichens Kupferschmied war und der in seiner Werkstatt von morgens bis abends fleißig mit dem Hammer Kochtöpfe, Kessel und Pfannen in die rechte schöne Form brachte. Da die Werkstatt zu ebener Erde an der Straße lag und die Tür meist weit geöffnet stand, plauderte der Schmied gern mit den Vorübergehenden, soweit diese zu seiner Bekanntschaft oder Nachbarschaft gehörten, wobei er allerdings nicht seine Arbeit unterbrach, denn er hatte genug zu tun, weil er nicht nur für sich, sondern auch für zwei erwachsene Töchter zu sorgen hatte, die ihm den Haushalt führten. Da nun die beiden Mädchen schon im heiratsfähigen Alter standen, fragte man den Vater oftmals im Scherz:

»Sagt, Meister Schmied, mit wem gedenkt Ihr Eure Töchter zu verheiraten?«

»Die ältere gebe ich nur einem Königssohn, die jüngere mag nehmen, wer Lust hat.«

»Und wenn einer keine Lust hat?«

»Soll's mir auch recht sein, wenn nur meine ältere ihren Prinzen bekommt.«

Ja, jetzt muß leider gesagt werden, wie die Sache stand. Die ältere Tochter, die auf den vornehmen Namen Regina hörte, war ein sehr schönes Mädchen, blond und blauäugig, hoch und schlank gewachsen, aber hochmütig und eitel. Sie putzte so ziemlich den ganzen Tag über an sich herum und stand für den Rest am Fenster, um sich von Vorübergehenden bewundern zu lassen, soweit diesen die Laune danach stand. Wer aber die schöne, faule Regina näher kannte, fand wenig Gefallen an dem eingebildeten Mädel. Anders stand es um die zweite Tochter, die Julia hieß, aber ihrer schönen Singstimme wegen allgemein »Kupferschmieds kleine Lerche« genannt wurde. Lerche sah nun freilich etwas unansehnlich aus und war mit ihrer noblen Schwester nicht zu vergleichen. Sie war zwar sauber und ordentlich, doch sehr bescheiden gekleidet, aber sie hatte ein nettes, liebes Gesichtchen, aus dem zwei braune Augen herausguckten, denen man auf den ersten Blick die Herzensgüte ansah, zu der jedermann sich hingezogen fühlte. Je länger man Lerche kannte, um so mehr gefiel sie einem, während die blendende Schönheit Reginas verblaßte, sobald man den schlechten Charakter des Mädchens erkannt hatte.

Der Vater aber liebte seine ältere Tochter viel mehr als die kleine, bescheidene Lerche, die eigentlich diejenige war, die das Haus in Ordnung hielt und nicht nur den Vater, sondern auch die Schwester bedienen mußte. Regina bekam von ihrem Vater beinahe alles, was sie sich wünschte, während er die treue, kleine Lerche kaum beachtete. Diese aber sang gleichwohl, am liebsten im Garten, ihre fröhlichen Volkslieder. Saß sie nun, mit einer Handarbeit beschäftigt, auf einer Bank singend im Garten, kam seit einiger Zeit ein Rotkehlchen dahergeflogen, setzte sich zahm auf die Schulter des Mädchens, zwitscherte, trillerte, pfiff und schien sich zu bemühen, die Töne der Lerche nachzuahmen, was freilich nicht gelingen konnte, doch war es recht drollig, daß das Rotkehlchen es trotzdem unermüdlich immer wieder versuchte. Hörte die Lerche auf zu singen, flog das Rotkehlchen auf einen Ast des Pfirsichbaumes, begann sich lebhaft hin und her zu schaukeln, als wolle es das Mädchen auf sich aufmerksam machen. Dann fragte dieses scherzend: »Ja, was willst du denn, Rotkehlchen? Soll ich dir etwas vorsingen?« Dann zwitscherte das Rotkehlchen: »Si-sisi«, was soviel wie »Ja, jaja« bedeuten sollte.

Sang das Rotkehlchen aber seinerseits, wie ihm das Schnäbelchen gewachsen war, machte die Lerche sich manchmal den Spaß, das Rotkehlchen nachzuahmen, was nicht gelang, und dann schien das Vögelchen leicht gekränkt zu sein, flog weg, kam aber bald wieder zurück.

Man hätte meinen mögen, das Rotkehlchen wisse, wie spät oder wie früh es sei, weil es pünktlich zu bestimmten Stunden sich einstellte. Morgens früh saß es eine Stunde vor Sonnenaufgang am Fensterbrett des Mädchens, pickte mit dem Schnabel an die Scheiben, um es zu wecken, begann zu singen, und die Lerche stimmte mit ein. Regina aber konnte beim Gesang nicht schlafen und verbot nicht nur ihrer Schwester, sondern auch dem Rotkehlchen das Singen, doch kümmerten sich beide nicht darum und sangen, wann und soviel sie Lust hatten. Besonders das Rotkehlchen schien sich ein Vergnügen daraus zu machen, recht laut zu singen, wenn Regina ihren Mittagsschlaf halten wollte. Sie beschwerte sich bei ihrem Vater, der seine Lerche zur Rede stellte, sie und das Rotkehlchen müßten das viele Singen unterlassen. Julia antwortete: »Ich habe den ganzen Tag über soviel zu schaffen und höre nur Scheltworte von dir und meiner

Schwester. Regina soll einen Königssohn heiraten, und wer mich zur Frau nimmt, ist dir gleichgültig. Aber singen muß ich, und dem Rotkehlchen könnt ihr es auf keinen Fall verbieten.«

Da sagte Regina: »Nein, aber wir können ihm den Hals umdrehen.«

»Untersteh dich, du schlechte Person«, rief ihr die Lerche zu.

Kaum hatte sie diese Worte ausgesprochen, als ihr der Vater eine Ohrfeige versetzte: »Spricht man so mit seiner älteren Schwester?«

»Wenn sie böse ist, ja«, gab die sonst so stille Lerche zurück. Da aber bekam sie auch noch einen Schlag von der Schwester. Das Rotkehlchen kam zum Fenster hereingeflogen, und als ob es den Streit verstünde, nahm es Partei für die Lerche und pickte Regina mit dem Schnabel im Gesicht herum, so daß diese laut aufschrie.

»Rotkehlchen, was tust du?« rief die Lerche ihm vorwurfsvoll zu, worauf das Vögelchen wieder fortflog.

Julia ging traurig in den Garten, setzte sich auf die Bank, und sogleich kam das Rotkehlchen vom Pfirsichbaum herabgeflogen, setzte sich dem Mädchen auf die Schulter.

»Hast du mich lieb, Rotkehlchen?«

»Si-si-si-si.«

Regina, die am Fenster stand, lachte und sagte: »Aha, das Liebespaar ist wieder beisammen.«

Und als einige Tage später der Schmied an der Arbeit war, fragten ihn die Vorübergehenden abermals: »Kupferschmied, wem gebt Ihr Eure Töchter?«

»Das geht Euch nichts an«, erwiderte er verdrossen, fügte aber doch hinzu, indem er mit dem Hammer seine Kessel bearbeitete: »Die ältere bekommt einen Königssohn, und wer die andere nimmt, weiß ich nicht.«

»Ich, ich, ich!« hörte er plötzlich das Rotkehlchen rufen.

Das machte den Schmied stutzig. Er glaubte sich verhört zu haben, fragte nochmals: »Wer bist denn du, daß du heiraten kannst?«

»Ich, ich, ich«, trillerte der Vogel beinahe mit menschlicher Stimme. Da kam der Kupferschmied auf den Gedanken, das Vögelchen könne ein verzauberter Königssohn sein. Man konnte es nicht wissen, doch mochte es für alle Fälle nicht schaden, wenn man dem Rotkehlchen einen Käfig auf dem Fensterbrett aufstellte. Das Vögelchen war denn auch höflich genug, von solcher Gastfreundschaft Gebrauch zu machen. Die Tür zum Käfig blieb stets geöffnet, so daß das Rotkehlchen nach Belieben ein- und ausfliegen konnte.

Eines Morgens kam ein junger Bauernbursche zum Schmied und fragte ihn: »Habt Ihr nicht eine Frau und einen Kochtopf für mich?«

Der Schmied, der nicht ganz richtig im Kopf war, meinte, der Bauer könne ein verkleideter Königssohn sein, antwortete: »Ich habe eine Tochter, die sehr schön singen kann, wäre Euch die recht?«

»Warum nicht? Eine gute Singstimme weiß ich zu schätzen.«

Da rief der Schmied Regina herbei und sagte: »Wollt Ihr diese zur Frau, könnt Ihr sie haben. Sie singt wie eine Nachtigall.«

»Wenn sie aber wie eine Krähe singt, werde ich betrogen sein«, gab der Bauernbursche vorsichtig zu bedenken.

Regina konnte nicht singen, hoffte aber, sich eine List zu ersinnen und sagte zum Bauern: »Nehmt vorerst den Kochtopf und kommt in acht Tagen wieder, ich bin nur heute nicht gut bei Stimme.«

»Nein, nein, ich nehme Frau und Kochtopf gleichzeitig. Lebt wohl.«

Die Lerche war auf den Markt einkaufen gegangen, und als sie zurückkam, sagten Vater und Schwester zu ihr: »Du hast dein Glück versäumt. Hier war ein Bauer, der um deine Hand angehalten hat.«

»Ist recht so«, erwiderte die Lerche munter, »mein Glück wird in acht Tagen kommen.«

Da ärgerte sich Regina sehr, weil der Bauer sie verschmähte. Sie fühlte sich in ihrem Stolze so sehr gekränkt, daß sie zu ihrem Vater sagte: »Laß Julia nur heiraten, wen sie will. Es kann kein verzauberter Königssohn sein, der sie zur Frau begehrt. Die Lerche ist häßlich, und die Stimme allein tut's auch nicht.«

»Du hast recht, Regina. Du bist schön und wirst deinen Königssohn schon finden.«

Als nun der Bauer nach acht Tagen wiederkam, sagte der Kupferschmied, indem er ihm die Lerche hinschob: »Hier ist meine Tochter Julia, genannt die Lerche, wollt Ihr sie zur Frau, nehmt sie, aber ohne Ausstattung.«

»Oh, eine Ausstattung braucht es nicht. Gebt uns nur einen Kochtopf und, wenn es nicht zuviel verlangt ist, jenen Vogelkäfig, der auf dem Fensterbrett steht.«

»Gut, meinetwegen. Da, nehmt den Vogelkäfig, aber ohne Vogel.«

»Jawohl, ohne Vogel. Die Lerche habe ich ja, und das genügt mir.« Die Lerche lächelte dem Bauernburschen zu, und dann zogen beide nach kurzem Abschied miteinander von dannen.

Nun hatte der Kupferschmied absichtlich vergessen, den jungen Verlobten einen Kochtopf mitzugeben, und kaum waren sie zur Tür hinaus, als er sich vergnügt die Hände rieb und zu Regina sagte: »Siehst du, den Kochtopf habe ich gespart, und die Lerche sind wir losgeworden. Du wirst sehn, jetzt wird der Königssohn nicht mehr lange auf sich warten lassen.«

»Hoffen wir es«, sagte Regina. Sie gab sich Mühe, die Kessel und Kochtöpfe wegzuräumen, denn jetzt mußte sie alle Arbeit allein machen. Da entdeckte sie zufällig ein Loch in einem der Kochtöpfe und zeigte es ihrem Vater: »Sieh mal, Vater, hier scheinst du nicht gut gelötet, nicht ordentlich zusammengeschweißt zu haben. Der Kochtopf hat ein Loch.«

»Nun, das ist doch noch nie vorgekommen. Meine Kochtöpfe, Pfannen und Kessel haben noch nie Fehler gehabt.«

Gut, das mochte früher gestimmt haben, aber jetzt nicht mehr. Es war nicht nur ein Kochtopf, der ein Loch aufwies, sondern sämtliche Ware stellte sich, genau gesagt, als unbrauchbar heraus. Bei einem Sieb sind die Löcher beinahe das Wichtigste, aber bei Pfannen und Kochtöpfen kann man nicht das kleinste Loch brauchen, im Boden, wohlverstanden, denn oben muß es ja gehörig offen sein, sonst könnte man den Braten ja nicht hineinlegen. Der Fehler war nicht immer rasch zu entdecken, und so kam's auch, daß Leute beim Schmied Kochtöpfe kauften, eine Suppe vertrauensvoll zu Feuer setzten, und eine Stunde später war kein Tropfen Suppe mehr im Kochtopf, nur das halbangebrannte Fleisch. Verärgert gingen die Leute mit dem Kochtopf zum Schmied, der aber wollte den angerußten Kochtopf nicht zurücknehmen.

»Der hat kein Loch gehabt«, behauptete er und wußte genau, daß er nicht die Wahrheit sagte. Was aber sollte der Mann mit seinen verhexten Pfannen, Töpfen und Kesseln anfangen? Das mußte ein Kobold gemacht haben. Man hegte Verdacht gegen das verwunschene Rotkehlchen, aber das ließ sich nie wieder blicken, mußte also doch wohl unschuldig an dem Ärgernis sein.

Regina vernachlässigte den Haushalt, so gut sie nur konnte. Das Faulenzen war nach wie vor ihre Hauptbeschäftigung. Die Werkstatt des Kupferschmiedes, vor allem seine eigene Arbeit, kam in den denkbar schlechtesten Ruf. Der Mann hatte keinen Verdienst mehr, er zehrte vom wenigen Ersparten, kurzum, es stand nicht mehr gut, seitdem die kleine Lerche das Haus verlassen hatte. Der Schmied bedauerte, sein liebes Töchterchen so schlecht behandelt zu haben, doch die Reue kam zu spät. Die Lerche mit ihrem Rotkehlchen sah man nicht mehr in der Schmiede. Als aber eines Tages kaum ein Stück Brot im Hause mehr zu finden war, kam ein vornehmer Herr in die Werkstatt und wünschte einiges an Kochgeschirr einzukaufen.

»Sucht Euch nur aus, werter Herr«, sagte der Schmied kleinlaut. Er wollte zu gern einen netten Kupferkessel verkaufen, doch wußte er ja, wie es mit seiner Ware stand. Er wagte nichts anzupreisen. Die Löcher waren freilich nicht groß, doch war's nicht redlich, den Kunden unbrauchbare Pfannen anzuhängen.

Der feine Kunde aber stellte eine ganze Menge Geschirr beiseite, forderte den Schmied auf, die Rechnung zu machen, die gleich bezahlt wurde, während die Ware am nächsten Tag von einem Boten abgeholt werden sollte.

Der Schmied begann zu rechnen, hatte aber doch ein recht flaues Gewissen bei dem Handel und sagte: »Entschuldigt, werter Herr, habt Ihr Euch auch alles gründlich angesehen? Ich muß leider bekennen, daß die Sachen etwas schadhaft sind. Wie es kommt, weiß ich selbst nicht, aber . . .«

»Oh, bitte sehr, entschuldigt Euch nicht, Herr Meister, ich bin sehr zufrieden mit den Pfannen.«

»Um so besser, werter Herr«, doch wagte der Kupferschmied gleichwohl nur eine bescheidene Rechnung aufzustellen.

Er bekam aber das Doppelte von dem, was er gefordert hatte.

Der Schmied wollte das Geld kaum annehmen, aber der Herr duldete keine Widerrede. Nachdem das Geschäft abgeschlossen war, fragte der vornehme Kunde: »Wie geht's denn Eurer Frau Tochter Julia, der Lerche? Ich habe gehört, sie habe einen Vetter des Königs geheiratet.«

»Einen Vetter des Königs? Ihr müßt Euch irren. Soviel ich weiß, hat sie einen Bauernsohn geheiratet, sonst weiß ich leider gar nichts von ihr. Ich denke genug an meine kleine Lerche.«

»Schon recht mit dem Denken, doch seid Ihr falsch unterrichtet, Meister Schmied. Eure Tochter wohnt mit ihrem Manne in einem Schlosse, das einen Tag und eine Nacht von hier entfernt liegt, doch sind die Herrschaften auch viel auf Reisen. Jetzt will ich Euch aber nicht länger aufhalten. Mein Diener holt morgen das Kupfergeschirr, und sollte ich mehr brauchen, werde ich wieder zu Euch kommen.«

»Es wäre mir eine große Ehre, und verbindlichsten Dank, werter Herr.« So. Das war das.

Es läßt sich denken, daß der Schmied recht froh war, wieder einmal ein gutes Geschäft gemacht zu haben. Er eilte zu seiner Tochter, um ihr die angenehme Botschaft mitzuteilen. Als er aber erzählte, wie es mit der Lerche stand, fing Regina an zu weinen vor Eifersucht. Der Vater suchte sie zu trösten und sagte: »Höre, mein Kind, gönne deiner Schwester ihr Glück. Es wird auch einmal zu dir kommen.«

»Ach, ich glaube nicht mehr daran, Vater«, antwortete Regina.

Am nächsten Morgen kam ein armselig gekleideter Bursche an die Tür und bat Regina demütig um eine Gabe.

»Wer bist du? Wie heißt du?« fragte sie.

»Reuccio«, antwortete er, und sonst nichts. Das war aber mehr als genug, denn »Reuccio« heißt in deutscher Sprache soviel wie Königssohn.

Kaum hatte Regina das Wort gehört, als sie sich tief vor dem Betteljungen verneigte und ihn ins Haus bat. Es war ihr sofort klar, daß der Prinz nur diese Verkleidung gewählt hatte, um sie zu prüfen. Sie war außer sich vor Freude, rief ihrem Vater, er möge sofort kommen, der Königssohn sei da.

»Na, endlich«, dachte der Schmied, war aber doch etwas stutzig, als er den verkleideten Prinzen erblickte. Er sah gar zu zerlumpt aus. Er ging barfuß, und was nicht zu übersehen war: die Füße waren auffällig unsauber, und Regina hätte gern den Jungen mit Kölnischem Wasser angespritzt, denn er duftete nicht grad gut. Aber das machte ja alles nichts, ein Königssohn durfte sich solche Scherze schon erlauben.

»Sag, was willst du essen, Reuccio? Was willst du trinken, süßer Reuccio?«

»Oh, ich wäre zufrieden, wenn ich ein dickes Stück Brot bekäme und eine Schale Milch, oder ein Kartoffelsüppchen, was Ihr grad da habt. Ich bin mit allem zufrieden.«

Ein Königssohn, und mit allem zufrieden! Regina lächelte ihm liebreich zu, ließ sofort die feinsten Wurstwaren und gekochten Schinken holen, frische Grasbutter, Streichkäse und ein Fläschchen Burgunderwein. Das wurde dem Reuccio vorgesetzt, und er bewies einen sehr gesunden Appetit. Achthundert Gramm feingeschnittener Schinken verschwanden, als wenn's nichts wäre, während Regina seine Verstellungskunst nicht genug bewundern konnte.

»Schmeckt es dir?« fragte sie zärtlich.

Er schmunzelte: »Müßt Ihr da noch fragen?«

Als er sämtliche Wurstwaren und Käsesorten sich einverleibt hatte, dazu ein halbes Pfund Brot, lehnte er eine große Schüssel mit Kirschenkompott gleichwohl nicht ab. Am Abend gab es Fasanenbraten, und auch diesem üppigen Mahle zeigte sich der Prinz gewachsen. Regina hatte ihm zwar eine Serviette hingelegt, doch rührte er diese nicht an, sondern benutzte ein Taschentuch von zweifelhafter Sauberkeit oder gar den Handrücken, um sich leicht damit über den Mund zu fahren.

»Oh, Vater, dieser Prinz ist ein hervorragender Schauspieler, ein wahrer Künstler. Nein, er ist entzückend!« So sprach sich Regina über den Königssohn aus und konnte sich nicht satt sehen an ihm.

»Reuccio, willst du immer bei uns bleiben?« fragte sie.

»Warum nicht, wenn ich dir nicht lästig falle«, antwortete der Prinz und lächelte behaglich vor sich her. Er bekam das kleine Zimmer der Lerche angewiesen, schlief bis in den hellen Morgen und ließ sich ein paar Tage hegen und pflegen. Er fragte nicht viel danach, ein warmes Bad zu nehmen, was er sehr nötig hatte, und es war wirklich erstaunlich, daß ein verwöhnter Königssohn es aushielt, über vierzehn Tage die Wäsche nicht zu wechseln. Er wollte Regina und ihren Vater eben gründlich täuschen, und die beiden taten ihm dann auch einige Wochen lang den Gefallen, als hielten sie den Prinzen für einen Betteljungen.

Allmählich aber war es doch an der Zeit, dem Spiel ein Ende zu bereiten. Der Kupferschmied tippte vorsichtig an und fragte den Prinzen, ob er noch nicht daran gedacht hätte, sich eine Frau zu erwählen.

»Oh, eigentlich nicht. Ich fühle mich nicht schlecht als lediger Mann.« Nein, diese Verstellung ging denn doch beinahe zu weit! Regina aber verlor die Geduld und fragte ihn eines Tages:

»Reuccio, du weißt, ich heiße Regina, und du magst selbst beurteilen, ob wir zwei zueinander passen oder nicht. Ich weiß schon, warum du zu uns gekommen bist. Seit heute weiß ich es.«

»Warum denn?« fragte der Prinz mit einem vollkommen ahnungslosen Gesicht. Oh, er spielt seine Rolle vortrefflich, das muß man ihm lassen. So dachte Regina. Dann aber sagte sie:

»Jetzt ist genug gescherzt. Heiraten wir oder nicht?«

»Gut, heiraten wir, wenn du es gerne willst.«

»Und du? Ist es wirklich dein Wunsch?«

»Ich kann mir doch nichts Angenehmeres denken.« Nun, dann war alles gut. Es war Regina freilich nicht recht, daß die Hochzeit in aller Stille und ohne Sang und Klang gefeiert wurde; doch wollte sie auch diese letzte Prüfung noch auf sich nehmen und erfolgreich bestehen. Der Kupferschmied mußte dem Schwiegersohn sogar den Anzug kaufen, doch hoffte er, der König würde ihm die Auslagen ersetzen.

Zwei Tage nach der Hochzeit wünschte Regina, von ihrem Gatten zum Königspalast geführt zu werden. Der Prinz stellte sich zuerst, als wisse er nicht einmal, wo sich das Schloß befinde; aber es war nur gut, daß Regina es wußte, sonst wären sie wohl niemals hingekommen. Als sie nun beide vor dem Schlosse standen, fragte Regina: »Nun, was ist denn? Warum treten wir nicht ein?«

»Ja, kann man denn dort eintreten? Das wußte ich gar nicht. Muß man nicht die Wachen um Erlaubnis fragen?«

»Jetzt hör endlich mit deinem Theater auf, ich hab' jetzt genug davon. Du bist doch der Königssohn, und ich bin deine Frau, die künftige Regina. Das Schloß gehört doch dir. Du bist doch der Prinz.«

»Seit wann denn? Ich glaube, du bist verrückt geworden. Ich heiße Reuccio, aber ich bin kein Königssohn. Wäre ich ein Prinz . . ., nun, ich will lieber nicht sagen, was ich denke.«

Er kam auch nicht so weit, noch mehr zu sagen, denn Regina versetzte ihm eine kräftige Ohrfeige, doch der

Prinz blieb ihr nichts schuldig und walkte Regina seinerseits durch, so daß die Leute herbeigeeilt kamen und fragten, was es hier für Streitereien gäbe. »Ach, es ist nur die Tochter des Kupferschmiedes, die sich mit ihrem Manne schlägt«, hieß es. Das fängt ja zeitig an, sagten die Leute und schüttelten die Köpfe. Regina aber ließ den ganzen Reuccio stehen und eilte weinend nach Hause, wo sie ihrem Vater berichtete, wie sie mit ihrem Königssohn hereingefallen. »Die Schande, die Schande! Das überlebe ich nicht!« so jammerte Regina tagelang.

»Beruhige dich, mein Kind, wir werden zu deiner Schwester reisen, und das wird eine Ablenkung für dich sein. Wir haben doch durch Julia immer noch eine vornehme Verwandtschaft, und selbst wenn wir diese nicht hätten, wollen wir die kleine Lerche einmal besuchen.«

So reisten denn beide fort und kamen nach einem Tag und einer Nacht zu einem Schloß, vor dem freilich auch Wachen standen. Julia aber blickte gerade zum Fenster hinaus, erkannte Vater und Schwester von weitem, und die Wache verneigte sich vor der schönen Regina besonders tief und öffnete die Flügeltüren weit. Schon auf der Treppe kam Julia, die junge Kronprinzessin, mit ausgebreiteten Armen den Besuchern entgegen, umarmte Vater und Schwester, und vor soviel Güte fühlte auch Regina ihr Herz weich werden. Sie hatte Julia viel abzubitten, doch diese wollte gar nichts hören und war nur glücklich, mit den Ihrigen ausgesöhnt zu sein. Der Gatte von Julia vertrug nicht, als Prinz angesprochen zu werden. Er sagte nur: »Wir sind unter uns Lerche und Rotkehlchen«, und das heißt auf italienisch Allodola und Pettirosso.

»Recht hübsch war das Märchen«, lobten die Kinder, »wie aber kam es, daß der Prinz als Rotkehlchen erschien und nachher wieder zum Prinzen wurde?«

»Ihr habt recht, so zu fragen, Kinder, aber ich kann heute abend die Frage nicht mehr beantworten. Es geschah nicht von ungefähr, daß der Prinz in ein Rotkehlchen verwandelt wurde, und wenn es euch recht ist, werde ich euch diese Geschichte ein andermal erzählen.«

Am nächsten Tag fühlte die Großmutter sich wieder so wohl, daß sie wie sonst ihren gewohnten Platz am Kamin einnahm. Obwohl sie dankbar für die zärtliche Fürsorge ihrer Kinder war, sah sie es gleichwohl nicht gern, wenn man sich allzusehr um sie bekümmerte. So war es ihr auch gar nicht recht, daß man den Arzt für sie hatte rufen lassen. Das Kranksein bedeutete für sie eine Niederlage, die sie nie eingestehen wollte, als wäre es eine Art Schande, krank zu sein. Weil sie durchaus gesund sein wollte, war sie es auch, und kam es einmal vor, daß sie einige Tage lang das Bett hüten mußte, siegte ihr starker Wille ungewöhnlich rasch über die körperliche Schwäche. Am Abend nach dem früh eingenommenen Nachtmahl dachte sie nicht daran, schlafen zu gehen, sondern setzte sich mit ihrem Strickzeug in den Kaminwinkel, während die Frauen das Geschirr abwuschen und wegräumten.

Auch Vezzosa hatte sich wieder eingefunden, obwohl ihre Mutter sie lieber daheim wünschte. Vezzosa dagegen fühlte sich bei den Maruccis wohler, weil ihre Mutter sie zu einer Heirat mit einem reichen Bauernsohne drängen wollte, während in Vezzosas Herzen eine zarte Neigung für Cecco zu erblühen begann, die sie sich freilich noch kaum einzugestehen wagte. Sie hatten als Kinder zusammen die nämliche Schule besucht, hatten miteinander gespielt, und nun merkten diese beiden jungen Menschen es noch nicht, daß ihre holde Kinderfreundschaft im Begriff stand, sich in eine tiefe, reine Liebe zu verwandeln, die für das ganze Leben dauern sollte.

Als Cecco seine Mutter so gar eifrig stricken sah, fragte er sie: »Mütterchen, bist du nicht müde? Willst du dich nicht lieber zur Ruhe begeben?«

Sie ließ die Arbeit für eine Weile in den Schoß sinken, sah ihren Sohn innig an und sagte dann: »Ach nein, ich mag noch nicht schlafen gehen. Es scheint mir wie ein Raub am Leben selbst zu sein, wenn man sich zu Bette legt, ohne wirklich müde zu sein, und ich bin doch so gern mit euch beisammen, solange der liebe Gott es mir erlaubt.«

Vezzosa warf einen kleinen Blick auf Cecco, der seine leuchtenden Augen der Mutter zuwandte. Er setzte sich auf die Kaminbank neben sie, nahm ihre Hand in seine und sagte: »Ach, Mütterchen, du sprichst wie ein Kind. Kinder sind es, die am Abend nicht schlafen gehen mögen, weil ihnen der Tag so gut gefällt, das ganze Dasein. Du aber hast uns Kindern doch den Tag gegeben, Mutter. Du bist doch wie das liebe Brot, das wir nicht entbehren können. Weißt du das nicht?«

Wie gut fühlte sich die Hand des Sohnes in der ihrigen. Wie geborgen fühlte sich die alte Frau in der Liebe ihres Kindes, das so groß und stark war. In Wahrheit stand es mit der Gesundheit der Mutter sogar recht schwach, doch war dies infolge ihres hohen Alters eine durchaus natürliche Schwäche, die man nicht als Krankheit bezeichnen konnte. Da sie aber mit einer gewissen Schüchternheit ihren Cecco anblickte, als fürchte sie, ihn bald zu verlieren, kam ihm in diesem Augenblick derselbe Gedanke. Eine Mutter ist wie die Luft, ohne die man nicht leben kann, und ewig wird sie da sein, auch wenn man sie nicht sieht. Dies bedachte Cecco und war glücklich, die liebe Hand, die ihn als Kind geführt, halten zu dürfen. Es war, als spüre Vezzosa etwas von diesem schönen, tiefen Strom der Liebe zwischen Mutter und Sohn. Wie schön war es zu sehen, wie innig Cecco seiner Mutter zugetan war. Die andern, die still in der großen Küche aufräumten, hatten die kleine Szene, die so in aller Stille zwischen Mutter und

Sohn sich abspielte, kaum beachtet, während Vezzosa dachte: Welch ein guter Mensch doch dieser Cecco ist!

Dann kamen die Kinder von oben die Treppe heruntergetrappelt. Sie hatten ihre Schulaufgaben gemacht und stellten sich jetzt zur abendlichen Märchenstunde am Kamin ein.

Vezzosa holte das Kohlenbecken, nahm aus dem Kamin ein paar Schaufeln der schönen Glut und stellte das Becken nahe der Regina, falls sie sich die Füße oder Hände ein wenig wärmen wolle. Schon wollte die Regina Einspruch erheben. Da sie aber bemerkte, daß Cecco dem Mädchen dankbar zulächelte, schloß sie für eine Weile ihre Augen, als dächte sie über etwas nach, und sagte dann leise zu Vezzosa: »Das ist lieb von dir, mein Kind. Danke schön.«

Dann fragten die Kinder mit ihren frischen Stimmen: »Und wer wird heute abend erzählen?«

Eine kleine Weile blieb es still in der Runde, und die ganze Familie schien wie in tiefes Nachdenken versunken zu sein. Dann aber ergriff plötzlich die Regina das Wort:

»Ich glaube, Vezzosa wird uns heute abend eine Geschichte erzählen, und ich muß gestehen, daß ich selbst große Lust hätte, ihr einmal zuzuhören.«

Alle blicken auf Vezzosa. Sie aber sprach: »Regina, ich glaube, ich werde niemals so schön erzählen können, wie Ihr es versteht, und ich sollte dieses wohl Euch überlassen, wenn Ihr da seid.«

»O nein, keineswegs. Du wirst vielleicht anders erzählen als ich, doch sicherlich ebenso schön. Beginne nur.«

»Ja, wenn Ihr das meint, will ich die Fortsetzung zu meiner gestrigen Geschichte erzählen.«

Die Geschichte vom Prinzen Pettirosso

Ihr kennt wohl das Sprichwort: »Alles kann der Mensch ertragen, nur nicht eine Reihe von guten Tagen.« Das will besagen, daß die Menschen leicht übermütig und launisch werden, wenn es ihnen zu gut geht, was freilich nicht gar oft vorkommen mag. Jene Dame, von der mein Märchen handelt, hatte von morgens bis abends nichts zu tun, hatte auch keine Lust zum Arbeiten. Wohl aber nörgelte sie viel an ihren Untergebenen herum. Niemand konnte es ihr recht machen. Sie schien sich und anderen nicht zur Freude auf der Welt dazusein, sondern nur, um schlechte Laune zu verbreiten. Schlimm genug war es, daß sie sich das leisten konnte, aber sie war eine reiche Fürstin, und ihr Mann, der Fürst, konnte ihr jeden Wunsch erfüllen. Hätte sie sich wenigstens etwas Vernünftiges gewünscht, etwa arme Waisenkinder erziehen lassen oder eine gute Schule für unbemittelte und begabte junge Menschen errichten oder dergleichen. Doch hat es wenig Sinn, daß wir uns ausdenken, wie sie es hätte machen können, und leider hat die Fürstin uns nicht um Rat gefragt. Der Fürst war eine Spur vernünftiger, war hilfsbereit den Bedürftigen gegenüber und tat niemandem etwas zuleide, doch war er seiner schönen Frau gegenüber von zu großer Nachgiebigkeit.

Die Fürstin gärtnerte freilich ein bißchen zum Zeitvertreib, doch verstand sie nichts davon, weil sie nicht wußte, was Kraut und Unkraut ist. Da war zum Beispiel ein Busch, der nicht besonders edel war und den die Fürstin mit großer Sorgfalt pflegte, obwohl der Busch auf Pflege gar nicht angewiesen war. Von diesem Busch durfte der Gärtner kaum ein welkes Blättchen abnehmen, und drum ließ der Gärtner denn auch den Busch Busch sein, kümmerte sich um nichts. Eines Tages siedelte sich ein Vogelpaar hier an, und als die Fürstin es bemerkte, ließ sie den Gärtner zu sich kommen, er müsse das Vogelnest fortschaffen. Der Gärtner, der ein großer Vogelfreund war, gehorchte höchst ungern. Es tat ihm leid, die Vögel in ihrer hübschen Arbeit zu stören, denn das Nest war nahezu fertig. Der Gärtner bemühte sich, sorglich das kleine Nest auszuheben, und trug es vorsichtig in ein anderes Gebüsch, hoffend, das Vogelpaar würde mit dem Ortswechsel einverstanden sein. Am nächsten Morgen jedoch waren die Vögel am Werk, wieder umzuziehen und sich am selbstgewählten Ort anzubauen, und zwar in jenem Busch, den die Fürstin für so wertvoll hielt. »Ihr armen Vögel, es tut mir ja leid um euch, aber die Fürstin will euch in ihrem Busch nicht haben. Geht doch anderswohin.« Die Vögel verstanden nicht, was der Gärtner sagte, piepsten aber so ängstlich, als wären sie dem Weinen nahe. Die Vögel wollen eben nicht gestört sein, wenn sie ihre Nester bauen. Am Abend war das Nest im fürstlichen Busch fix und fertig, es zwitscherte vergnügt darin, und der Gärtner hatte nicht das Herz, die Tierchen nochmals zu beunruhigen. Am nächsten Morgen fand die Fürstin auf ihrem Spaziergang das Nest und stellte den Gärtner zur Rede.

»Fürstin, habt gütigst ein Einsehen. Laßt die Vögel, wo sie sind. Sie sind im Begriff, Eier zu legen. Gönnt ihnen die Ruhe.«

»Hier geschieht, was ich will, und nicht, was die Vögel wollen«, sagte die launische Fürstin. »Bringe mir morgen die Eier, ich dulde kein Vogelnest in meinem Busch.«

Der Gärtner sagte: »Fürstin, ich nehme keinem Vogel die Eier fort, denn es wäre eine Sünde, die ich nicht begehen will.«

»Dann geh deiner Wege. Du bist entlassen.«

Als der Fürst davon hörte, gab er seiner Frau die besten Worte, sie möge doch Vernunft annehmen, die Vögel unbehelligt lassen und sich beim braven Gärtner entschuldigen.

»Das fehlte noch«, sagte die Fürstin und war jetzt auch mit ihrem Mann böse.

Am nächsten Morgen ging sie schon in aller Frühe zum Nest, scheuchte die Vögel weg und nahm ihnen drei kleine Eier fort. Dann ging sie in die Küche, zerbrach die Eier mit eigener Hand, tat die Eier in einen Tiegel und briet einen Eierkuchen, den die Katze essen sollte. Das Kätzchen aber wollte den Eierkuchen nicht essen und miaute so kläglich, daß der Fürst herbeigeeilt kam und fragte, warum das Kätzlein so kläglich miaue.

»Es will den Eierkuchen nicht essen, und ich habe sogar geriebenen Käse und Weißmehl daran getan. Komm, Kätzchen, komm doch.« Das Kätzchen sprang auf den Schoß des Fürsten, darüber wurde die Frau eifersüchtig, denn es war ihre Lieblingskatze.

»Du siehst doch, das Tier hat keinen Hunger. Laß es doch in Frieden.«

»Hunger oder nicht, aber ich hab' doch den Eierkuchen eigens für die Katze gebacken.«

»Nun ja, es kommt ja auf einen Eierkuchen mehr oder weniger nicht an. Du siehst doch, das Tierchen will nicht.«

»Es will nicht? Es muß. Komm her, du mußt, du mußt essen.« Mit diesen Worten nahm die Fürstin das Kätzchen, das sich sträubte, und stupste ihm das Näschen in den Napf, so daß es gezwungen wurde zu essen. Es verging aber keine halbe Stunde, als das Kätzchen sich streckte und tot dalag. Der Fürst war sehr ungehalten über seine Frau und machte ihr so viele Vorwürfe, daß sie ohne Nachtmahl schlafen ging.

Am nächsten Morgen aber kam sie verstört zu ihrem

Manne und klagte, sie habe einen schweren Traum gehabt, den er ihr deuten müsse. Er hatte nicht allzuviel Mitleid mit der Frau und sagte nur: »Wenn du dich besser aufführen würdest, hättest du keine schweren Träume. Ich will nicht wissen, was du geträumt hast, aber vielleicht kann dir der Traum eine Warnung sein.«

»Nein, du mußt mich anhören, denn ich glaube, dieser Traum hat eine ganz besondere Bedeutung. Es hing mir ein Pfännchen am Hals, das so schwer war, daß es mir den Atem benahm. Ich konnte das Pfännchen nicht vom Halse lösen, und während ich so stand, kam ein Regen von Federn auf mich herab. Ich glaube, es waren die Federn von Rotkehlchen.«

»Sehr behaglich mag der Traum nicht gewesen sein. Du wirst an die armen Vögel gedacht haben, die jetzt nicht brüten können, weil du ihnen die Eier weggenommen hast, und das Pfännchen wird dasselbe sein, in dem du den Kuchen gebacken hast.«

»Du bist kein guter Traumdeuter.«

»Ich habe auch nicht den Ehrgeiz, es sein zu wollen. Wenn du willst, nimm an, daß Träume Schäume sind.«

»Schlimme Schäume. Du mußt einen Traumdeuter kommen lassen. Ich fühle mich krank.«

Da ließ der Fürst verschiedene kluge Männer kommen, die in Büchern blätterten, in denen geschrieben stand, was die Träume bedeuten. Der eine sagte dies, der andere sagte das, und da sie nicht miteinander übereinstimmten, glaubte die Fürstin keinem und beschloß, einen großen, berühmten Magier zu befragen. Sie schrieb den Traum auf und schickte damit einen Diener zum Magier. Der aber schickte den Diener zurück und ließ sagen, die Träumerin möge sich persönlich zu ihm bemühen. Es war aber eine sehr weite Reise, und der Magier hatte noch verlangt, daß die Fürstin zu Fuß komme.

Der Fürst sagte: »Tue Gutes, und du wirst den Traum vergessen.«

Die Fürstin sagte: »Tue Gutes, und begleite mich zum Magier.«

Da blieb dem Fürsten nichts anderes übrig, da er seine Frau liebte und sie gerne geheilt sehen wollte.

Es war ein mühsamer Weg, den die beiden zu machen hatten, und der Fürst wurde mitten im Walde so müde, daß er nicht weitergehen konnte. Die Fürstin aber, die es vor Ungeduld kaum aushielt, trieb ihn immer wieder vorwärts.

»Ruhen wir doch ein wenig«, bat er. »Nein, nein, wir müssen uns beeilen«, hetzte die Fürstin, »ich muß wissen, was mein Traum bedeutet.«

Endlich kamen sie an das Haus des Magiers. Der Fürst war so erschöpft, daß er nicht mehr imstande war, an die Tür zu klopfen. Er fühlte sich sterbenselend und konnte sich kaum denken, daß dies nur eine natürliche Müdigkeit nach der Fußreise war.

Kaum waren sie im Hause, als der Fürst darum bat, sich ein wenig hinlegen zu dürfen, was ihm freundlich gewährt wurde.

Der Magier war ein guter, alter Herr, der sich vor allem sehr besorgt um den Fürsten zeigte und ihm sofort eine Erfrischung bringen ließ. Dann fragte er die Fürstin, ob nicht auch sie sich erst ausruhen wolle. »Nein, nein, auf keinen Fall. Wenn Eure Zeit es gestattet, habt die Güte, mir meinen Traum zu deuten.«

Darauf bat der Magier sie, in ein stilles Zimmer mit ihm zu kommen, und nachdem beide Platz genommen hatten, sprach er zur Fürstin: »Euer Traum ist nicht schwer zu deuten. Der kleine Eierkuchen wird Euch teuer zu stehen kommen, fürchte ich. Wißt Ihr nicht, daß das Nest eines Vogels eine heilige Sache ist? Würdet Ihr einer jungen Mutter das Kind von der Brust nehmen?«

»O nein, was denkt Ihr auch von mir? Wie könnt Ihr mich so etwas fragen?«

»Ihr habt aber etwas Ähnliches begangen, und auch ein Vogel ist Gottes Geschöpf genausogut als der Mensch. Ihr seid sehr grausam gewesen, und Ihr müßt Eure Tat bereuen und wiedergutmachen. Ihr müßt viel Gutes tun, um die Häßlichkeit, die Ihr begangen habt, zu sühnen. Ich würde Euch empfehlen, im Winter den Vögeln Futter zu streuen. Vor allem aber müßt Ihr die Vogelnester in Ruhe lassen. Wenn Ihr schon nichts Gutes tut, tut wenigstens nichts Böses. Vielleicht vermag dies schon Euer Gewissen zu beschwichtigen.«

Die Fürstin war beleidigt und sagte schnippisch: »Ist das alles, was Ihr mir zu sagen habt?«

»Das ist alles.«

»Und was bin ich für Eure Traumdeutung schuldig?«

»Ihr schuldet mir nichts. Doch wenn Ihr meinen Rat befolgt, wird es mich freuen.«

Nach dieser Unterredung kehrte das Ehepaar wieder nach Hause zurück. Der Fürst jedoch erkrankte wenige Tage später, und kaum war eine Woche verflossen, als er auch schon starb. Die Frau nahm sich den Tod des guten Mannes wenig zu Herzen, während die Dienerschaft ihn sehr beklagte. Nun hätte man doch annehmen mögen, sie würde wenigstens fortan die kleinen Singvögel im Park in Ruhe lassen, die ihr doch nicht das mindeste zuleide taten. Sie stellte für Geld Knaben an, die roh genug waren, mit der Schleuder die zierlichen Sänger zu schrecken und zu töten. Eines Tages nun stand die böse Fürstin selbst im Begriff, ein Vogelnest auszuheben, in dem die Jungen ängstlich nach den Eltern riefen. Da stand plötzlich hochaufgerichtet eine fremde Frau vor der Fürstin, diese mit flammenden, drohenden Blicken betrachtend.

»Du wirst kein Vogelnest mehr ausheben, denn ich bin

die Schutzfee der Vögel, die nicht zulassen wird, daß den unschuldigen Geschöpfen Böses zugefügt wird. Weil du dich nicht gebessert hast, wird dein einziges Kind, das du bald bekommen wirst, in ein Rotkehlchen verwandelt werden. Dein Sohn wird ein Vogel bleiben, bis ein Mädchen kommen wird, das dem Rotkehlchen seine Liebe schenken soll. Dann erst wird der Zauberbann gebrochen sein. Du aber wirst es nicht erleben, deinen erlösten Sohn je zu umarmen.«

Oh, dies war eine harte Strafe, welche die Fürstin auf sich nehmen mußte. Ganz zierlich und klein kam das Kind zur Welt, zunächst anzusehen wie jedes Kind, doch schon nach wenigen Tagen wuchsen ihm die Flügel, wurde es zum Rotkehlchen, Pettirosso genannt, den wir kennengelernt haben. Er blieb zeitlebens ein großer Vogelfreund, der zusammen mit seiner Lerche Julia überall die Singvögel beschützte, als wären es seine Geschwister. – – –

Vezzosa hatte ihr Märchen beendet. Die Kinder schwiegen. Von den Knaben senkten einige, ein wenig beschämt, die Köpfe. Nach einer Weile fragte Tullio, der Zwölfjährige, mit etwas unsicherer Stimme: »Großmutter, was meinst du? Darf man nicht einmal in ein Nest hineinblicken, wenn Junge darin sind?«

»Nein, mein Kind, man sollte dies lieber unterlassen. Die Vogelmutter kann nicht wissen, daß du ihren Jungen nichts antun willst. Sie ist ängstlich besorgt um ihre Kleinen, wie eine Mutter, eine Frau um ihre Kinder. Und so ein kleiner Vogel erschrickt, wenn er etwas Großes sich über das Nest neigen sieht. Wie würdest du dich fürchten, wenn ein gewaltiger Riese, der wenigstens zehnmal größer ist als du, sich über dein Bett neigte!«

»O ja, das wäre schrecklich.«

»Man darf auch bei Tieren nie vergessen, daß sie ähnlich schmerzempfindlich sind wie wir. Ja, es kann sein, daß sie

Schreck, Schmerz und Leid noch stärker fühlen, als wir Menschen es tun. Der Mensch kann sich manchen Schmerz erklären, eben weil er denken kann, und dies vermag etwas zu beruhigen. Das Tier aber kann jeden Schmerz viel weniger verstehen und ist ihm wehrlos preisgegeben. Es ist auf unseren Schutz angewiesen, und der Mensch entwürdigt sich selbst, wenn er dies ausnutzt. Die Vogelmutter nimmt im Nest nur ganz wenig Raum für sich. Der ganze Platz ist nur für die Jungen da. Eines wärmt das andere, so geschwisterlich nahe sind die kleinen Vögel einander, und die Mutter breitet ihre Schwingen über die Kleinen aus. Das Nest ist kaum größer, als ihre Schwingen sind, damit keine Kälte zu den Kindern strömt. Wie dürfte jemand ein Heim, das so zärtlich vorbedacht ist, anrühren, geschweige denn es zerstören! Nicht wahr, ihr Kinder, wir wünschen den Frieden für unser Heim, dasselbe wünscht sich der Vogel für sein Nest.«

Wenige Tage später war Carola wieder auf den Beinen. Alle im Hause freuten sich, sie wieder in der Küche zu sehen. Bei Tisch teilte sie wieder das Brot und die Suppe aus, ging ihrer Arbeit nach, obwohl die Schwägerinnen sie ermahnten, sich noch ein wenig zu schonen, denn eine heftige Bronchitis hatte ihre Kraft doch mitgenommen. Die jüngste Schwägerin wollte nicht dulden, daß Carola in den Stall gehe, um die Kühe zu melken, und sagte ihr: »Carola, du denkst immer an dich selbst zuletzt oder gar nicht.«

Dazu lächelte Carola nur: »Ja, ich mache es genau wie du und habe es erst von dir gelernt.«

Die Schwägerinnen mußten schon eine List anwenden, um Carolas Arbeitseifer ein wenig zu dämpfen, und so gab es tagsüber ein paar Streitereien, die nur in der Fürsorge füreinander ihren Grund hatten, so daß man schließlich herzlich darüber zu lachen begann.

Maso meinte scherzend: »Wir haben zu wenig zu tun. Wir haben Zeit, Märchen zu erzählen, und es bringt uns keinen Rappen ein.«

»Nein, das ist wahr«, sagten die Frauen, »aber es bringt uns Freude, und das ist mehr wert als Geld. Es hilft uns wenig, wenn wir noch soviel verdienen und uns die Freude fehlt.«

»So also faßt ihr es auf, Kinder«, sagte die Regina. »Gut. Dann will heut abend ich einmal wieder einen kleinen Beitrag zur Freude oder zur Unterhaltung liefern. Während ich erzähle, könnt ihr euch am Kastanienkuchen gütlich tun. Sagt, ihr ganz kleines Volk, wird es euch nicht zuviel sein, Carolas Gesundheitskuchen zu essen und dabei zuzuhören? Es sind ja zwei Beschäftigungen zu gleicher Zeit.«

Die Kleinen sagten lachend, sie würden es schon schaffen. Und dann begann die Großmutter zu erzählen.

Die Zauberlampe

Es war einmal eine arme Frau, die sich beim benachbarten Krämer eine Lampe kaufte. Es war eine alte, gebrauchte Lampe aus Eisen, und da sie schon recht unansehnlich war, gab der Kaufmann sie um wenige Soldi. Die Frau ging zufrieden mit ihrer Lampe nach Hause, putzte die drei verrosteten Schnäbel und den Fuß, goß Öl in die Lampe, zündete sie am Abend an und stellte sie mitten auf den Tisch, wo sie für sich und ihren Sohn zwei Teller mit Suppe aufstellte. Ja, die Suppe war mager genug, bestand aus gekochtem Wasser, Salz, ein wenig Öl, Zwiebel und Brot, aber die Lampe gab ein freundliches Licht, das sowohl der Mutter als dem Sohne recht gut gefiel. So verzehrten die beiden denn in Frieden ihr Abendbrot und bewunderten daneben ihre nette Lampe.

»Ja, das war ein guter Einkauf«, sagte die Mutter, und indem sie die Teller vom Tische räumte, fragte sie noch: »Bist du auch satt geworden, mein Junge?«

»O ja, danke, Mutter, es hat gut geschmeckt. Wenn es dir recht ist, will ich dir heut abend eine Geschichte vorlesen. Hast du Lust, sie zu hören?«

»Das will ich gerne. Dann habe ich eine hübsche Unterhaltung, während ich stricke. Die Nachbarin hat ein paar Strümpfe bei mir bestellt.«

»Recht so, dann will ich das Buch aus der Truhe holen und eine schöne Geschichte auswählen, während du die Teller wäschst.«

Als Silvio, so hieß der Junge, sich zur Truhe wandte, blieb er plötzlich verwundert stehen und rief: »Mutter, komm doch rasch mal her. Was ist das hier? Du hast eine Truhe aus Glas?«

Da sah die Mutter mit großem Erstaunen, daß die Holztruhe durchsichtig war, so daß man Kleider, Bücher, kleine Kästchen, kurz alles, was sich in der Truhe befand, von außen sehen konnte. Man sah durch das Holz wie durch Luft hindurch.

»Ja, was ist denn das nur?« fragten die beiden einander verwundert, und als Silvios Blick zufällig auf sein Bett fiel, sah er durch die Matratze hindurch einen alten, vergessenen Rappen dort liegen, von dem er keine Ahnung hatte, wie er dorthin geraten war.

»Mutter, ich will dir was sagen. Du hast eine Wunderlampe gekauft und nichts anderes.«

»Ja, gibt es denn das?«

»Du siehst es ja.«

»Jaja, ich sehe es. Das ist merkwürdig genug. Wer hätte das heute früh gedacht? Wie denkst du darüber, Silvio? Wahrhaftig, das ist eine richtige Wunderlampe.«

»Ich meine, das beste wird sein, wir sprechen zu niemandem davon. Vielleicht kann die Lampe uns einmal Nutzen bringen. Ich wäre aber dafür, daß wir sie nicht im Gebrauch behalten für alle Tage, sondern eine andere Lampe kaufen. Da ich für einige Wochen Holzfällerarbeit im Walde habe, werden wir uns wohl eine neue Lampe leisten können, die du morgen kaufen mußt, während wir diese in die Truhe stellen könnten.«

Mit diesem Vorschlag war die Mutter einverstanden, und schon am nächsten Abend stand ein Lämplein auf dem Tisch, das wie alle andern auch war. Es machte nichts durchsichtig, gab auch weniger hell, aber das Geheimnis blieb dadurch bewahrt, und das war sehr gut, denn schon am nächsten Abend kam Fatima, die Nachbarin, zur Mutter, um ein wenig zu plaudern. Fatima brachte einen Steinkrug, der mit Pergamentpapier oben geschlossen und mit einer Schnur zugebunden war. Sie setzte den Krug auf den Tisch und sagte zu Silvios Mutter:

»Anna, willst du mir den Gefallen tun und diesen Krug für mich aufbewahren? Es sind Oliven darin, die man mir aus Mitleid geschenkt hat, denn du weißt ja, ich bin ebenso wie du eine arme Frau und besitze augenblicklich nicht viel mehr als diese Oliven. Da wäre ich dir dankbar, wenn du sie für mich ein paar Wochen aufheben wolltest. Meine Tochter Lia, die in der Lombardei verheiratet ist, hat ein Kindchen bekommen, und da sie sich etwas schwach fühlt, hat sie mich gebeten, für eine Zeitlang zu ihr zu kommen. Ich denke, in vierzehn Tagen werde ich wieder zurück sein, und da wäre ich froh, wenn ich mir die Oliven wieder bei dir abholen dürfte.«

»Aber gewiß doch«, antwortete Anna, »ich will dir die Oliven schon aufheben, und du brauchst nicht zu besorgen, daß wir davon essen werden. Mein Silvio und ich sind nicht die Leute, die unrechtes Gut anrühren. Also du kannst ruhig reisen.«

»Meine gute Anna, wem sagst du das? Hätte ich nicht so großes Vertrauen zu euch, würde ich euch doch die Oliven nicht ins Haus bringen. Man ist ja heutzutage froh um jede Olive, wenn man so knapp daran ist wie wir zwei. Aber sollte ich mich in vierzehn Tagen, will's Gott, etwas besser stehen, wird es mir nicht darauf ankommen, euch ein paar Oliven abzulassen bei meiner Rückkehr, wenn ihr grad Oliven dringend nötig habt. Es ist ja eine Gottesgabe, die man nicht hoch genug einschätzen kann. So, jetzt muß ich aber gehen, weil ich mir noch eine Reisetasche bei Landa ausborgen will. Ach Gott ja, wenn man reisen muß und keine Reisetasche hat, dann ist man auf die Mildherzigkeit der Nachbarn angewiesen. Nun also, leb wohl, gute Anna. Leb wohl, guter Silvio. Bleibt gesund und auf Wiedersehen!«

»Auf Wiedersehen und recht gute Reise, Fatima. Grüß auch deine Tochter vielmals. Wir wünschen ihr gute Besserung.«

»Danke, danke, und nochmals: Versorgt meine Oliven gut.«

»Wir werden an nichts anderes mehr denken«, rief ihr Silvio lachend nach. Als sich endlich die Tür hinter Fatima geschlossen hatte, sagte er zu seiner Mutter: »Was Fatima nur mit ihren Oliven hatte? Seit Jahren war die Olivenernte nicht so reichlich wie heuer. Man bekommt sie geschenkt, und sie sind in diesem Jahre lächerlich billig. Oliven aufheben, das ist ja zum Lachen.«

»Nun ja, sie wird im Winter keine Oliven kaufen können und will ein bißchen vorsorgen. Das wird es sein. Freilich glaube ich nicht, daß jemand ihr die Oliven im eigenen Hause gestohlen hätte, zumal sie die Türe gut verschließt. Aber das geht uns nichts an. Wir heben die Oliven auf und damit fertig.«

Für Silvio war es damit nicht ganz fertig. Fatima selbst hatte durch ihr breites Geschwätz die Neugierde in ihm erweckt. Die Frau galt bei manchen Dorfbewohnern als Geizige, die gar nicht arm, sondern eher vermögend war, doch wußte man nichts Sicheres. Um sich nun Gewißheit darüber zu verschaffen, ob und was eigentlich sich im Steinkrug befand, wartete Silvio eines Abends ab, bis seine Mutter sich schlafen gelegt, er die Wunderlampe anzünden und den Steinkrug durchleuchten konnte. Es befanden sich tatsächlich Oliven im Krug, doch unter den Oliven am Boden des Kruges schimmerte eine Anzahl Goldmünzen. Durch solchen Anblick verführt, begann Silvio den Steinkrug zu entleeren, um sich die Goldstücke einmal genauer anzusehen. Ja, es stimmte. Es waren echte, grundehrliche Goldstücke, die aber doch den Oliven nicht gut tun konnten. Darin hatte er ja schon recht. Wer Goldstücke hat, legt sie in einen Strumpf, soviel ich weiß und mir bekannt ist, wenn auch nicht aus persönlicher Erfahrung. Oliven in Öl? Gut, das mag stimmen. Aber Oliven und Goldstücke zusammen, das kann weder dem einen noch dem andern gut tun. So dachte wohl auch Silvio und legte zuerst die Oliven wieder in den Steinkrug. Nun hätte er freilich die Goldstücke oben auf die Oliven legen können, wodurch Fatima es bequemer gehabt hätte, falls sie ein Goldstück brauchen würde, aber unser Silvio machte es noch anders. Er ließ sämtliche Oliven einsam für sich, band den Krug mit dem Pergamentpapier darüber zu und stellte ihn in den Küchenschrank. Die Goldstücke aber steckte er in die eigene Tasche, in der Platz genug war, doch sagte er seiner Mutter selbstverständlich kein Sterbenswörtchen von dem, was er angerichtet hatte, während wir uns unser Teil darüber denken, jeder für sich.

Die Tochter der Fatima schien sich indessen sehr rasch wieder erholt zu haben, denn wenige Tage nach Silvios Diebstahl stellte Fatima sich ein und verlangte ihre Oliven zurück. Sie nahm den Steinkrug gleich fest in ihre Arme, blieb aber doch noch ein halb Stündchen schwatzend und sagte nebenbei: »So, jetzt hab' ich meine Oliven wieder.«

»Jawohl«, sagte Anna lachend, »und nicht eine einzige fehlt. Und wenn du diese Oliven verzehrt hast, kannst du dir bei uns neue holen. Wir haben keine angerührt, das darfst du mir glauben.«

»Das weiß ich ja, gute Anna, sonst hätte ich dir niemals meine Oliven anvertraut.« Und dann ging sie nach freundlichem Gruß und Dank.

Silvio aber fühlte sich nicht grad wohl, wünschte noch ein wenig an die frische Luft zu gehen, versprach aber bald zurückzukommen. Während seine Mutter ihn auf einem Spaziergang wähnte, hatte er nichts Eiligeres zu tun, als die Goldstücke im Hof unter einem Stein zu verbergen. Dann lief er noch zwei- bis dreimal ums Haus herum und kam wieder zurück. Er hatte sich kaum hingesetzt, als auch Fatima aufgeregt angestürmt kam: »Wo sind meine zwölf Goldstücke?! Du, Anna, hast sie mir gestohlen oder dein Sohn!«

»Was fällt dir ein? Bist du verrückt geworden? Wie können wir deine Goldstücke gestohlen haben, da wir nicht einmal wissen, ob du je ein Goldstück in deinem Leben besessen hast? Das ist ja empörend! Du hast uns einen Krug Oliven anvertraut, aber keine Goldstücke.«

»Aber die Goldstücke lagen ja unter den Oliven«, schrie Fatima.

»Das wissen wir nicht. Hättest du uns einen Sack mit Goldstücken zur Aufbewahrung gegeben, würdest du ihn unversehrt und unangerührt zurückerhalten. Wir sind nicht die Leute, die fremdes Eigentum anrühren. Hab' ich recht, Silvio?«

»Du hast schon recht, Mutter.«

»Da ist die Tür. Sieh zu, daß du weiterkommst, oder mein Sohn wird dich hinauswerfen. Wir werden dich vor Gericht wegen Beleidigung verklagen.«

Da ging Fatima scheltend fort und lief von Haus zu Haus, um die aufregende Angelegenheit zu erzählen.

Am nächsten Tag wurden Anna und ihr Sohn vor den Richter geführt. Beide beteuerten hoch und heilig ihre Unschuld. Den Richtern kam's mit der Fatima, mit ihren Goldstücken und Oliven etwas verdächtig vor, dazu kam noch, daß im Hause Annas nicht ein einziges Goldstück gefunden wurde, kurzum, Anna und ihr Sohn wurden freigesprochen und durften heimgehen. Anna beruhigte sich wieder, aber ihr Sohn, der ein schlechtes Gewissen hatte, wurde immer unruhiger, bis die Mutter ihm eines Tages sagte: »Höre, mein Junge, du solltest ein wenig in die Fremde gehen. Du findest auch anderswo Arbeit, und wenn du gut verdienst, kannst du mir etwas Geld senden, und wenn nicht, werde ich mich schon allein durchbringen.«

Das war dem Silvio recht, und er nahm sogleich von seiner Mutter Abschied, verließ das Haus, aber nicht ohne die zwölf Goldstücke, die er in seine Tasche steckte. Als er nun so über Land ging, die Blumen auf den Wiesen blühen sah und die Vögel sorglos singen hörte, wurde er recht traurig, weil er seine junge Seele mit einer Sünde befleckt hatte. Gegen Abend kam er an einen Fluß, über welchen eine Brücke führte. Es kam ihm vor, als würde ihm das Gehen etwas schwer, und als er bis zur Mitte der Brücke kam, wurden ihm Füße und Beine so schwer, daß er sich nicht mehr vorwärts bewegen konnte. Da stand ein alter Mann, der die Brücke bewachte. Der sah, wie wacklig Silvio auf den Beinen stand, und rief ihm zu: »Höre, junger Mann, ich sehe, du bist nicht gut auf den Beinen. Diese Brücke hier ist nämlich verzaubert, und solltest du etwas bei dir tragen, das dir von Rechts wegen nicht gehört, möchte ich dir raten, umzukehren und einmal zu bedenken, daß unrecht Gut niemals gedeihen kann.«

Silvio wurde rot bis über die Ohren und sagte stotternd: »Das hab' ich mir gleich gedacht, und ich sage Euch vielen Dank für den guten Rat.«

Dann machte Silvio kehrt und gelangte noch am selben Abend nach Hause. Die Mutter sagte: »Das war aber eine kurze Wanderschaft, mein Sohn.«

Silvio aber warf sich ihr weinend zu Füßen und gestand seine schlechte Tat. »Verzeih mir, Mutter, ich will es gewiß nie wieder tun.«

»Gut, mein Sohn, ich will dir nicht böse sein, doch

bringe das Geld sofort zur Fatima zurück. Sie wird wohl noch nicht zu Bett gegangen sein.«

Silvio ging sofort, fand aber Fatimas Tür verschlossen, doch sah er durchs Küchenfenster. Fatima saß beim Schein einer Kerze am Tisch und zählte ihr Geld. Silvio klopfte ans Fenster: »Fatima, mach mir die Tür auf, ich bringe dir deine Goldstücke zurück.«

Rasch versorgte die Fatima das Geld, das sie auf dem Tische liegen hatte, kam an die Tür und ließ Silvio eintreten.

»Wo ist das Geld? Wo? Wo?«

»Ich werde es auf den Tisch legen, damit du nachzählen kannst. Meine Mutter hat das Geld nicht gestohlen und nichts davon gewußt, ich hab's allein getan. Du siehst, ich bin ein Dieb.«

Der ehrliche Dieb kam kaum recht dazu, die Goldstücke einzeln auf den Tisch zu legen. Fatima ergriff eilends einen Besen und bearbeitete damit den armen Jungen so kräftig sie es nur vermochte, doch hatte Silvio gegen die Prügel nicht viel einzuwenden, sondern fühlte sich bedeutend erleichtert, wenn er sich auch schleunigst auf und davon machte. Dann kam er vergnügt wieder bei seiner Mutter an, die ihn nochmals ermahnte, doch ja ehrlich zu bleiben.

»Das will ich«, antwortete Silvio treuherzig, »aber wenn es dir recht ist, möchte ich mich noch ein wenig in der Fremde in der Ehrlichkeit üben.«

»Mach, wie du willst, mein Sohn. Sieh dich nur ein bißchen um in der Welt.«

»Aber nicht ohne die Zauberlampe, wenn du so gut sein wolltest, mir diese mitzugeben.«

»Meinetwegen, doch richte nur keinen Unfug damit an, mein Sohn. Vergiß nicht, wie es dir einmal damit gegangen ist. Ich will nicht mehr darauf zu sprechen kommen. Laß dir nur ein für allemal gesagt sein: Ehrlich währt am längsten.«

Nun ging Silvio in die weite Welt und kam an die Brücke, wo ihm der Wächter schon von weitem zuwinkte. Er sah wohl, wie flott und frisch Silvio ausschritt. Die beiden grüßten einander als gute Bekannte, und der alte Mann sagte: »Jetzt sehe ich, daß du ein braver Bursche bist, dem was Rechtes schon aus den Augen leuchtet. Hast du Mut – und ich traue dir den zu –, kannst du ein gutes Werk ausführen. Sieh mal, dort jenseits der Brücke, wo du ein Licht funkeln siehst, befindet sich ein Schloß, das von einem Werwolf bewacht wird, und im Schlosse selbst wird eine Prinzessin gefangengehalten. Der Werwolf wird dich nicht eintreten lassen. Hier jedoch gebe ich dir ein paar Fleischbrocken, und wirfst du ihm diese hin, wird er sie fressen und danach einschlafen. Dann mußt du die Schlüssel fürs Schloß suchen und zusehen, ob es dir gelingt, die Prinzessin zu befreien. Du mußt wissen, daß sie die Tochter eines mächtigen Königs ist, und er wird sie demjenigen zur Frau geben, dem es gelingt, sie der Macht des Werwolfes zu entreißen.«

»Ich will mein möglichstes tun«, versprach Silvio und ging mit kühnen Schritten über die Brücke.

Das Schloß lag einsam auf dem Vorsprung eines Berges. Während Silvio hinanstieg, hörte er schon von weitem ein schweres Schnarchen. »Aha«, dachte sich Silvio, »das wird wohl der Werwolf sein. Nun, wir werden es mit dem Bürschchen schon aufnehmen.« Da er aber nur wenige Schritte entfernt vom Schloßeingang war, sah er das gewaltige und wüste Tier auf die Füße springen. Es brummte bedrohlich:

»Hunger, Hunger tut nicht gut,
Riecht man Menschenfleisch und Blut.
Komm nur her, du kleiner Christ,
Wenn du nicht zu mager bist.«

Oha, die Einladung klang bedenklich. Schon wollte sich der Werwolf auf Silvio stürzen. Der aber, nicht faul, warf ihm eilends die drei Fleischbissen hin, über die sich der Werwolf sofort hermachte, sie verschluckte, schläfrig wurde und sich dann hinwarf. Silvio wartete noch ein Weilchen, um sich zu überzeugen, daß der Werwolf auch gründlich eingeschlafen war. Jaja, es war gut so, er begann zu schnarchen. Silvio bedauerte, keine Waffen bei sich zu haben, so daß er die Gelegenheit, den Werwolf auf der Stelle zu töten, nicht ausnutzen konnte, denn sein winziges Taschenmesser hätte ja längst nicht genügt, einem solch mächtigen Ungeheuer den Garaus zu machen. Es war zwar kein angenehmer Augenblick, als Silvio genötigt war, über das schlafende Tier hinwegzusteigen; doch zum Glück für Silvio erwachte es nicht, und so konnte er ungehindert durch das große Tor ins Schloß gelangen.

Er kam in einen geschlossenen Hof, blickte sich um und bemerkte ein erleuchtetes Fenster zu ebener Erde. Das Fenster war aber vergittert durch armdicke Eisenstäbe, die so nahe aneinandergesetzt waren, daß ein schmales Kind nicht hätte hindurchgelangen können. Silvio überlegte, was zu machen sei, und pfiff nachdenklich vor sich her. Da zeigte sich plötzlich ein wunderschönes Mädchengesicht am Fenster, das sogleich geöffnet wurde.

»Bitte, erschrick nicht, ich bin's nur, Silvio. Und bist du vielleicht die Prinzessin, die hier gefangen ist?«

»Ja, ich bin die Prinzessin Amanda, und was willst du hier?« Sie lächelte ihn mit einer gewissen Wehmut, doch zugleich sehr freundlich an.

»Ich bin gekommen, dich vom Werwolf zu befreien.«

»Oh, das wäre herrlich, aber das Schloß hat nur eine Tür und nur ein Fenster. Die Querstangen am Fenster lassen sich ausheben, doch bedarf es hierzu eines kleinen Schlüssels, der irgendwo im Hause verborgen sein muß. Ich weiß nicht, wo. Und wie kann ich einen solch kleinen Schlüssel finden?«

»Nimm diese Lampe, zünde sie an und gehe damit durch alle Räume. Es ist eine Zauberlampe, die alle festen Gegenstände durchleuchtet.«

Die Prinzessin nahm die Lampe durch das Gitter in Empfang und ging den Schlüssel suchen. Es dauerte eine geraume Zeit, bis sie wiederkam, und währenddessen schnarchte der Werwolf nicht mehr so fest wie vorher.

»Ich finde ihn nicht, ich finde den Schlüssel nicht«, hörte Silvio die Prinzessin klagen, während er in höchster Ungeduld und Unruhe wartete. Endlich stieß sie einen Freudenschrei aus. Sie hatte den Schlüssel, der nicht größer war als ihr kleiner Finger, unter einem Haufen Kichererbsen entdeckt, und ohne die Wunderlampe würde sie ihn sicherlich niemals gefunden haben.

Sie reichte den Schlüssel Silvio durchs Fenster, er schloß auf, öffnete das Gitter und reichte der Prinzessin die Hand, damit sie leicht vom Gesims herabspringen konnte.

Jetzt hieß es nochmals über den Werwolf hinwegsteigen. Er brummte unwillig, als fühle er sich im Schlafe gestört, doch zum großen Glück der beiden Flüchtlinge erwachte er nicht. Hand in Hand eilten sie jetzt dem Flusse zu. Silvio trug in der rechten Hand die brennende Lampe, die ihm auf dem Wege ein wahrer Segen war, denn die Nacht war schon angebrochen. Kaum waren sie bei der Brücke angelangt, als der Werwolf ihnen nachgesetzt kam. Oh, der kam rascher vorwärts als Amanda und Silvio. Sie liefen, so rasch sie nur konnten, und der Wächter sah, daß Silvio nicht allein kam. Die weißen Kleider der Prinzessin leuchteten im Licht der Lampe, und im Haar schimmerte ein Diadem. Der Wächter rief ihnen mit lauter Stimme entgegen: »Fürchtet euch nicht, der Werwolf wird euch nicht mehr erreichen.« Und wahrhaftig, sobald er sich auf der verzauberten Brücke befand, vermochte er sich nur schwerfällig vorwärts zu bewegen, weil er die Prinzessin geraubt hatte; und als er schnaubend und keuchend bis zur Mitte der Brücke gekommen war, konnte er nicht weiter und warf sich vor Ärger in den Fluß, in dem er sogleich versank.

Silvio und die Prinzessin aber hatten gleichwohl noch Angst und liefen so sehr, daß dem Silvio die Lampe aus der Hand glitt und in den Fluß fiel. Der Wächter lachte und sagte: »Du mußt der Lampe nicht nachspringen, sie hat dir genug gedient. Und jetzt kommt mit mir, ich will euch zum König Majo führen.«

Der König war überglücklich, als er seine Tochter wieder hatte, und fragte sofort Silvio, den Retter, ob er sie zur Frau haben wolle.

»Ja, wenn sie mich haben will«, antwortete Silvio schüchtern und sah fragend auf die Prinzessin. Sie lächelte, gab ihm beide Hände und sagte: »Ich will, Silvio.«

Nun sollte sofort die Hochzeit gefeiert werden. Der König ließ auf Silvios Wunsch hin durch zwölf Grafen die Mutter Silvios holen. Zu gleicher Zeit schickte Silvio hundert Goldstücke an Fatima, damit auch sie eine Freude habe. Fatima, durch die noble Gabe beschämt, eilte an den Hof, um sich Silvio zu Füßen zu werfen. Sie bat ihn inständig um Entschuldigung, weil sie ihn doch einmal verprügelt hatte. Er aber lächelte: »Nein, das hast du gut gemacht. Ich habe an deinen Schlägen leichter getragen als an meinem bösen Gewissen.« Als Silvio später König wurde, verstand er das Regieren ausgezeichnet. Er stellte recht vernünftige Gesetze auf, und man sagt, es habe während seiner Herrschaft nur sehr wenig Diebe gegeben.

Es war im Februar, und die Tage wurden länger und länger. Schon blühten die ersten Primeln und Anemonen auf den Abhängen. Die Kinder pflückten Blumen und stellten sie in Gläsern in der Küche auf. Die Knaben halfen beim Umgraben des Ackers, und manchmal waren die Kinder am Abend zu müde, um Märchen anzuhören, und so kam es, daß nicht jeden Abend am Kamin erzählt wurde.

Eines Nachmittages bat Cecco seine Mutter um eine Unterredung unter vier Augen. Da gingen sie zusammen in den Garten, setzten sich in die Laube, und hier fragte Cecco seine Mutter, ob es ihr wohl recht wäre, wenn er Vezzosa zur Frau nehme.

»Hast du schon mit Vezzosa darüber gesprochen?« fragte die Regina.

»Nur wenige Worte, doch nichts Bestimmtes. Wir wissen nur, daß wir einander liebhaben und uns gerne einsegnen lassen, wenn du einverstanden bist.«

»Was könnte ich einzuwenden haben, wenn ihr einander liebhabt und zusammengehören wollt? Ich habe Vezzosa als ein gutes Mädchen kennengelernt, und so wünsche ich euch beiden nur das Beste.«

Cecco küßte seiner Mutter die Hand und sagte: »Ich danke dir, Mutter, wie ich dir für alles danke. Darf ich gleich zu Vezzosa gehen, um mit ihr zu sprechen? Ich bringe sie dann heut abend mit zu uns.«

Damit war die Regina einverstanden, und am Abend erklärte sie der Familie, daß Cecco nunmehr mit Vezzosa verlobt sei. Darüber hatten alle eine große Freude, und die Kinder jubelten, weil Vezzosa, an der sie sehr hingen, nun bald ganz bei ihnen im Hause sein würde. Es wurde auf die

Gesundheit des jungen Brautpaares getrunken, und als man nun ein Stündchen plaudernd am Kamin verbracht hatte, sagte die Regina: »Ich will zu Ehren des heutigen Tages, da mein jüngster Sohn sich verlobt hat, eine Geschichte erzählen, die ich seit meiner frühen Jugend kenne. Sie heißt:

Das Glück vom lieben Gott

Es gab einmal zwei Brüder, die sehr gerne gewußt hätten, ob das Glück von Gott oder von den Menschen stammt. Um nun dies in Erfahrung zu bringen, zogen sie in die weite Welt und kamen auf ihrer Wanderung an eine baufällige Hütte, in der ein Köhler mit seiner Familie wohnte. Da gaben die Brüder dem Manne drei Goldstücke, und als dieser in übergroßer Freude sogleich »Vergelt's Gott!« sagen wollte, verwehrten ihm die Brüder den Dank und gingen weiter. Der Köhler dachte bei sich: Alle vollkommene Gabe und alles Gute kann nur von Gott kommen, und da er selbst es weiß, genügt es, wenn ich ihm in meinem Herzen danke.

Gleich am nächsten Tage gedachte der Köhler in die Stadt zu gehen, um für Frau und Kinder ein gutes Stück Suppenfleisch einzukaufen. Weil er aber so arm war, daß er nicht einmal eine Geldbörse besaß, weil sich dies nicht gelohnt hätte, versorgte er das Geld in seiner Mütze, die er auf dem Kopfe trug. Als er nun das Fleisch auf dem Markte eingekauft hatte und heimwärts ging, sah er in der Luft einen großen Vogel auf sich zuschweben. Da dachte der Köhler, der Vogel habe es auf das Stück Fleisch abgesehen, und verbarg dieses rasch unter seinem Rock. Der Vogel nahm dem Köhler nur die Mütze vom Kopf und damit freilich auch das viele Geld. Das soll wohl so sein, sagte sich der Köhler, aber die Frau war höchst unzufrieden mit ihrem Manne. »Dich muß man nur schicken, wenn man sein Geld loswerden will. Du verschwendest es sogar an die Vögel, die in der Luft fliegen.«

»Aber sei doch vernünftig, gute Frau, ich habe Fleisch mitgebracht, das wird dir und den Kindern Kraft geben. Ich selbst will gar nichts davon essen.«

Bei Tisch aber betete der Köhler in seinem Herzen und dankte Gott für die Gabe, ohne an das Verlorene zurückzudenken.

Nach drei Jahren kamen die Brüder abermals zum Köhler, fragten ihn, wie es ihm mit den drei Goldstücken ergangen sei. Der Köhler berichtete wahrheitsgemäß Glück und Unglück. Da gaben ihm die Brüder nochmals drei Goldstücke, und als er »Vergelt's Gott!« sagen wollte, verwehrten die Brüder ihm den Dank. Diesmal sagte der Köhler seiner Frau nichts vom Gelde, das die Brüder ihm geschenkt hatten. Er ging aber wieder auf den Markt und kaufte noch einmal ein Stück Suppenfleisch. Indessen kam diesmal auf dem Heimwege kein Vogel, der dem Manne Mütze und Geld fortnahm. Zu Hause angekommen, legte er das Geld in ein Säcklein, das mit Hirse angefüllt war, und so hielt er seinen Schatz für gut aufgehoben. Am gleichen Tage aber wollte die Frau ein paar Äpfel kaufen, und da sie kein Geld hatte, bot sie dem Obsthändler für die Äpfel das Säcklein mit Hirse an, der mit dem Tausch auch einverstanden war. Als nun die Frau den Köhler am Abend befragte, woher das Suppenfleisch stamme, gab der Köhler zur Antwort: »Alle gute Gabe kommt von oben herab.«

Die Frau erwiderte, daß dies nicht so ganz genau stimmen könne, und es sei nicht anzunehmen, daß das Suppenfleisch vom Himmel gefallen sei.

Da bekannte der Köhler die Wahrheit und sagte, er

habe den Rest des Geldes in den Hirsesack gelegt. Da schrie die Frau laut auf: »Dich kann man brauchen, Geld zu versorgen. Ich habe den Hirsesack einem vorüberziehenden Obsthändler gegeben.«

Der Obsthändler war nicht mehr aufzufinden, und die Frau war sehr unzufrieden mit ihrem Mann.

Der Köhler aber sagte: »Das Geld soll dem Obsthändler Glück bringen, und sieh, wir haben doch ein gutes Stück Suppenfleisch. Das wird dir und den Kindern Kraft geben. Ich selbst will nichts davon essen.« Und bei Tisch dankte er Gott in seinem Herzen, ohne an das Verlorene zurückzudenken.

Nach drei Jahren kamen die Brüder abermals zum Köhler und fragten ihn, wie es diesmal mit dem Gelde gegangen sei. Der Köhler gab seinen Bericht und erzählte alles genau, wie es gekommen war. Da gaben die Brüder ihm zwei Bleikugeln und sagten: »Eine ist für dich und die andere für deine Frau.«

Als der Köhler sein »Vergelt's Gott!« sagen wollte, verwehrten sie ihm den Dank, und als er seiner Frau die beiden Bleikugeln zeigte, die er von den Brüdern zum Geschenk erhalten hatte, war sie sehr ärgerlich und wollte die Bleikugeln wegwerfen, aber der Mann duldete es nicht, sondern legte sie auf das Wandbrett.

Eines Tages nun kamen Fischer des Weges daher, die im nahen See fischen wollten, aber da ihrem Netze einige Bleikugeln fehlten, fragten sie den Köhler, ob er nicht vielleicht Bleikugeln im Hause habe.

»Hier sind zwei Bleikugeln, die ihr haben könnt«, antwortete der Köhler und gab den Fischern die Kugeln. Die waren froh, daß sie ihr Netz in Ordnung bringen konnten, und versprachen dem Köhler den ersten Fang Fische. Sie warfen ihr Netz aus, doch fingen sie nur einen einzigen Fisch, den sie dem Köhler brachten, der den Fisch mit

»Vergelt's Gott!« annahm. Die Frau dagegen fand, es sei kein Grund, für einen Fisch gar so dankbar zu sein, und machte sich verdrießlich daran, den Fisch zu schuppen und auszuweiden. Es befand sich aber im Fisch ein sehr schöner, strahlend heller Stein, der so hell war, daß er als Lampe dienen konnte.

Eines Tages kam ein Mann am Hause vorüber, sah von draußen durchs Fenster den herrlichen Stein leuchten, ging zum Köhler und fragte, ob er ihm den Stein verkaufen wolle.

»Warum nicht«, sagte der Köhler, »was willst du mir für den Stein geben?« Der Mann legte zehn Goldstücke auf den Tisch. Der Köhler jedoch, der den wahren Wert des Steines nicht kannte, sagte zum Händler: »Treibe keinen Scherz mit mir. Gib mir, was der Stein wert ist.«

Der Händler aber, der die Worte des Köhlers falsch auffaßte, legte noch zehn Goldstücke auf den Tisch, und der Köhler, der sich nicht vorstellen konnte, daß es solch kostbaren Stein überhaupt auf der Welt geben konnte, sagte nochmals ungehalten: »Zahle, was recht ist.« Da legte der Händler noch dreimal soviel Geld auf den Tisch und sagte: »Mehr zahle ich nicht für den Stein.«

»Behalte dein Geld und ich behalte meinen Stein«, erwiderte der Köhler. Da mußte der Händler gehen.

Am nächsten Tage nahm der Köhler den Stein und ging zum König.

»Ich habe in einem Fische einen Stein gefunden, von dem man mir sagt, er sei sehr wertvoll. Darf ich dir den Stein einmal zeigen?«

»Zeige ihn mir«, sprach der König, der ein großer Liebhaber von edlen Steinen war.

Als nun der Köhler den Stein zeigte, war der König so sehr von der Schönheit des Steines entzückt, daß der Köhler ihm den Stein zum Geschenk anbot. Es war ein Diamant.

Da betrachtete sich der König den Köhler, sah ihm gut in die Augen und sprach: »Ich wage dieses Geschenk nicht abzulehnen, weil es unbezahlbar schön ist. Einem Geber, wie du einer bist, dem ist nicht leicht zu danken. Laß mich darüber nachdenken, wie ich mich erkenntlich zeigen könnte.«

Der Köhler aber freute sich, da sich der König so sehr freute, und fühlte sich dadurch belohnt genug. Doch der König wollte es dabei nicht bewenden lassen und sagte dem Köhler: »Du wirst fortan ein König in deiner Heimat sein, und wo deine Hütte steht, will ich dir einen Palast erbauen. Du wirst nie mehr Sorgen haben, und weil du sehr reich sein mußt, bitte ich dich um ein weiteres Geschenk, das mir noch wertvoller sein wird als dieser kostbare Diamant.«

»Was könnte das wohl sein?« fragte der Köhler, »ich besitze nur diesen einen Stein, sonst habe ich nichts.«

»Du hast etwas, und du besitzest das, was ich will, und wenn du es mir gibst, will ich dir das gleiche zurückgeben. Deine Freundschaft ist es, um die ich dich bitte.«

Da sagte der Köhler glücklichen Herzens »Vergelt's Gott!« und ging reichbeschenkt heim in seine Hütte.

Nach drei Jahren kamen die Brüder abermals zum Köhler, doch waren sie sehr erstaunt, daß sie die Hütte nicht mehr vorfanden, sondern ein schönes, großes Haus. Da erkundigten sie sich in der Nachbarschaft, wer denn in jenem herrlichen Hause wohne.

»Es ist der Freund des Königs«, antwortete man den Brüdern. Der Freund aber blickte zum Fenster hinaus, grüßte die Brüder und winkte ihnen, sie möchten doch ins Haus kommen. Sie aber erkannten den ehemaligen Köhler nicht wieder, und er sprach zu ihnen: »Ihr kennt mich nicht mehr? Ich bin der Mann, dem ihr vor drei Jahren zwei Bleikugeln geschenkt habt, mit denen ich mein

Glück gemacht habe. Dieses aber kam vom lieben Gott, von dem alles Gute stammt.«

Da bedankten sich die Brüder und sagten: »Jetzt wissen wir es ein für allemal, daß das Glück vom lieben Gott kommt. Wir werden es fortan nur von ihm erwarten, da es ohne seinen Willen zu niemandem kommt.«

»So ist es, Kinder«, schloß die Regina ihre Erzählung, »und so wünsche ich euch, daß auch ihr euer Glück nur dem lieben Gott zuschreibet.« Das Brautpaar und alle dankten ihr mit leuchtenden Blicken.

Am Sonntag hatte der kleine Michael Geburtstag, was niemand im Hause leicht vergessen konnte, da er selbst von Zeit zu Zeit daran erinnerte. Schon am Morgen lag ein großes Mandelbrot, von fünf brennenden Kerzen umstellt, auf dem Tische. Seine Mutter hatte ihm ein paar himmelblaue Hosen genäht und dazu einen Kittel von der nämlichen Farbe, den die Geschwister mit Blumen bestickt hatten. Michael war um so stolzer auf seinen Anzug, weil die Männer im Frühling und Sommer Anzüge von derselben blauen Farbe trugen. Carola schnitt das Brot, aber Michael durfte es anbieten, weil es sein Brot und ihm zuliebe gebacken worden war. Im Gegensatz zu den andern Kindern, die alle braunes oder schwarzes Haar besaßen, hatte Michael sehr helles blondes Haar, nur Francesca und Nicola hatten Haar von ähnlichem Blond. Immer wieder bot Michael seiner Nonna vom guten Brot an, und sie mußte noch ein Extrastück nehmen, das sie gleichsam als Belohnung zum voraus für ein Märchen erhielt. Als man am Nachmittag am Kamin saß, in dem das Feuer kaum nachts ausging, fragte Michael: »Riecht ihr nichts?«

»Was? Wir riechen nichts!«

»Riecht doch etwas genauer«, forderte Michael auf. »Nun? Was riecht ihr?«

Das Schwesterchen Francesca sagte: »Ich rieche schon, was du meinst, aber ich sag's nicht. Die andern mögen es raten.«

Niemand fand es. Schließlich aber wurde entdeckt, was roch, weil Michael die Augen in recht auffallender Weise nach oben wandte.

»Oh, Veilchen, Anemonen, Primeln und sogar Brautglöckchen!«

Das Kind hatte die Blumen gepflückt und eine Vase neben der andern auf das Kaminsims gestellt. »Ich habe mich eigens auf den hohen Stuhl stellen müssen, aber die Blumen sind alle für euch. Ich schenke sie euch zu meinem schönen, himmelblauen Geburtstag.« Das »himmelblau« war eine Anspielung auf sein blaues Gewand. Die ganze Familie bedankte sich für die Blumen, und dann begann die Großmutter ihre Erzählung.

Hähnchen und Hühnchen im Nußwalde

Hähnchen und Hühnchen gingen einmal zusammen in den Nußwald, um sich Nüsse zu sammeln. Da bekam Hühnchen ein Stück Nußschale in den Hals, so daß es sich verschluckte, und da lag es nun und zappelte mit den Flügeln.

»O Hähnchen, hole mir einen Schluck Wasser, dann könnte es wieder besser mit mir werden, damit ich nicht sterben muß.«

Da lief Hähnchen zur Quelle: »Quelle, gib mir Wasser. Das Wasser bring' ich Hühnchen, meinem Schatz. Das liegt auf den Tod krank im Nußwalde.«

Die Quelle antwortete: »Ich gebe dir kein Wasser, wenn du mir nicht Laub gibst.«

Da lief Hähnchen zur Linde.

»Linde, gib mir Laub. Das Laub gebe ich der Quelle. Die Quelle gibt mir Wasser. Das Wasser bringe ich Hühnchen, meinem Schatz. Das liegt auf den Tod krank im Nußwalde.«

Die Linde antwortete: »Ich gebe dir kein Laub, ehe du mir nicht ein rotes Goldband gibst.«

Da lief Hähnchen zur edlen Jungfrau: »Jungfrau, gib

mir ein Goldband. Das rote Goldband geb' ich der Linde. Die Linde gibt mir Laub. Das Laub geb' ich der Quelle. Die Quelle gibt mir Wasser. Das Wasser bringe ich Hühnchen, meinem Schatz. Das liegt auf den Tod krank im Nußwalde.«

Da antwortete die edle Jungfrau: »Ich gebe dir kein rotes Goldband, wenn du mir nicht ein Paar Schuhe gibst.«

Da lief Hähnchen zum Schuhmacher: »Schuhmacher, gib mir ein Paar Schuhe. Die Schuhe gebe ich der edlen Jungfrau. Die edle Jungfrau gibt mir ein rotes Goldband. Das rote Goldband gebe ich der Linde. Die Linde gibt mir Laub. Das Laub geb' ich der Quelle. Die Quelle gibt mir Wasser. Das Wasser bringe ich Hühnchen, meinem Schatz. Das liegt auf den Tod krank im Nußwalde.«

Da antwortete der Schuhmacher: »Ich gebe dir keine Schuhe, ehe du mir nicht Borsten gibst.«

Da lief Hähnchen zum Eber: »Eber, gib mir Borsten. Die Borsten geb' ich dem Schuhmacher. Der Schuhmacher gibt mir Schuhe. Die Schuhe gebe ich der edlen Jungfrau. Die edle Jungfrau gibt mir ein rotes Goldband. Das rote Goldband gebe ich der Linde. Die Linde gibt mir Laub. Das Laub gebe ich der Quelle. Die Quelle gibt mir Wasser. Das Wasser bringe ich Hühnchen, meinem Schatze. Das liegt auf den Tod krank im Nußwalde.«

Da antwortete der Eber: »Ich gebe dir keine Borsten, ehe du mir nicht Korn gibst.«

Da lief Hähnchen zum Korndrescher: »Korndrescher, gib mir Korn. Das Korn geb' ich dem Eber. Der Eber gibt mir Borsten. Die Borsten gebe ich dem Schuhmacher. Der Schuhmacher gibt mir Schuhe. Die Schuhe gebe ich der edlen Jungfrau. Die edle Jungfrau gibt mir ein rotes Goldband. Das rote Goldband bringe ich der Linde. Die Linde gibt mir Laub. Das Laub gebe ich der Quelle. Die Quelle gibt mir Wasser. Das Wasser bringe ich Hühnchen, meinem Schatz. Das liegt auf den Tod krank im Nußwalde.«

Da antwortete der Korndrescher: »Ich gebe dir kein Korn, ehe du mir nicht Brot gibst.«

Da lief Hähnchen zum Bäcker: »Bäcker, gib mir Brot. Das Brot bringe ich dem Korndrescher. Der Korndrescher gibt mir Korn. Das Korn bringe ich dem Eber. Der Eber gibt mir Borsten. Die Borsten bringe ich dem Schuhmacher. Der Schuhmacher gibt mir ein Paar Schuhe. Die Schuhe bringe ich der edlen Jungfrau. Die edle Jungfrau gibt mir ein rotes Goldband. Das rote Goldband bringe ich der Linde. Die Linde gibt mir Laub. Das Laub bringe ich der Quelle. Die Quelle gibt mir Wasser. Das Wasser bringe ich Hühnchen, meinem Schatz. Das liegt auf den Tod krank im Nußwalde.«

Da antwortete der Bäcker: »Ich gebe dir kein Brot, ehe du mir nicht Holz gibst.«

Da lief Hähnchen zum Holzfäller: »Holzfäller, gib mir Holz. Das Holz bringe ich dem Bäcker. Der Bäcker gibt mir Brot. Das Brot bringe ich dem Korndrescher. Der Korndrescher gibt mir Korn. Das Korn bringe ich dem Eber. Der Eber gibt mir Borsten. Die Borsten bringe ich dem Schuhmacher. Der Schuhmacher gibt mir ein Paar Schuhe. Die Schuhe bringe ich der edlen Jungfrau. Die edle Jungfrau gibt mir ein rotes Goldband. Das rote Goldband bringe ich der Linde. Die Linde gibt mir Laub. Das Laub bringe ich der Quelle. Die Quelle gibt mir Wasser. Das Wasser bringe ich Hühnchen, meinem Schatz. Das liegt auf den Tod krank im Nußwalde.«

Da antwortete der Holzfäller: »Ich gebe dir kein Holz, ehe du mir nicht eine Axt gibst.«

Da lief Hähnchen zum Schmied: »Schmied, gib mir eine Axt. Die Axt bringe ich dem Holzfäller. Der Holzfäller gibt mir Holz. Das Holz bringe ich dem Bäcker. Der

Bäcker gibt mir Brot. Das Brot bringe ich dem Korndrescher. Der Korndrescher gibt mir Korn. Das Korn bringe ich dem Eber. Der Eber gibt mir Borsten. Die Borsten bringe ich dem Schuhmacher. Der Schuhmacher gibt mir ein Paar Schuhe. Die Schuhe bringe ich der edlen Jungfrau. Die edle Jungfrau gibt mir ein rotes Goldband. Das rote Goldband bringe ich der Linde. Die Linde gibt mir Laub. Das Laub bringe ich der Quelle. Die Quelle gibt mir Wasser. Das Wasser bringe ich Hühnchen, meinem Schatz. Das liegt auf den Tod krank im Nußwalde.«

Da antwortete der Schmied: »Ich gebe dir keine Axt, ehe du mir nicht Kohlen gibst.«

Da lief Hähnchen zum Köhler: »Köhler, gib mir Kohlen. Die Kohlen bringe ich dem Schmied. Der Schmied gibt mir eine Axt. Die Axt bringe ich dem Holzfäller. Der Holzfäller gibt mir Holz. Das Holz bringe ich dem Bäcker. Der Bäcker gibt mir Brot. Das Brot bringe ich dem Korndrescher. Der Korndrescher gibt mir Korn. Das Korn bringe ich dem Eber. Der Eber gibt mir Borsten. Die Borsten bringe ich dem Schuhmacher. Der Schuhmacher gibt mir ein Paar Schuhe. Die Schuhe bringe ich der edlen Jungfrau. Die edle Jungfrau gibt mir ein rotes Goldband. Das rote Goldband bringe ich der Linde. Die Linde gibt mir Laub. Das Laub bringe ich der Quelle. Die Quelle gibt mir Wasser. Das Wasser bringe ich Hühnchen, meinem Schatz. Das liegt auf den Tod krank im Nußwalde.«

Da tat Hähnchen dem armen Köhler leid, und er gab ihm gleich die Kohlen. Da bekam der Schmied seine Kohlen, und der Holzfäller bekam seine Axt, und der Bäcker bekam sein Holz, und der Eber bekam sein Korn, und der Schuhmacher bekam seine Borsten, und die edle Jungfrau bekam ihre Schuhe, und die Linde bekam ihr Goldband, und die Quelle bekam ihr Laub. Und Hähnchen bekam das Wasser. Das brachte es Hühnchen, seinem Schatz, das auf den Tod krank im Nußwalde lag. Als Hähnchen ihm aber das Wasser gab, wurde Hühnchen auf der Stelle gesund.

»Oh, das liebe Hähnchen«, sagte Michael, »und gerade an meinem Geburtstag.«

»Das war ein süßes Märchen«, fanden die Kinder, »aber leider nur zu kurz.«

»Nun«, meinten die Großen, »Hähnchen ist genug herumgelaufen um einen Schluck Wasser für seinen Schatz.«

Die Regina aber ließ sich herbei, am Abend noch ein Märchen zu erzählen.

Gernegroß

Es war einmal eine Frau, die ein winziges Kindchen zur Welt brachte, das kaum so groß war wie ihre Hand. Da nähte sie ihm allerliebste Kleidchen aus feinster, bunter Seide, die so gut wie nichts kosteten, denn so kleine Reste bekam sie von den Nachbarinnen gern geschenkt. Sie kaufte sich eine Puppenwiege, weil diese für das Söhnlein groß genug war. Das sah nun freilich sehr niedlich aus, war auch gesund und munter, aber die Mutter dachte an die Zukunft des Kindes. Was würde aus einem so kleinen Butzen werden, wenn sie einmal krank war oder gar sterben sollte? Und da sie wünschte, es möge mit der Zeit größer werden, nannte sie es Gernegroß. So unendlich zierlich es auch war, konnte man ihm gleichwohl eine gewisse Kühnheit nicht absprechen. Es kletterte in den Zweigen der Zimmerpflanzen umher, die für Gernegroß Riesenbäume waren, und wenn die Mutter sagte: »Brich mir nur nicht die dicksten Äste ab«, lachte das Kind mit seinem hellen Stimmlein voller Übermut und Lebensfreude. Manchmal tat ihm die Mutter den Gefallen, eine Schüssel mit Wasser zu füllen, ein kleines Boot hineinzusetzen, dazu schwimmende Fische und Schwäne, wie Kinder sie zum Spielen haben, doch war dies für Gernegroß eine unabsehbar große Welt.

Die Waschschüssel war das Meer, in dem er umherschwamm, und rief er: »Mutter, mach Sturm«, dann mußte sie die Waschschüssel hin und her bewegen, damit die Wellen ordentlich hoch gingen. Zwei zurechtgeschnittene Hobelspäne waren die Ruder, mit denen Gernegroß sich durch die Wellen zu arbeiten hatte. Das war keine Kleinigkeit für ihn. Gab's Schiffbruch, war's nicht so schlimm. Die Mutter war stets in der Nähe, um Gernegroß und sein gekentertes Schiff zu retten, aber er konnte im lauwarmen Wasser auch ausgezeichnet schwimmen. Hatte er sich einmal einen Schnupfen geholt, steckte die Mutter ihn in die Schürzentasche. Da sank Gernegroß so tief und mollig hinein, daß er nur grad eben Kopf und Händchen herausstrecken konnte. In solchem Nest geborgen, neckte er oftmals seine Mutter. Sie saß nämlich eifrig strickend da, und Gernegroß zerrte mit Vorliebe am Faden, damit die Mutter eine Masche verlieren sollte, denn er war ein kleiner Schalk. Wäre er ein Junge gewesen wie andere auch, von normaler Größe und Stärke, hätte man ihn als einen rechten Wildfang bezeichnet, doch bei seiner Winzigkeit konnte Gernegroß nicht allzuviel Unfug anrichten. Trotzdem war es der Mutter doch manchmal verdrießlich, wenn er in den Milchtopf fiel oder eine gefüllte Kaffeetasse umwarf. Die Mutter mußte die Augen überall haben, wie man zu sagen pflegt, und hatte stets auf ihren kleinen Sprößling zu achten, so daß sie nur wenig arbeiten und kaum das bißchen Brot verdienen konnte, das sie für sich und Gernegroß brauchte, obzwar er weniger als ein Vögelchen aß.

»Ach«, klagte sie manchmal den Nachbarn, »was soll nur aus meinem Gernegroß einmal werden?«

»Eine Stütze fürs Alter gewiß nicht«, sagten einige.

»Du könntest ihn auf dem Jahrmarkt in einer Schaubude ausstellen, da würdest du viel Geld verdienen.«

»Ach nein, ich will mein armes Kind nicht zur Schau stellen.«

»Du solltest bei Neumond in den Buchenwald gehen, oder bei Vollmond, wenn sich die Feen versammeln. Vielleicht ist eine darunter, die dein Kind groß machen kann.«

Die Frau bedankte sich und beschloß, diesen Rat zu befolgen.

So machte sie sich denn eines Tages gegen Sonnenuntergang auf den Weg und trug Gernegroß in der Schürzentasche, die sie mit Wolle ausgefüttert hatte, damit dem Kinde die Nachtluft nicht schade. Als die Frau in den Wald kam, war es schon dunkel, und der Mond war noch nicht bis zum Walde gekommen. Gernegroß war neugierig, wollte immer das Köpfchen aus der Tasche strecken. Die Mutter aber sagte: »Bleib doch, wo es warm ist. Es ist ja dunkel, beinahe Nacht, und da gibt es nichts zu sehen.«

Gernegroß maulte: »Mutti, ich will die Nacht sehen.«

»Nein, nachts haben Kinder zu schlafen und besonders ein so klimperkleines, wie du eines bist. Wenn du nicht schläfst, kannst du nicht groß werden.« Da schlief Gernegroß ein.

Die Mutter aber ging durch den Wald, und die Leuchtkäfer, die gefälligen Glühwürmlein, zeigten ihr den Weg. So kam sie auf die Waldwiese, auf der die Feen zu tanzen pflegten. Die Frau setzte sich unter einen Baum, und da sie fürchtete, einzuschlafen und vielleicht durch eine ungeschickte Bewegung das Kind zu drücken, nahm sie es aus der Tasche heraus und legte es in ein Tüchlein gehüllt neben sich.

Um Mitternacht kamen sieben Feen. Sie trugen helle Kleider, wie aus Nebelglanz und Mondlicht gewoben. Die langen Haare waren wie aus Lichtstrahlen, und die Gesichter erschienen der Frau überirdisch schön. Auch der Mond war wie auf Verabredung zur Stelle und goß sein mildes Licht in großen, weichen Strömen auf die Wiese herab. Jetzt bildeten die Feen einen Kreis, hielten einander an den Händen und begannen zu tanzen, so schwebend leicht. Die Füße schienen den Boden nicht zu berühren. Die Glühwürmchen hüpften auch auf und ab, anzusehen wie ganz kleine Sterne, die sich freuten, dabeizusein. Was sangen die Feen mit ihren zart girrenden Stimmen? Die Frau lauschte.

»Wer uns Feen tanzen sieht,
Bleibt verwundert stehn,
Und er mag nicht weitergehn,
Singen wir das Reigenlied.

Und wenn einer traurig ist,
Trösten wir sogleich,
Daß er all sein Leid vergißt
Hier im Feenreich.«

Ja, mit dem Trost allein ist mir nicht geholfen, dachte die Mutter. Wie aber wäre es, wenn ich mich an eine der Feen wenden würde, ob sie mir nicht wenigstens einen guten Rat geben kann, was ich mit meinem kleinen Kinde anfangen soll? Aber die Feen tanzten so fröhlich, daß die Mutter sie in ihrem Vergnügen nicht zu stören wagte und lieber abwarten wollte, bis die Feen an den Heimweg dachten. So saß die Mutter stundenlang, und es fiel den kleinen Feen gar nicht ein, ihren Tanz zu unterbrechen. Da kamen plötzlich ein paar Glühwürmchen in die Nähe der Frau, die sehr freundlich fragten, worauf sie hier warte.

»Ach, ich möchte mich so gerne mit einer der Feen besprechen meines Kindes wegen, das leider etwas zu klein geraten ist.«

»Wenn's weiter nichts ist, was du wünschest. Das ist eine Kleinigkeit für uns. Wir fliegen zum Tanzplatz, setzen uns den Feen aufs Haar und flüstern ihnen ins Ohr, daß ein Menschenkind ihre Hilfe sucht.«

»Oh, vielen Dank«, sagte die Frau und sah den davonschwirrenden Glühwürmchen nach, die sogleich den Feen zutaumelten, um sich ihnen aufs Haar zu setzen.

Da plötzlich verschwanden sechs Feen im Dunkel des Waldes, aber eine Fee kam wie ein anmutiger Lichtstreifen auf die arme Frau zu.

»Ach Fee, liebe, gute Fee, du hast mit deinen Schwestern gesungen:

›Und wenn einer traurig ist,
Trösten wir sogleich,
Daß er all sein Leid vergißt
Hier im Feenreich.‹

Du hörst, ich habe mir euer Lied gut gemerkt, und ich möcht' dich fragen, ob es nicht möglich ist, daß du meinem Kinde hilfst.«

»Gewiß, von Herzen gern. Sag mir nur, was deinem Kinde fehlt. Ist es sehr krank?«

»Oh, nein, es ist sehr gesund, aber es ist so winzig klein und wird darum kaum recht vorwärtskommen in der Welt. Sieh, hier liegt es. Wenn du es nur drei bis zwei Hände breit größer machen könntest.«

»Sonst wünschest du nichts? Nun, wie du willst. Ich will's aber doch etwas besser einrichten, weil du es bist und du mir so leid tust. Das Kind wird noch ungefähr zwei Hände hoch wachsen, größer kann man es nicht werden lassen. Nur in bestimmten Stunden der Not wird es so groß werden können, wie es will. Es kann ein Riese werden, wenn es den Wunsch hat und es in Augenblicken der Gefahr nötig ist. Es braucht nur den Daumen der rechten Hand in den Mund zu stecken und auf den Finger zu blasen, als wär's eine Schalmei. Dann erhält es sofort die gewünschte Größe. Nach einer guten halben Stunde wird es wieder klein, und sollte das Kind noch immer eine andere Größe brauchen, muß es nochmals am Daumen blasen. Hast du jetzt verstanden, wie es gemacht wird?«

Die Mutter wiederholte, was ihr die Fee gesagt, um zu zeigen, daß sie wohl begriffen habe.

»Oh, ich danke dir, ich danke dir tausendmal, immer will ich dir danken, gute Fee.«

»Höre, noch eines muß ich dir sagen. Dein Sohn darf sich niemals groß machen um einer bösen Sache willen, nur wenn er in Not und Gefahr ist oder es aus einem anderen guten Grunde angebracht ist. Vor seinem fünfzehnten Lebensjahre kann er von seiner Gabe keinen Gebrauch machen, und es wird besser sein, daß auch du bis zu diesem Zeitpunkt dem Sohn gegenüber schweigst. Sollte er aber mit seiner Fähigkeit Mißbrauch treiben, würde sich dies schwer rächen.«

»Bitte, sag mir alles, gute Fee. Es kann nicht schaden, wenn ich meinen Sohn vor einer Gefahr rechtzeitig warne.«

»Er würde einen Höcker vorne und einen hinten bekommen, nicht mehr, aber auch nicht weniger.«

»O liebe, gute Fee, das wären zwei Höcker zuviel, aber dazu wird es niemals kommen. Ich werde schon dafür sorgen.«

»So, jetzt muß ich aber fortgehen, und du, geh auch du nur mit deinem Söhnlein nach Hause. Ich werde die Glühwürmchen beauftragen, dir den Weg zu zeigen. Komm gut heim.«

»Danke, gleichfalls, gute Fee. Hab nochmals herzlichen Dank.«

Die Fee nickte der Mutter freundlich zu und verschwand alsbald im Schatten der Bäume.

Am nächsten Morgen kam es der Mutter vor, als wäre ihr Liebling schon ein Stückchen größer geworden. Das war nun freilich ein Irrtum. Die Mutter glaubte zu sehen, was sie sich sehnlichst wünschte. Aber mit der Zeit wuchs Gernegroß doch ein Stückchen, genau wie die Fee gesagt hatte. Mit zwölf Jahren war er so groß wie ein Zwei- bis Dreijähriges, und die Nachbarkinder hatten viel Spaß an ihm, wenn er mit ihnen Verstecken spielte. Bei seiner geschickten Beweglichkeit verkroch er sich manchmal in Schlupfwinkel, die den andern Kindern unzugänglich waren, da er sich in Kochtöpfen und Staubtuchkörben, in Schubfächern und Zierschränken verbergen konnte. Es war possierlich anzusehen, wie das winzige Kerlchen umhertollte. Neckten die Kinder ihn, biß er sie ungeniert ins Bein, und seine Keckheit stand in keinem Verhältnis zu seiner winzigen Erscheinung. Wenn die Mutter ihn bei ihren Einkäufen mit auf die Straße nahm, sah Gernegroß, wie sich die Jungens herumbalgten, er wäre gar zu gern dabeigewesen.

»Mutti, ich will mich auch prügeln mit den Jungens.«

»Nein, nein, das ist nichts für dich. Bleib nur schön artig.«

Verspotteten ihn die Kinder, was auch ab und zu vorkam, wurde er sehr böse, biß und kratzte wie ein wildes Tierchen um sich, aber seine Mißhandlungen taten nicht weh, und die Kinder spürten es kaum, und wenn Gernegroß noch so kräftige Ohrfeigen austeilte.

Der Kleine hatte nicht immer unrecht, weil die Kinder stets vergaßen, daß Gernegroß schon zwölf Jahre alt war, sich also nicht mehr jede Neckerei gefallen lassen mochte. Da hatte die Mutter manchmal Mitleid mit ihm und sagte: »Wenn du fünfzehn Jahre alt sein wirst, wird es besser für dich aussehen. Dann wird dir niemand etwas zuleide tun.«

»Werde ich dann die andern prügeln dürfen, Mutter?«

»Nein, das nicht. Ich hoffe, du wirst kein Vergnügen an Raufereien finden.«

»Hoffe lieber nicht, Mutti«, sagte der Kleine ausgelassen, wobei er noch im Übermut seine Mutter ins Bein kniff, was die brave Frau in ihrer Einfalt für einen Flohstich hielt, aber auch nicht immer.

Als Gernegroß fünfzehn Jahre alt war, bekam er am Geburtstagsmorgen statt der üblichen Geschenke von seiner Mutter eine Geschichte zu hören, die er sich mit größter Aufmerksamkeit anhörte. Die Mutter erzählte ihm, wie sie mit ihm im Walde gewesen war und wie die Feen und Glühwürmchen geleuchtet hätten. »Ja, und die Feen tanzten, sagst du, Mutter? Haben sie schön getanzt?«

»O ja, sie haben nicht nur schön getanzt, sondern auch gesungen.

Wer uns Feen tanzen sieht,
Bleibt verwundert stehn,
Und er mag nicht weitergehn,
Singen wir das Reigenlied.

Und wenn einer traurig ist,
Trösten wir ihn gleich,
Daß er all sein Leid vergißt
Hier im Feenreich.«

»Das war aber schön, Mutter. Und sind die Feen dann später nach Hause gegangen? Und wo wohnten sie?«

»Wo sie wohnten, das geht uns nichts an. Du darfst mich jetzt aber nicht mehr unterbrechen. Warte ab, was ich dir noch zu sagen habe.«

Dann erzählte ihm die Mutter, was die gute Fee ihr geschenkt hatte, und daß er nur auf den Daumen blasen müsse, als wär's eine Schalmei, und dann würde er gleich groß werden.

»Mutter, Mutter, wie bläst man auf einer Schalmei? Zeig's mir doch.«

»Hast du dir heute früh auch die Hände gewaschen?«

»Selbstverständlich, ich hab' sie extra gut gewaschen, weil ich heute Geburtstag habe. Sieh doch, sauberer können die Hände gar nicht sein.«

Die Mutter lächelte und dachte, es könne vielleicht nicht schaden, wenn sie ihm gleich an seinem Geburtstage die Freude gönne, groß zu werden. Sie neigte sich daher zum Sohne, gab ihm einen Kuß und versuchte, leicht den Daumen anzublasen – und siehe da – alsbald wurde der Sohn groß, so groß, wie ein Junge von fünfzehn Jahren ist. Gernegroß betrachtete sich befriedigt im Spiegel.

»O Mutter, darf ich jetzt auf die Straße gehen? Ich möchte zu gern den Richetto ein bißchen verprügeln, nur ein ganz kleines bißchen. Darf ich?«

»Nein, nein, du darfst nicht, und du wirst ja auch in einer halben Stunde wieder klein.«

»Das macht nichts. Ich kann mich ja rasch wieder groß machen. Groß wie ein Riese will ich sein. Sieh, so . . .«

»Nein, nein, laß das. Ich fürchte mich sonst vor dir.«

Da nahm Gernegroß Vernunft an, und die Mutter ermahnte ihn, sich doch ja nicht um des Bösen willen zu vergrößern, er bekomme sonst zwei Höcker.

Ach was, das ist nicht sicher. Warum sollte ich grad zwei Höcker bekommen? Das hat die gute Fee wohl nicht so ernst gemeint. Sie wird es nur gesagt haben, damit ich kein ganz schlimmer Junge werde, und das ist ja auch nicht meine Absicht. Aber ein bißchen prügeln wird man sich doch wohl dürfen. Das erhält frisch und gesund, und man rauft sich ja auch nur zum Spaß. So dachte Gernegroß. Weil er aber an seinem Geburtstag die Mutter nicht betrüben wollte, unterließ er es, sich als Raufbold auf der Straße zu zeigen. Er war ja im Grunde kein böser Junge, nur etwas wild und leicht erregbar.

Es war ein paar Tage später. Mutter und Sohn hatten sich schlafen gelegt. Da wurden sie plötzlich mitten in der

Nacht durch lautes Geschrei im Schlafe gestört. »Hilfe! Zu Hilfe! Räuber und Diebe! Man bringt uns um! Man bringt uns um!«

Gernegroß war sofort hellwach: »Mutter, das ist etwas für mich. Da muß ich eingreifen.«

»Um Gottes willen, mein Sohn, bleib, wo du bist. Du wirst dich doch nicht zu Räubern begeben.«

»Laß mich, Mutter, es ist soweit. Jetzt kann ich zeigen, wer ich bin.« Mit einem Satz sprang er aus dem Bette, blies den Daumen, während er fortstürmte, blies und leistete sich eine Riesengröße und eilte ins Nachbarhaus.

Die Nachbarn, groß und klein, fielen vor Schreck in Ohnmacht. Die Räuber aber ließen ihre Beute fahren und stürmten davon, als wäre ihnen der Teufel erschienen und hinter ihnen her.

Gernegroß rieb die ohnmächtigen Nachbarn mit Essigwasser ein und war so eifrig damit beschäftigt, die Leute wieder ins Leben zu rufen, daß er nicht bemerkte, daß er inzwischen wieder so klein wie vorher geworden war. Vater, Mutter und sieben große und kleine Kinder, die an allen Ecken und Enden im Zimmer umherlagen, schlugen die Augen auf und blickten höchst verdutzt auf das Knirpschen, das vor ihnen stand, die Essigflasche in der Hand, die fast ebenso groß war wie der kleine Mann selbst.

»Geht's euch jetzt besser oder schlechter?« fragte Gernegroß.

»Ja, ja, ja. Ach ja.«

»Besser?«

»Ja ja ja. Ach ja.«

»Oder schlechter?«

»Jajaja. Ach ja.«

»Besser oder schlechter?«

»Jajaja. Ach ja.«

Die Leute waren völlig benommen, und Gernegroß wurde nicht klug daraus, ob es ihnen jetzt besser oder schlechter ging. Doch um sicher zu gehen, wollte er den Überfallenen nochmals Essig unter die Nase reiben.

»Nein, vielen Dank sollst du haben. Es geht uns ausgezeichnet. Nur glauben wir, daß wir ein bißchen verrückt geworden sind.«

»Ja, dagegen kann ich nichts machen«, sagte Gernegroß, stellte die Essigflasche auf den Boden und empfahl sich mit einem höflichen »Gute Nacht allerseits«. Und weg war er.

Die Räuber aber, es waren nicht weniger als neun, die sich vorgenommen hatten, überall einzubrechen, wo nur etwas zu holen war, wagten nicht wieder zu kommen, weil sie eine fürchterliche Angst vor dem Riesen hatten, der ihnen so kühn entgegengetreten war.

Siegesfroh kam er zu seiner Mutter zurück, die ihn am liebsten auf den Schoß genommen hätte, doch hätte dies ja wirklich nicht zu seinem Heldenstück gepaßt, und die Mutter besann sich noch rechtzeitig genug, daß ihr Sohn fünfzehn Jahre alt war.

»Die Angst hättest du sehen sollen, Mutter. So haben sie gezittert. Sieh, so . . .« Und dann zeigte Gernegroß, wie die Räuber an allen Gliedern geschlottert hatten. Die Mutter lachte.

»Und die Familie hat so gemacht . . . Ah . . . ah . . . ah . . . Und einfach hingeplumpst. Sieh, so . . . Genau so haben sie gemacht . . .«

»Und was hast denn du gemacht?«

»Ich habe die Essigflasche geholt, die in der Küche auf dem Boden stand. Es war aber gar nicht leicht, den Kork herauszubekommen. Ich mußte mich eigens groß machen dafür. Aber ich hatte ja nicht die Zeit, auf den Daumen zu blasen, und ich hab' in der Aufregung den kleinen Finger statt den Daumen in den Mund gesteckt. Ich wurde nicht größer, aber geholfen habe ich den armen Überfallenen doch.«

»Das war recht, mein Sohn. Und haben die Nachbarn nicht bemerkt, daß du der Riese bist?«

»Ja, danach habe ich sie nicht gefragt. Sie wurden ja ohnmächtig. Und als sie nicht mehr ohnmächtig waren, wurden sie verrückt.«

»Verrückt? Um's Himmels willen!«

»Nun ja, der Mann hat's gesagt. Vielleicht sind sie jetzt nicht mehr so schlimm verrückt. Sie fühlten sich sehr angegriffen, schien mir.«

»Das läßt sich denken, wenn Räuber, Riesen und Zwerge in der Nacht ins Haus kommen, das muß ja auf die Nerven gehn.«

»Ich werde mich morgen nach dem Befinden der Leute erkundigen.«

»Das ist recht, aber mach dich nur nicht zu groß.«

»Nein, nein, nur wenn's dringend nötig ist«, versprach Gernegroß.

Am nächsten Tage sprach man von nichts anderem als vom nächtlichen Einbruch der Räuber, vom Riesen, der sie vertrieben haben sollte, und vom kleinen Gernegroß, der auch im Nachbarhause gewesen war. Einige sagten, der Riese sei ein Werwolf gewesen, der sich in einen Riesen verzaubert habe. Andere meinten, es sei ein echter, richtiger Riese gewesen. So riet man hin und her. Jeder erzählte und erklärte die Geschichte auf seine Weise, doch genau Bescheid wußte niemand. Nur was Gernegroß mit der Geschichte zu tun hatte, war allen ein vollkommenes Rätsel. Die Nachbarsleute, die Familie Piattini, berichteten, daß Gernegroß ihnen zur Seite gestanden sei, als sie ohnmächtig vor Schreck am Boden gelegen hatten. Daran konnte nicht gezweifelt werden, und die Piattinis waren dem kleinen Gernegroß, der sich so hilfreich gezeigt hatte, sehr dankbar. Doch nahmen sie nicht an, daß Gernegroß und der Riese ein und dieselbe Person gewesen sei. Da nun Gernegroß den Riesen so sehr loben hörte, war er doch ein wenig eifersüchtig, da ja eigentlich ihm dieses Lob zukam. Er sagte daher zu den Kindern auf der Straße: »Ich bin der Riese gewesen, und kein anderer.«

Die Kinder lachten ihn aus und ahnten nicht, daß Gernegroß die Wahrheit gesagt hatte. Da begannen sie zu singen:

»Es war ein Riese Gernegroß,
Zu klein für seiner Mutter Schoß,
Doch alle Räuber fürchten ihn,
Da Riesenkraft ihm ward verliehn.«

Das ärgerte Gernegroß über die Maßen, und er mußte sehr an sich halten, um den ungezogenen Jungens nicht zu zeigen, wie groß und stark er sein konnte, wenn er wollte.

Obwohl er ja für gewöhnlich sehr klein war, ging er von dieser Zeit an dennoch ohne Furcht auf die Straße, bereit, sich im Notfalle zu vergrößern. Er benutzte seine Gabe niemals, aber das Bewußtsein, daß er sie besaß, gab ihm eine große Sicherheit.

Einmal in der Abendstunde hielt er sich auf einem einsamen Hof auf, wo er zufällig Zeuge war, wie zwei große, kräftige Jungens ein schwaches Knäblein, das sich nicht wehren konnte, verprügelten. Das empörte Gernegroß so sehr, daß er den Jungens zurief: »Laßt sofort den Kleinen los, oder ihr bekommt es mit mir zu tun.«

Die Knaben brachen in ein unbändiges Gelächter aus, zupften ihn am Ärmel, als wäre er ein Püppchen, gaben auch dem kleinen Knaben noch einen Stoß, um Gernegroß noch mehr in Rage zu bringen, und sangen wieder:

»Es war ein Riese Gernegroß,
Zu klein für seiner Mutter Schoß,
Doch alle Räuber fürchten ihn,
Da Riesenkraft ihm ward verliehn.«

Bei diesem Spottlied beutelten sie ihn hin und her. Gernegroß knirschte mit den Zähnen: »Ich rate euch, geht eurer Wege. Ihr werdet es sonst bereuen.«

»O ja, wir werden es sehr bereuen«, lachten die Jungens und trieben das Spiel weiter. Da blies Gernegroß auf seinem Daumen, doch sehr heftig und nicht sanft, wie man auf einer Schalmei bläst. Da wuchs er in wenigen Sekunden zu einer Riesengröße, ergriff die Knaben, stieß sie mit den Köpfen aneinander und versetze ihnen eine gehörige Tracht Prügel, doch schrien die Jungens noch mehr vor Entsetzen als vor Schmerzen. Kaum hatte Gernegroß seine Opfer losgelassen, als sie auch schon laut jammernd und schreiend das Hasenpanier ergriffen, während der Kleine, den Gernegroß verteidigt hatte, schon vorher Gelegenheit hatte zu entfliehen. Nun wagten zwar die beiden verprügelten Knaben nichts zu verraten. Sie fürchteten, von ihresgleichen verhöhnt zu werden, und waren fest entschlossen, die Geschichte vorläufig geheimzuhalten.

Gernegroß wurde zwanzig Jahre alt und, was ganz schlimm für ihn war: er verliebte sich in ein schönes Mädchen. Natürlich konnte der arme Bursche nicht daran denken, sich jemals zu verheiraten, und dies betrübte ihn heimlich. Das Mädchen, ein Nachbarskind mit Namen Rosa, war stets freundlich mit Gernegroß, grüßte ihn höflich, wie es sich gehörte, und wenn sie mit ihm sprach, gestattete sie sich nicht die geringste Anspielung auf seine winzige Erscheinung. Rosa besuchte manchmal die Mutter von Gernegroß, doch tat sie dies nicht nur der Mutter wegen, sondern aus Mitgefühl für Gernegroß, dessen hartes Schicksal das junge Mädchen wohl begriff. Wenn er dann Rosa so reizend plaudern hörte, bekam Gernegroß traurige Augen, und das Mädchen fragte ihn einmal, warum er denn so betrübt dreinschaue.

Gernegroß antwortete: »Ach, ich habe niemanden auf der Welt, der mich liebhat.«

»Du hast doch deine Mutter«, sagte das Mädchen.

»Das ist wahr, meine Mutter liebt mich, und ich liebe auch meine Mutter. Was aber kann ich ihr sein? Du siehst, wie ich aussehe. Ich kann nichts Rechtes arbeiten. Und ich möchte gern, daß mich noch jemand liebhat, nicht nur meine Mutter.«

Da sagte Rosa leise: »Aber ich hab' dich lieb, Gernegroß, und bin deine Freundin.«

Gernegroß sah sie an wie ein Kind, senkte den Kopf, und schwere Tränen quollen ihm aus den Augen.

»Oh, du darfst nicht weinen. Du weißt nicht, wie gut dein Schicksal noch werden kann. Sei nur nicht so betrübt. Es kann noch alles besser kommen, als du annimmst.« So sprach das Mädchen, und da sie ihn nur noch heftiger weinen sah, sprang sie vom Stuhl auf, neigte sich zu Gernegroß und küßte ihm wie eine große Schwester die Tränen aus den Augen. Gernegroß aber griff mit beiden Händen nach der Hand des Mädchens, die er mit seinen Lippen berührte.

Wenige Tage nach diesem Ereignis ging Gernegroß in der Abendstunde spazieren. Es hatte ihn getröstet, daß Rosa so gütig zu ihm gewesen war, und er dachte während des Wanderns, wie schön es doch sein müsse, wie alle andern Menschen leben zu dürfen. Dabei fiel ihm immer wieder das Mädchen Rosa ein, das ihm die Tränen aus den Augen geküßt hatte.

Er ging am Seeufer entlang. Es begann schon dunkel zu werden. Da sah er plötzlich ein junges Paar vor sich, das ihm entgegenkam. Er sah näher hin, und da sah er, wie ein junger Mann gewaltsam ein Mädchen an sich zog, um es zu küssen. Das Mädchen wehrte sich, und als er näher hinkam, erkannte er Rosa und jenen Burschen, den er einmal verprügelt hatte. Da fühlte Gernegroß sein Blut in den Adern rauschen. Ohne zu überlegen, legte er seine Lippen an den Daumen, zischend vor Erregung. Groß und stark fühlte er sich werden wie ein junger Baum und raste auf seinen Feind los. Das Mädchen entfloh tief erschrocken. Der Bursche aber blieb wie gebannt stehen und starrte in das Gesicht des Gernegroß, doch entschlossen, seine Kräfte mit diesem zu messen. Sie rangen miteinander, aber Gernegroß blieb Sieger. Sein Feind lag am Boden. Kaltblütig ließ er ihn liegen und ging nach Hause.

Wenige Tage danach war Gernegroß verwachsen und anzusehen wie ein Ungeheuer. Die Mutter war unsagbar erschrocken und traurig, doch Gernegroß blieb seinem Unglück gegenüber völlig gleichgültig.

Am nächsten Tag ging er kurz vor Sonnenuntergang an den See, an dieselbe Stelle, wo er Rosa zum letzten Male gesehen hatte, und wo sein Feind besiegt zusammengebrochen war. Gernegroß ging nahe an den Strand, legte sich dort nieder und hatte nur den einen Wunsch, seinem Leben ein Ende zu machen. Er sah die Sonne untergehen, mit ihren Strahlen die Wellen vergoldend. Ach, dachte er, wenn die Sonne jetzt verschwunden ist, möchte ich sie morgen nicht mehr sehen.

Da er das Glitzern der Wellen betrachtete, zerriß plötzlich ein Schrei die feierliche Stille. Es war ein Hilferuf, der an sein Ohr drang, und da bemerkte er weit draußen im Wasser eine Frau, die ein Kind bei sich hatte und mit den Wellen kämpfte. Gernegroß riß sich die Kleider vom Leibe, doch wußte er ja, daß er sich nicht mehr vergrößern konnte. Gute Fee, hilf mir, wenn du kannst, rief er aus, doch hatte er nicht die geringste Hoffnung. Klein und elend, schwach, wie er war, warf er sich ins Wasser und schwamm den Ertrinkenden zu. Er erreichte sie und löste das Kind von der Mutter. Die Mutter konnte schwimmen. Doch ihr kleines Mädchen hatte sich beim Baden zu weit hinausgewagt. Gernegroß nahm das Kind unter einen Arm und ruderte mit dem andern, sich durch die starken Wellen durchkämpfend, dem Ufer zu. Hier legte er das Kind nieder, begab sich abermals ins Wasser, um die Frau zu retten, deren Kräfte schon nachließen. Es gelang ihm. Doch kaum war er am Ufer angelangt, als er auch schon in eine tiefe Ohnmacht sank. Es kam Hilfe herbei. Gernegroß konnte nur für wenige Augenblicke die Augen öffnen und angeben, wer er sei und wo er wohne, dann sank er wieder in den Schlaf, während er zu seiner Mutter gebracht wurde.

Am nächsten Morgen jedoch – wer beschreibt seine Dankbarkeit und seine Freude? – war Gernegroß wie jeder andere Mensch, nicht zu klein, aber auch nicht zu groß. Die gute Fee hatte Mitleid mit ihm gehabt, weil auch er sich hilfreich gezeigt und sein Leben gewagt hatte, um ein anderes zu retten. Jetzt war er ein schöner, junger Mann geworden, der nicht nur für seine Mutter, sondern auch für eine junge Frau sorgen konnte.

Es wird euch gewiß freuen, noch zu hören, daß jene Frau, die Gernegroß mitsamt dem Kinde gerettet hatte, eine reiche Dame war, die unserem Helden aus Dankbarkeit nicht nur eine schöne Ausstattung für sein neugegründetes Heim schenkte, sondern ihn auch ein Handwerk erlernen ließ, durch das er sich und seine Familie ernähren konnte. Doch zog Gernegroß mit seiner jungen Frau und seiner Mutter an einen andern Ort, und dort lebte er viele Jahre sehr glücklich, freilich unter einem anderen Namen, der hier nicht genannt zu werden braucht.

Am Abend sagte Maso zu seinen Schwägern: »Es wird Zeit, daß wir energisch dem Frühling auf die Beine helfen. Korn haben wir schon viel gesät, im Gemüsegarten sind die Erbsen gesetzt; doch glaube ich, es ist kein Nachtfrost mehr zu befürchten, und wir können getrost die Kartoffeln in den Boden tun.«

»Ja, aber der große Acker ist noch nicht umgegraben«, meinte einer der jungen Männer, »doch kann ich morgen zeitig mich mit den andern an die Arbeit begeben.«

»Ihr könnt den großen Acker schon umgraben, aber wir wollen nicht alle Kartoffeln auf einmal setzen. Es könnte wider Erwarten doch noch Nachtfrost kommen und die Kartoffeln würden erfrieren. Wir wollen zweimal Kartoffeln ernten, damit wir auch im Spätherbst welche haben.« So äußerte sich Maso und wünschte auch, daß Annina und Julia die Ziegen aufs Brachland führen sollten. »Wir haben aber das Haus zu putzen«, entgegnete Carola, »und die größeren Kinder müssen auf die kleinen achten. Ach ja, wir haben sehr viel im Frühjahr zu tun, und wir könnten gut noch ein paar Heinzelmännchen anstellen. Was meinst du, Mutter, kannst du uns nicht ein paar hilfreiche Geisterchen aus dem Märchenland kommen lassen?«

»Es würde wenig helfen. Mit den Heinzel- oder Wichtelmännchen muß es eine eigene Bewandtnis haben. Man hört noch manchmal, daß sie sich im Hause gefällig zeigen und fleißig in der Wirtschaft mithelfen, doch ist kein rechter Verlaß auf die Wichtelmännchen. Plötzlich, aus irgendeiner Laune heraus, hören sie auf zu schaffen und fallen dann durch unnützes Rumoren und Poltern den Leuten nur lästig. Dabei fühlen sie sich durchaus als berechtigte Mitbewohner des Hauses und lassen sich nur schwer vertreiben.

Von einer Familie habe ich vernommen, daß sie jahrelang einen kleinen Kobold im Hause hatte, der sich zwar anfangs gefällig und arbeitsam zeigte, sich jedoch allmählich auf die faule Seite legte und sich die Zeit nur noch mit Neckereien und Krachmachen vertrieb. Um nun das Wichtelmännchen sicher loszuwerden, beschloß der Hausvater, das Haus zu verkaufen, doch mußte er es weit unter dem Wert abgeben. Nun war der Mann sein schönes Haus los, aber das Wichtelmännchen noch lange nicht. Als man nämlich im Begriff stand, mit dem hochbepackten Möbelwagen ins neue Heim zu übersiedeln, wobei Mann und Frau vorne auf dem Kutschbock saßen, hörten sie plötzlich hinter sich ein kleines vergnügtes Lachen. Das kam vom Wichtelmännchen, das sich zwischen mehr als Siebensachen in einem Waschzuber installiert hatte und von dort aus den Leuten ein lustiges ›Mir züglet‹ zurief. Nein, solchen kleinen Frechling könnten wir kaum brauchen. Dagegen kenne ich noch ein anderes, das sich recht manierlich benahm und den Leuten vorübergehend sogar aus großer Not geholfen hat. Wo es sich freilich zur Zeit aufhält, weiß ich nicht.«

Vezzosa fragte: »Kann man nicht etwas von ihm lernen, Regina? Wie hat es sich aufgeführt?«

»Ja, das will ausführlich berichtet werden, und ob man etwas vom Wichtelmännchen lernen kann, mag jeder für sich beurteilen. Ich kann die Geschichte nur wiedergeben, wie ich sie gehört habe.«

Der Müllerssohn und das Wichtelmännchen

Es war einmal ein Müller, der in mancherlei Hinsicht ein Windbeutel, das will heißen ein Aufschneider und Lügner war, aber das bedarf näherer Erklärung, die sogleich gegeben werden soll. Der Müller wohnte in einer windigen Gegend, was seiner Windmühle wegen nötig war, die sich den ganzen Tag und die ganze Nacht drehte, natürlich nur, wenn der Wind einverstanden war und Lust hatte, die großen Windmühlenflügel zu bewegen und zu drehen. Ja, Wind genug gab es, und der Müller hätte viel Korn zu feinstem Mehl mahlen können; aber jetzt gab es wenig, bitterwenig Korn. Es war Kriegszeit. Viele Männer waren Soldaten und überhaupt nicht im Lande, sondern weit weg, wo sie mit anderm Volk kämpften. Die Frauen mußten zum großen Teil den Acker allein bestellen, was sie auch treu machten, so gut sie es nur konnten. Doch schien gleichwohl wenig Segen dabei zu sein, denn es folgte eine Mißernte auf die andere, und mit dem lieben täglichen Brot sah es recht dürftig und traurig aus. Der Müller aber – ob er nun das Knarren der Windmühlenflügel gern hörte oder ob er den Schein aufrechthalten wollte – stellte niemals die Mühle ab, auch wenn sie kein Korn zu mahlen hatte. Das aber konnte das Volk nicht genau wissen, und so kam's, daß man den Verdacht hegte, der Müller habe heimlich Korn für sich aufgespeichert, das er zu eigenem Verbrauch mahlte oder es um viel Geld in der nahen Stadt verkaufte. Dies war nun aber nicht der Fall. Der Müller war, von seiner Windbeutelei abgesehen, ein ehrlicher Mann, der leider, wie alle andern, auch nicht viel zu beißen und zu brechen hatte.

Doch war der Müller bei seiner großen Armut etwas eitel, und dazu hatte er wenig Grund. Er hatte einen Sohn, der Joachim hieß, kurzweg Achim genannt. Das war ein braver Bursche, der etwas hinkte, und vielleicht war er deswegen zu schüchtern, auf den Tanzboden zu gehen, was leicht einzusehen ist, denn zum Tanzen braucht es zwei gesunde Beine, und eines genügt nicht. Achim war in die Tochter des Schuhmachers, in Gretchen, verliebt, aber das wagt man kaum zu sagen, weil Achim selbst seine Liebe für vollkommen aussichtslos hielt und weit davon entfernt war, das nette Gretchen vom Zustand seines Herzens zu unterrichten. Ja, wenn Gretchen auch gehinkt hätte, nur leicht auf dem linken Bein! Sie hätte auch auf beiden Beinen hinken dürfen, und Achim würde sie trotzdem liebhaben, weil sie ein gutes Mädchen war, aber Gretchen hatte nun einmal keinen Schönheitsfehler aufzuweisen, und darum wagte Achim ihr nicht zuzumuten, einen armen Krüppel wie ihn auch nur zu beachten. Achim war entschieden zu bescheiden, und das kann auch ein Fehler sein.

Nun hätte der Müller gern seinem verschupften Sohn etwas mehr Geltung verschafft. Und so renommierte er eines Abends in der Wirtschaft, nachdem er vielleicht ein Glas zuviel getrunken hatte, sein Sohn könne aus Sand Brot backen. Das sprach sich rasch herum, und solche Aufschneiderei fand in bedrängter, wundersüchtiger Zeit bald allgemeinen Glauben. Wenn es törichten, einfältigen Leuten sehr schlecht geht, beginnen sie, das Unmögliche für möglich zu halten. Das Wunder gehört zur Tagesordnung, und man wundert sich nur, wenn das Wunder nicht eintrifft. So stand es, als man die Kunde von der Sandverwandlung vernahm. Achim selbst hatte keine Ahnung davon, was ihm angedichtet wurde. Man scheute sich vorerst noch, ihn um Mehl oder Brot anzugehen, weil man ihn für einen Zauberer hielt, mit dem man nicht vorsichtig genug umgehen konnte, solange man nicht den klaren

Beweis hatte, daß er seine geheime Kunst nur zum Guten anwandte. Freilich wurde Achim viel höflicher gegrüßt als vorher, da man ihn früher kaum beachtet hatte. Achim indessen war der Meinung, daß Armut und schwere Zeiten die Menschen einander näherbringen, und so erklärte er sich die große Freundlichkeit der Nachbarn, die ihm allerdings etwas übertrieben vorkam. Sogar der Bürgermeister des Ortes zog merkwürdig tief den Hut vor dem bescheidenen Achim. Der wurde bei jedem Gruße rot vor Verlegenheit und grüßte noch tiefer als die andern.

Als nun aber die Not größer wurde und die armen Leute kaum mehr etwas zu essen hatten, wußten sie sich nicht mehr zu helfen. Da gingen sie in die Mühle und baten zunächst bescheiden den Achim um ein Quentlein Mehl für Brot.

»Aber ich habe doch kein Mehl, ihr guten Leute. Ich würde euch gerne welches geben, wenn ich es hätte.«

»Ja, du kannst doch solches machen.«

»Wie denn? Wir haben doch kein Korn zum Mahlen.«

»Aber es gibt doch Sand genug, und wenn du keinen Sand mehr hast, wollen wir dir gern welchen bringen, damit du den Sand verwandeln kannst. Gib uns entweder Brot oder Mehl. Du kannst doch Brot aus Sand backen.«

Achim war tief erschrocken und dachte, die Leute hätten schon das Hungerfieber, weil sie so törichtes Zeug vorbrachten.

»Oh, ihr armen Menschen. Es tut mir unendlich leid. Aber was kann ich machen? Ich kann ja nicht einmal Brot aus Weizenmehl backen, von Sand gar nicht zu reden. Wer hat euch den Sand in die Augen gestreut?«

»Dein Vater hat es gesagt.«

Der Müller hatte sich nach oben in den Mühlenraum zurückgezogen, saß, den Kopf in die Hände gestützt, auf einem Holzbock und sah durch eine Luke dem langsamen

Drehen der knarrenden Windmühlenflügel zu. Sein Sohn rief ihm zu, er möge doch rasch einmal herunterkommen, es würde Brot oder Mehl verlangt.

»Wir haben ja nichts«, rief der Müller und blieb neben der Mühle sitzen.

»Nein, nein, du mußt gleichwohl kommen, Vater. Du mußt den Leuten Rede und Antwort stehn. Ich bin hier in Bedrängnis.«

Da bequemte sich der Müller und kam sehr langsam die Stiege hinab. Jetzt fielen die Leute über den Müller her, der sofort sah, was er mit seiner dummen Lüge angerichtet hatte. Da sagte er die Wahrheit:

»Ihr müßt mir verzeihen, gute Leute, aber ich habe vor einiger Zeit einmal etwas über den Durst getrunken, was ich nur zu tun pflege, wenn ich nicht genug zu essen habe. Ich habe nur an meinen eigenen Hunger gedacht, da ich meinen Freunden ein Märchen aufband, indem ich sagte, mein Sohn könne aus Sand Brot backen. Aber Ihr dürft mir glauben, er kann es nicht. Er kann es wirklich nicht.«

»Er lügt! Er lügt!« riefen die Leute empört. »Ihr wollt uns kein Brot geben, aber Ihr werdet müssen. Man wird Euch zu zwingen wissen.«

Damit verließen die Leute drohend die Mühle, gingen zum König und verklagten den Müller und seinen Sohn und zeigten an, der Sohn könne aus Sand Brot backen.

Nun konnte zwar der König nicht recht an ein solches Wunder glauben und suchte das Volk zu beschwichtigen, aber das half ihm wenig. Der Hunger machte die armen Menschen so rabiat, daß der König selbst sich nicht mehr sicher fühlte und allmählich auch an das Wunder glaubte. Vielleicht war es möglich, was man behauptete. Die Königstochter riet ihrem Vater, den Sohn des Müllers einsperren zu lassen und ihn unter Drohungen zu zwingen,

Brot zu liefern. Man werde dann schon sehen, ob es ihm gelinge oder nicht.

Der König befolgte den Rat seiner Tochter und ließ Achim durch drei Beamte gefesselt aus der Mühle holen und ins Schloß führen. Als der arme Bursche durch die Straßen geführt wurde, standen viele Leute vor den Türen und blickten aus den Fenstern, aber kaum einer hatte Mitleid mit Achim. Nur Gretchen stand ein wenig verborgen hinter der Gardine am Fenster und winkte ihm weinend einen Gruß zu, während der Müller in seiner Mühle verzweifelt dasaß und sich zuschwor, niemals mehr eine Unwahrheit zu sagen, die so schlimme Folgen nach sich ziehen könnte. Wenn einer schon von der Lust an der Lüge nicht lassen kann, muß er sich jedenfalls sehr ausgiebig vorher überlegen, was er lügt, und das ist so anstrengend, daß es viel einfacher ist, bei der Wahrheit zu bleiben. Das sagte sich der Müller, und es ist zum Teil auch meine Meinung. Doch wird es besser sein, wir sehen uns nach Achim, dem beklagenswerten Opfer der Lüge, um.

Kaum war Achim mit seinen Aufsehern im Schlosse angelangt, als er auch schon vom König persönlich in die geräumige Backstube geführt wurde. Der hohe Herr zeigte auf einen Riesensandhaufen, der in der Mitte des Raumes lag:

»So, also das wäre der Sand, der zu verwandeln ist. Hier ist genügend Holz. Da ist der Backtrog. Hier findest du einen Krug mit Salz, weil ich nicht weiß, ob du auch Salz zaubern kannst. Und hier ist noch ein Rest Hefe, die du wohl kaum brauchen wirst. Ich nehme an, daß der Sand bei der Verwandlung genügend Hefe enthalten wird. Jetzt tu also deine Schuldigkeit, oder du hast dein Leben verwirkt. Brot oder das Leben. Du kannst wählen. Morgen früh wünsche ich frisches Brot zu sehen. Wird der Backtisch dir groß genug sein?«

»O ja, ich denke schon, Majestät«, stotterte Achim. Er war ganz vergelstert, und als er noch ein vernünftiges Wort mit dem König zu sprechen versuchte, hatte dieser ihm schon die Tür vor der Nase zugemacht und abgeschlossen.

Kinder, Kinder, wir können froh sein, daß wir nicht an Achims Stelle sind. Wir sind nicht darauf angewiesen, aus Sand Brot zu backen, und haben wir keinen Hunger, wollen wir dem lieben Gott immer für das tägliche Brot danken und nicht nur um das bitten, was er uns aus großer Güte gibt, sondern auch danken dafür. Seht, da stand der arme Achim vor dem Sandhaufen und dachte ohne jegliche Hoffnung, wie daraus Brot zu backen sei, oder, wenn es ihm nicht gelang, sein junges Leben zu verlieren. Da begann er bitterlich zu weinen, weil er sterben mußte und weil es kein Brot gab und weil es Krieg in der Welt gab und keinen Frieden. Er hatte genug Grund zum Weinen, und er brauchte sich keine Ursache mehr zu suchen, weil die sich schon von selbst einstellte. Nachdem er zwei Stunden, auf dem Backtisch hockend, weinend verbracht und kaum mehr Tränen hatte, fiel ihm noch Gretchen ein, die er wohl nie wiedersehen würde. Da weinte er noch eine Stunde extra, nur um Gretchen, damit er nicht um alles gleichzeitig weinen mußte. Von Zeit zu Zeit blickte er auf den Sandhaufen, als müsse der so barmherzig sein, sich von selbst zu verwandeln, aber daran dachte der Sandhaufen nicht. Ob ich wohl geköpft oder gehenkt werde, fragte sich Achim trübe. Vielleicht darf ich mir wenigstens die Todesart selbst wählen, und dann sage ich, ich möchte gern von selbst sterben. Das wird das einfachste sein. So dachte sich Achim, weinte noch ein bißchen vor sich her und wurde dann so müde, daß er im Schlaf seinen Kummer zu vergessen suchte. Er legte sich auf den Backtisch nieder, empfahl sich dem lieben Gott und schlief ein.

Plötzlich stand ein winzig kleines Männlein vor ihm.

Das war gar possierlich anzusehen. Es hatte ein rotes Zipfelmützchen auf dem silbergrauen Haar, trug ein nettes braunes Anzüglein und hatte Stiefel an den Füßen, die sehr groß waren. Das Gesicht, von silberweißem, langem Bart umrahmt, war voller Runzeln und schien recht alt zu sein, aber die graublauen Augen blickten jung und fröhlich auf Achim. Mit leiser, lustiger Stimme sagte es:

»Ja, Achimli, warum weinst du denn so gar sehr?«

»Weil ich sterben muß«, antwortete Achim.

»Nun, das ist doch nichts Neues. Sterben müssen wir alle. Weinst du schon lange deswegen?«

»Nein, ich habe erst heute nachmittag damit angefangen.«

»Nun, dann geht's ja noch. Du siehst ja so traurig aus, als weintest du seit wenigstens acht Jahren in einer Tour. Aber hör, Achimli, deswegen weint man nicht. Nein, nein. Weinen kann man, wenn man gestorben ist, aber nicht früher.«

Da mußte Achim ein bißchen lachen: »Du hast gut reden. Du kannst vergnügt sein, oder mußt du auch morgen sterben, so wie ich?«

»Das weiß ich nicht, mein Achimli, und ich kann dir nichts sagen, was ich nicht genau weiß. Aber warum willst du denn grad morgen sterben und mitten im Mai?«

»Will ich denn? Ich muß, ich muß! Ich muß sterben, weil ich aus Sand kein Brot backen kann. Ach, sterben, sterben! Sterben ist der schwerste Tod!«

»Ach, sterben, sterben!« äffte das Männchen ihn lachend nach.

»Und wenn du aus Sand Brot machen kannst, mußt du nicht sterben? Überhaupt nicht, oder wie ist es damit?«

»Ach geh, ich glaub', du machst dich noch lustig über mich. Mach du mal aus Sand Brot, und dann will ich hören, was du noch zu bestellen hast, wenn du an meiner Stelle bist!«

»Aber beruhige dich doch, mein Achimli, ich will ja gern an deiner Stelle sein, wenn dir das Leben so gar viel Spaß macht. Der eine oder der andere muß wohl das Brot backen, wenn es verlangt wird, und ich bin jetzt der andere.«

»Wer bist du denn sonst?« fragte Achim neugierig.

»Der andere bin ich, dein Freund und Gehilfe, dein Wichtelmännchen. Aber laß uns nicht schwätzen. Sag mir lieber, ist das der Sand fürs Brot? Nur daß ich nicht den falschen Sand nehme, der vielleicht für ein neues Haus gebraucht wird. Hm, ein guter Sand, eignet sich vortrefflich.«

»Fürs Brotbacken oder fürs Hausbauen?«

»Für beides, aber vorerst wird Brot gebacken. Sei so gut und rück mal ein bißchen vom Backtisch weg, damit ich dich nicht aus Versehen mit in den Backofen schiebe. Das wäre dir sicher nicht recht. Den Backtisch brauche ich, um die Brote zu bereiten. Warte nur, mein Junge, sobald ich Feuer angemacht habe, wird es auch gemütlicher hier. Dann kannst du dich ein bißchen in die Nähe des Ofens setzen, und das erste frische Brötchen, das aus dem Ofen kommt, wirst du bekommen. Weil du es bist.«

»Weil ich es bin?«

»Freilich. Bist du es etwa nicht?«

»Oh, was bist du nur für ein gutes Männchen! Welch ein Glück, daß du gekommen bist! Sag, was kann ich dir dafür geben, daß du mir das Brot bäckst?«

»Wir wollen jetzt nicht von Bezahlung sprechen. Erst muß etwas geleistet werden. Später können wir darüber verhandeln. Jetzt gibt es zu schaffen. Wenn du mir nur etwas beim Holzbrechen helfen wolltest, wenn es nicht zuviel für dich ist. Inzwischen kann ich den Sand verwandeln. Es ist nämlich immer gut, wenn der Backofen zeitig geheizt wird.«

Während nun Achim das Reisigholz, das zum Anfeuern dienen sollte, zerbrach, ging das Wichtelmännchen eifrig hin und her, besah sich die Backbretter, strich mit der Hand darüber, um nachzusehen, ob sie auch sauber genug seien. Achim knickte zwar eifrig Holz, ließ aber das Männlein nicht aus den Augen; denn er war sehr neugierig auf die Verwandlung des Sandes in Mehl und fand es recht unnötig, vorher die Backbretter abzustauben, die Asche aus dem Ofen zu entfernen, in der Hefe herumzurühren, denn das war ja alles nicht die Hauptsache. Was halfen die Vorbereitungen, wenn das Allernotwendigste fehlte?

»Achim, sei so gut und hilf mir den Backtrog auf den Schragen stellen.«

Das wollte Achim gerne. Dann ergriff das Männchen eine Schaufel, die im Winkel stand, und begann Sand in den Backtrog zu schaufeln.

»Kann ich dir die Arbeit abnehmen?« fragte Achim.

»Nein, nein, vielen Dank sollst du haben, aber du darfst mich bei dieser Arbeit nicht stören. Am liebsten wäre es mir, du kümmertest dich jetzt überhaupt nicht um mich. Wir können uns später nach der Arbeit gründlich aussprechen. Weißt, man darf bei der Zauberei keine Fehler machen, ebensowenig Fehler, als wenn man nicht zaubern kann.«

»Aber, nicht wahr, du kannst doch zaubern?«

»Ich kann, aber du mußt mich auch in Ruhe lassen, sonst wirst du kein Brot abliefern, und was dann mit dir los sein wird, das weißt du selbst.«

Da gab Achim keinen Mucks mehr von sich.

»elomen – elomen – lefi talomine
zack – zi – di – zop.«

Nun ja, das ist ja ganz nettes Mehl. Der Kleine befühlte

es, füllte wieder seine Schaufel mit Sand, schüttete sie in den Trog und begann abermals zu murmeln:

»elomen – elomen – lefi talomine
zack – zi – di – zop.«

Achim sah von der Ofengegend aus auf das Männlein und in den Trog hinein, in dem es nicht mehr grau, sondern schneeweiß aussah. Nochmals wurde geflüstert:

»elomen – elomen – lefi talomine
zack – zi – di – zop.«

Ganz leise für sich, unhörbar, sprach Achim die Silben mit, denn er hatte ein bißchen Sorge, das Wichtelmännchen könne bei seinem Zauberspruch eine Silbe vergessen, und wer weiß, wie es dann herausgekommen wäre? Indessen ging alles nach Achims Wunsch. Das Starkholz war ein bißchen zu breit, und Achim warf dem Männlein einen fragenden Blick zu, ob er es spalten sollte. Das Männlein sagte: »Du kannst gern wieder mit mir plaudern, weil ich jetzt mit der Zauberei aus dem Gröbsten heraus bin.«

»Soll ich das dicke Holz spalten?«

»Es wird nicht nötig sein, denk' ich. Sieh zu, ob es sich in den Ofen schieben läßt. Tu drei Stücke hinein, mehr nicht.«

Unterdessen formte das Männchen mit unglaublich geschickten Händen die Brote und murmelte wieder:

»ele – mele – ming – mang
bing – bang.«

Dann schob er ein Brett in den Ofen, flüsterte hinein:

»rasta kreuz – und rasta quer –
jetzt backe braun und nicht zu schwer.«

Achim wurde sehr glücklich, als die ersten Bretter mit den duftenden Broten aus dem Ofen kamen. Er tanzte wie ein Kind in der Backstube umher und vergaß beinahe zu hinken. »Oh, König, König, ich muß nicht sterben. Es gibt Brot, Brot, Brot, und ich werde leben, leben, leben.«

»Leben, leben, leben«, äffte das Männchen ihn drollig lachend nach und freute sich mächtig mit Achim. Hunderte von Broten lagen warm und goldgelb auf den Backbrettern. Ein Brett war voll von Kipfeln und Semmeln, die speziell für den Frühstückstisch des Königs gebacken wurden. Aber das Männchen reichte Achim eine Semmel, er biß in das knusprige Brot, aß und meinte, seiner Zunge nicht trauen zu dürfen, so herrlich schmeckte das Brot. Hatte er je so etwas Gutes schon verkostet? Ob wohl mein Vater auch ein Brot bekommen wird und Gretchen, ja, Gretchen? So dachte Achim und begann trotz seines großen Glückes ein wenig zu seufzen. Wie herrlich wäre es, wenn wir immer solches Brot hätten! Es müßte ja nicht so fein und weiß sein wie dieses. Es würde gar nichts machen, auch wenn's ein wenig hart wäre. Aber dasein müßte es, das liebe, tägliche Brot. So träumte Achim vor sich her, und ein paar Tränen fielen ihm aus den Augen auf das gute Brot. Da kam das Wichtelmännchen zutraulich an ihn heran:

»Sag, Achimli, willst du noch eine Semmel? Du siehst, es gibt genug. Wenn du Appetit hast, nimm dir nur. Ich muß gehen, mein Junge. Die Arbeit ist gemacht, und wenn's nötig ist, werde ich wiederkommen.«

Unter Tränen lächelte Achim das Wichtelmännchen an, wollte ihm einige Worte des Dankes sagen. Das Männlein stand wie in einem Lichtstreifen, aber als Achim näher trat, um seinem guten Freunde die Hand zu reichen, war das kleine Wesen wie im Licht verschwunden.

Achim glaubte geträumt zu haben, aber das Brot war da und blieb da, und als am Morgen der König in die Backstube kam, war von Sterbenmüssen natürlich nicht mehr die Rede. Vielmehr zeigte sich der König überaus zufrieden mit dem Ergebnis der Nacht. Das Brot wurde abgeholt, und Achim bekam ein gutes Essen, doch ließ man ihn nicht aus der Backstube heraus, wie er gehofft hatte. Es wurde eine Fuhre Sand in die Backstube geschafft, der Holzvorrat erneuert, und dann sagte der König, er müsse nochmals Brot backen, weil das Volk Hunger nach Brot hatte. Und was gebacken war, reichte nicht für alle.

»Ja, wenn es so steht, will ich's gern noch einmal versuchen«, versprach Achim.

»Versuchen?« fragte der König verwundert. »Wenn du einmal aus Sand Brot gebacken hast, wirst du es wohl mehrmals können.«

Darauf sagte Achim nichts. Er dachte sich nur sein Teil. Es war doch nicht sicher, daß das Wichtelmännchen immer wieder Brot backen würde. Das ließ sich doch nicht zum voraus sagen.

Der König fragte: »Nun, was sinnst du?«

»Oh, nichts, nichts Besonderes, Majestät. Ich hätte nur einen Wunsch und wäre zufrieden, wenn mir dieser Wunsch erfüllt werden könnte.«

»Nun, und was ist das?«

»Ich möchte so gerne, daß man meinem Vater mit einem Gruß von mir ein Brot überbringe. Ja, das wäre es. Und dann, weil es doch in einem geht, seid so gut, der Schuhmacherstochter, die gleich neben der Mühle wohnt, Gretchen heißt sie, der könnte man vielleicht auch ein Brot bringen.«

»Mit oder ohne Gruß?«

»Ach, vielleicht lieber ohne Gruß. Oder lieber mit Gruß? Das Brot ist die Hauptsache.«

Achim seufzte, und der König hatte etwas Mitleid mit ihm, aber einschließen mußte er ihn trotzdem.

Achim sah sich den Sandhaufen beklommenen Herzens an. Das war ja gerade noch einmal soviel Sand wie in der vergangenen Nacht. Gott mochte wissen, wie lange die

Brotbäckerei noch dauern konnte, denn für ein ganzes Land Brot zu backen, sei es auch nur aus Sand und durch Zauberei, dazu gehört schon viel Energie, und es konnte weder für Achim noch für das Wichtelmännchen ein Vergnügen sein, vielleicht jahrelang in der Backstube hausen zu müssen und niemals ins Freie zu können, niemals nach Hause, nie wieder Gretchen zu begegnen. Ja, Gretchen, die Gute, die Tränen geweint hatte, als er hierher geführt wurde!

Ein Segen nur, daß das Wichtelmännchen sich mit rührender Pünktlichkeit einstellte und sich bereit erklärte, abermals Brot zu backen. Es wurde genau gemacht wie das erstemal.

»elomen – elomen – lefi talomine
zack – zi – di – zop.«

Das war der eigentliche Spruch für die Sandverwandlung in Mehl. Und beim Brotkneten hieß es:

»ele – mele – ming – mang
bing – bang –
ose – bose – backe dich –
eie – weie – weg.«

Wurde es in den Backofen geschoben, wurde gemurmelt:

»rasta kreuz – und rasta quer –
jetzt backe braun und nicht zu schwer.«

Achim lernte für alle Fälle die Zaubersprüche auswendig, wie es jeder machen kann, der dieses hier liest; aber Achim, der das Wichtelmännchen aus Bescheidenheit nicht so viel in Anspruch nehmen mochte und deswegen sich in der Zauberei erproben wollte, hatte zufällig keinen Erfolg damit. Ich weiß nicht, ob es irgendeinem andern besser gehen und er vielleicht mehr Glück mit der Zauberei haben könnte, oder ob nur Wichtelmännchen sich auf dergleichen Künste verstehen. Genug, das Wichtelmännchen mußte noch die ganze Woche über Brot backen. Weil es aber am zehnten Tage anderweitig beschäftigt war und nicht kommen konnte, hatte Achim mehr Sand bestellt, damit in der neunten Nacht mehr gebacken werden konnte. Er hoffte, für den zehnten Tag vom König Dispens zu erhalten und fragte ihn, ob er sich einen Tag ausruhen dürfe. Es war dem König nicht recht. Achim wäre ja gerne weiter gefällig gewesen, doch lag ja alles in der Macht des Wichtelmännchens. Der König, der schon befürchtete, Achim wolle sich vom Brotbacken drücken, versprach ihm seine Tochter zur Gemahlin, wenn er nur noch einmal Brot schaffen wolle und nach der Verheiratung gelegentlich, nur wenn es dringend nötig sein sollte.

Inzwischen war wieder Friede im Lande, und das Korn auf den Feldern schien auch gut zu gedeihen. Achim schöpfte Hoffnung, bald seine goldene Freiheit wiederzuerhalten, und er wurde auch nicht enttäuscht.

Am zwölften Tage kam der König frühmorgens in die Backstube, aber dieses Mal nicht allein, sondern in Begleitung seiner Tochter.

»So, Achim«, sprach der König, »ich will dir meine Tochter, die Prinzessin Jolanda, zur Gemahlin geben, wenn du dich verpflichten willst, im Notfall dafür zu sorgen, daß mein Volk immer Brot genug hat. Du mußt auf jeden Fall diesen Vertrag unterschreiben. Hier.«

Achim sah sich den Vertrag an, unterschrieb, da ihm nichts anderes übrigblieb. Das wußte er genau.

Der König war zufrieden, steckte den Vertrag in die Tasche und sprach zu seiner Tochter: »Willst du Achim zum Manne nehmen, Jolanda, dann sei so gut, ihm gleich dein Jawort zu geben.«

»Ja, ich will«, sagte die Prinzessin.

Achim sagte gar nichts. Er geriet sichtbar in die größte Verlegenheit.

»Nun, wie steht es, Achim?«

»Ich weiß nicht, wie es steht, Majestät, ob es sich hier um einen Befehl oder um eine Vergünstigung handelt. Ich will der Prinzessin gewiß nicht zu nahe treten, aber wenn Majestät nichts dagegen hat, möchte ich lieber ledig bleiben.«

»So, so. Und wenn ich etwas dagegen habe?«

»Dann bleibe ich gleichwohl ledig, weil ich nicht heiraten will.«

»Das verstehe ich gut, Vater«, sagte Prinzessin Jolanda und sah freundlich auf Achim. Lächelnd fügte sie hinzu: »Du hast sicher eine andere, die du mir vorziehst? Du brauchst es mir nicht anzuvertrauen, aber du gefällst mir sehr gut, gerade weil du mich nicht zur Frau willst. Vielleicht aber habe ich einmal Gelegenheit, dir zu beweisen, daß ich gern deine Freundin sein möchte.«

»Das wäre freilich viel wert«, antwortete Achim und blickte die Prinzessin mit einem kleinen, schüchternen Lächeln an. Dann aber durfte er keineswegs nach Hause gehen, sondern wurde im Wagen gefahren, und obendrein mit Geschenken bedacht.

Der Müller war natürlich überglücklich, seinen Sohn wiederzuhaben. Er bat ihn um Verzeihung, weil er eine solch gefährliche Lüge über seinen Sohn ausgestreut hatte, doch Achim war seinem Vater deswegen niemals böse gewesen. Der Müller fragte: »Jetzt sage mir nur eines, mein Junge, wie hast du es nur fertiggebracht, das Brot zu schaffen?«

Achim gab zur Antwort: »Vater, ich bitte dich dringend, mich nicht danach zu fragen. Ich werde dies als mein Geheimnis bewahren.«

Nun stand Achim seit seiner Rückkehr ins Vaterhaus wieder in gutem Ansehen bei den Leuten. Er war ja derjenige gewesen, der sie mit Brot versorgt hatte und der jetzt in der hohen Gunst des Königs stand. Man suchte seine Gesellschaft. Er aber blieb zurückgezogen für sich und ließ sich kaum im Ort blicken.

Eines Tages kam Gretchen in die Mühle, um sich bei Achim für das Brot zu bedanken. Sie hatte jeden Tag eines geschickt bekommen, und jetzt kam sie fragen, ob sie sich nicht für diese Freundlichkeit ein wenig erkenntlich zeigen könne, und ob sie nicht für Achim und seinen Vater ein Paar Strümpfe stricken dürfe oder ihnen die Wäsche ausbessern, denn der Müller konnte sich nicht viel weibliche Hilfe in seinem Hause leisten.

»Ja, wir könnten schon ein Paar Strümpfe brauchen«, sagte Achim ehrlich heraus, »aber dann möchte ich doch wenigstens die Wolle zahlen, damit du keine Ausgaben hast.«

»Oh, das tu' ich doch so gern für dich«, erwiderte Gretchen.

»Wirklich?«

»Zweifelst du daran? Du hast mir doch auch Brot geschenkt.«

»Das machte mir keine Mühe. Ich habe nur viel an dich gedacht, Gretchen.«

»Ich habe auch an dich gedacht. Und jetzt . . .« Sie schwieg, und er sah sie leicht erröten und die Augen senken.

»Willst du nicht weitersprechen, Gretchen?« fragte er sie mit leiser Stimme.

»Ja, Achim, du sagtest doch vorhin, du habest an mich gedacht. Du fühltest dich doch gewiß recht verlassen dort, so ganz allein.«

»Oh, ich werde auf eine Weise immer allein sein, wenn du nicht bei mir bleiben willst als meine Frau. Aber du mußt nicht ja sagen, wenn du es nicht willst.«

»Aber ich will es gerne, und darum sage ich ja.«

»Für immer, Gretchen?«

»Für immer, Achim.«

Dann waren sie verlobt und heirateten schon wenige Wochen später.

Jetzt lebten die beiden sehr glücklich miteinander, und auch der Müller freute sich, daß sein Sohn eine gute Frau bekommen hatte. Es gab Korn genug auf den Äckern, und daher war nicht anzunehmen, daß Achim abermals vom König gerufen würde, um Mehl und Brot zu schaffen. Jetzt mahlte ja Achim echtes Korn und Mehl.

Eines Tages aber, als er im Begriff war, Korn in den großen Behälter zu füllen, stand plötzlich das Männlein vor ihm, grüßte höflich, doch fragte es zugleich:

»Höre, Achim, du hast mir damals, als ich dir geholfen habe, eine Bezahlung angeboten. Wie ist es jetzt damit?«

»Gewiß, was kann ich dir geben? Willst du Geld, und wieviel?«

»Nein, Geld will ich nicht.«

»Was willst du denn? Ich habe ein hübsches seidenes Halstuch. Willst du das?«

»Nein, ich brauche kein Halstuch.«

»So sag, was du willst.«

»Ich will etwas Lebendiges«, sagte das Wichtelmännchen.

»Dann will ich dir ein Huhn, eine Taube oder eine Katze geben.«

»Wenn du mir nicht gibst, was ich will, werde ich dir nie wieder helfen«, sagte das Männchen.

Da wurde es Achim ein wenig ungemütlich. »Es wird nicht nötig sein, daß du mir abermals hilfst. So hoffe ich.«

»Wenn du mich aber doch brauchen solltest, erinnere dich, wie die Menschen zu dir waren, als du kein Brot schaffen konntest. Erinnere dich, wie selbst der König dir gedroht hat. Du hättest dein Leben verloren, wenn du mich nicht gehabt hättest. Zweifelst du etwa daran?«

»Nein, ich muß dir recht geben. Aber sag, was du willst.«

»Gib mir dein erstes Kind, das dir geboren wird.«

»Mein Kind? Aber ich kann doch nicht wissen, ob ich je ein Kind haben werde.«

»Ganz recht, und dann wird dein Versprechen nicht gelten. Vielleicht bekommt ihr gar kein Kind. Das kann schon sein. Aber versprich es mir.«

Da wurde Achim sehr unruhig, und es war ihm unheimlich zumute, da er bedachte, das Wichtelmännchen könne sich rächen.

»Gib mir Bedenkzeit«, bat Achim, »komm morgen wieder um dieselbe Stunde.«

»Gut, ich werde kommen«, antwortete das Männchen und verschwand.

Da vertraute Achim sich seiner Frau an und erzählte ihr die ganze Geschichte. Gretchen suchte den Mann zu beruhigen und sagte:

»Du kannst ihm das Kind versprechen. Wenn wir eines bekommen sollten, werden wir schon dafür sorgen, daß wir es behalten. Kommt Zeit, kommt Rat. Du hättest dich nicht mit dem Wichtelmännchen einlassen sollen. Freilich, du konntest nicht anders. Versprich ihm nur das Kind.«

Da versprach Achim am nächsten Tage dem seltsamen Männchen sein Kind.

Aber erst nach einem Jahr wurde den Eheleuten ein Söhnlein geschenkt. Die ganze Zeit über hatten sie überhaupt nicht an das Wichtelmännchen gedacht. Nun aber, da das Knäblein vier Wochen alt war, stellte sich das Männchen plötzlich eines Abends ein, und zwar in der Wohnstube, als Achim mit seiner Frau beisammen am Tische saß. Es wendete sich an Achim:

»Gib mir jetzt das Kind.«

Da verlegten sich beide aufs Bitten und weinten so sehr, daß das Männchen Mitleid mit den Leuten hatte.

»Wohlan denn«, sprach es, »ihr dürft euer Kind behalten, wenn ihr in drei Tagen erraten könnt, woher ich stamme. Ich werde täglich um diese Stunde wiederkommen und euch befragen.«

Mit diesen Worten verschwand das Männlein vor ihren Augen.

Woher mag es nur kommen? fragten sich die Eheleute. Es gab ja so viele Länder, und am nächsten Abend rieten sie aufs Geratewohl.

»Kommst du vielleicht von den Feuerinseln?«

»Nein, daher komme ich nicht.«

»Bist du vielleicht in Ägypten daheim?«

»Nein, auch nicht.«

»Bist du vielleicht am Nordpol geboren?«

»Nein, am Nordpol auch nicht.«

»Vielleicht ein bißchen am Südpol?«

»Nicht die Spur.«

So verging der erste Abend, und die Leute konnten nicht erraten, woher das Wichtelmännchen stamme. Am nächsten Tag studierten sie in einem alten Geographiebuch, schrieben sich Länder aus allen Erdteilen auf und waren schon am Nachmittag vom vielen Studieren so müde, als hätten sie eine Weltreise gemacht. War das eine Anstrengung! Jetzt hatten sie eine Ahnung bekommen, wie groß die Erde ist, und wußten Länder zu nennen, aus denen sie selbst nicht stammten, aber das Wichtelmännchen ebensowenig.

Am dritten Tage streifte Achim bekümmert im Walde umher. Er war sehr müde vom vielen Nachdenken und wußte, daß es nutzlos war, nach dem Herkunftsland des Wichtelmännchens zu suchen. Er kam an eine Lichtung, wo Ginster und Heidekraut wuchsen. Da pflückte er einen schönen Strauß, den er Gretchen schenken wollte. Er hatte sie doch so sehr lieb, und das Kind war so reizend. Ach, wenn er es doch nur nicht fortgeben mußte! Er setzte sich ins Gras, um ein wenig auszuruhen, und da er still vor sich her sah, kam plötzlich das Männlein angetanzt, als wäre es aus einer Flamme entstanden. Es sprang um einen Ginsterbusch herum, klatschte in die Hände, wobei sein rotes Zipfelmützchen lustig hin und herflog. Es sang:

»Backe, backe, Brot,
Wir leiden große Not.
Backe, backe, Kuchen,
Der Achim hat gerufen.
Da backt' ich Brot die ganze Nacht,
Niemand hat an Dank gedacht.
Backe, backe, Brot.

Backe, backe, Brot,
Jetzt hat es keine Not.
Backe, backe, Kuchen,
So mag's im Traume rufen.
Sagt, woher, und sagt's nur gleich.
Stamm' ich aus dem Zauberreich?«

Zauberreich! O ja, das wird es sein, dachte Achim, blieb aber still liegen, damit das Wichtelmännchen ihn ja nicht bemerken sollte. Als es ein paarmal um den Ginsterbusch singend herumgehüpft war, kam es händeklatschend auf Achim zu, als habe es ihn hier vermutet. Es zeigte sich gar nicht erstaunt, ihn hier anzutreffen, machte vielmehr eine höfliche kleine Verneigung und fragte nur schelmisch: »Nun?«

Da sagte Achim zu ihm: »Höre, Wichtelmännchen, du hast alles nur geträumt, und darum meinst du, daß es mich, Gretchen und ein Kind gibt. Gehe heim und schlafe dich aus.«

»Und wohin soll ich gehen?« fragte das Wichtelmännlein kindlich und mit einem drolligen Lächeln.

»Du bist ein kleiner Schelm. Ich verstehe schon, du willst mich ausfragen. Geh nur ins Zauberreich zurück, aus dem du stammst.«

Da blickte das Wichtelmännchen zuerst etwas bestürzt drein. Dann aber zog ein kleines, freundliches Lächeln über sein Gesicht, und es sah Achim sehr tief in die Augen.

»Mein Traum? Solltest du wirklich nur mein Traum sein? Wer hat dir das gesagt?«

»Der andere. Du selbst.«

»Ich selbst?« So hauchte das Männlein fragend. Und dann löste es sich auf, ohne die geringste Spur zu hinterlassen. Es kam niemals wieder, aber es war auch nicht nötig.

Es war um Ostern, und im Hause Marucci hatte man sich gut auf das Fest vorbereitet. Die Männer gingen am Ostermorgen zeitig nach San Fedele hinauf, um dort der Messe beizuwohnen; aber die Frauen gingen mit den Kindern in das Kirchlein, das nahe Forneta lag, weil der Weg nach San Fedele für die kleinen Kinder zu weit gewesen wäre. Man hatte das Mittagessen zeitig angesetzt, weil die Großen einen Ausflug nach Casella machen wollten. Da blieb denn die Regina mit den Kindern allein. Vezzosa und Cecco hatten sich zwar angeboten, mit den Kindern einen Spaziergang zu machen, doch blieben sie lieber bei der Großmutter. In der Fastenzeit wurde selten ein Märchen am Kamin erzählt. Man pflegte in den Wochen vor Ostern manchmal abends gemeinsam den Rosenkranz oder eine Kreuzwegandacht zu beten. Jetzt aber hatten die Kinder große Lust, wieder einmal ein Märchen zu hören. Doch war es in der Küche trotz des warmen Wetters stets ein wenig kühl, wenn dort nicht ein starkes Kaminfeuer brannte. Darum wurde verabredet, daß die Märchenstunde am Nachmittag im Garten unter dem blühenden Akazienbaum stattfinden sollte, wo es jetzt so warm und sonnig war. Die Maruccikinder hatten viele Kinder aus der Nachbarschaft zu sich gebeten. Es kamen aber nicht nur die kleinen, sondern auch größere Kinder, die schon beinahe erwachsen waren. Die Regina setzte sich auf die kleine Bank unter dem Baum, und die Kinder nahmen auf dem Rasen Platz. Dann wurde sogleich begonnen.

Prinzessin Nachtvogel

Vor vielen Jahren lebte in Serbien ein Fürst aus sehr vornehmem Geschlecht, der zwar bei manchen im Rufe eines Raubritters stand, doch tat dies seinem Ansehen keinen Abbruch. Der Fürst nun besaß eine Tochter, die über die Maßen schön war, aber leider auch ein wenig unsolide. Sie zerriß nämlich jede Nacht ein schönes Sammetkleid und ein Paar weiße Seidenschuhe, die am Morgen wie kleine gestrandete Boote halb unterm Bett lagen, während das Kleid in Fetzen zerstreut sich am Boden umhertrieb. Daß der Fürst mit solcher Ordnung nicht einverstanden sein konnte, wird man ihm nachfühlen können. Die Schneiderin, die täglich ein neues Kleid nähen mußte, kam niemals dazu, auch für andere Leute eine Bluse oder ein Röcklein zu nähen. Sie hatte dreihundertfünfundsechzig Kleider im Jahre zu nähen, von den vielen Festgewändern und Mänteln, die noch dazukamen, wollen wir gar nicht sprechen. Zur Anprobe kam die feine Kundin niemals, was freilich auch nicht nötig war, weil die Schneiderin Maß und Geschmack der Prinzessin auswendig kannte. Doch die ewige Schneiderei für immer dieselbe Person wurde langweilig, und da verlangte die Schneiderin vom Fürsten so viel Lohn, daß er nicht mehr wußte, wie er die hohen Kleiderrechnungen seiner Tochter bezahlen sollte. Der Schuhmacher machte es genau wie die Schneiderin, doch hatten sich die beiden nicht miteinander verabredet. Jeder sorgte für sich, und damit fertig!

Der Fürst sprach mit seiner Tochter, die Unordnung müsse ein Ende nehmen, vor allem die nächtlichen Ausflüge. Die Prinzessin versicherte hoch und heilig, daß sie in ihrem Bette schliefe wie andere Leute auch. »Und wenn die Kleider so mürbe wie Seidenpapier sind und die Schuhe ebenfalls, dafür kann ich nichts.« Das setzte sie noch hinzu, obwohl es nicht stimmte. Da fragte der Fürst die beiden Dienerinnen seiner Tochter, wohin sie denn jede Nacht ginge. Diese schwuren bei ihrer Seligkeit, daß die Prinzessin das Haus niemals verlasse. Der Fürst glaubte ihnen nicht, ließ Wachen aufstellen, die ebenfalls schwuren, sie wüßten von nichts; aber jeden Morgen, den Gott werden ließ, waren die gutbesohlten Schuhe durchgetanzt und die Kleider so zerrissen, daß man die Fetzen kaum mehr für Sofakissen verwenden konnte, und der Lumpenhändler, der die Stoffreste abholen und verkaufen durfte, verdiente so gut, daß er sich in einem Jahr ein Häuschen davon bauen konnte.

So stand es im Schloß, und der Fürst wußte sich nicht anders zu helfen, als einen Boten ins Land zu schicken, der überall verkündete, wer angeben könne, wohin die Fürstentochter nachts gehe, der dürfe sie gern zur Frau haben. Solche Kunde zog manche flotte Burschen zum Schloß. Das einzige aber, was in Erfahrung gebracht wurde, daß die Prinzessin sich in der Abendstunde putzte und dann verschwand, nützte soviel wie nichts. Die Burschen trieben sich ein paar Tage in der Schloßgegend herum. Da sie aber nichts herausbrachten über den nächtlichen Verbleib der Prinzessin, zogen sie bald wieder ab.

Schließlich machte sich ein junger Mann namens Simeonovic auf den Weg, doch, weil der Name so lang ist und wir ohnehin noch viel von ihm zu erzählen haben, wollen wir ihn kurzweg Simon nennen. Ja, also Simon hatte nichts Besseres zu tun, als sein Glück zu versuchen. Auf einer Wiese begegneten ihm drei Burschen, die im Begriff standen, sich zu verprügeln. Er sprach sie als Landleute an und fragte: »Warum seid ihr uneinig miteinander?«

Die Burschen, ohne ihre Prügelei zu unterbrechen, sagten nur: »Was fragst du uns, wenn du doch nicht mitprügeln willst?«

»Aber so wartet doch einen Augenblick! Es ist nicht ausgeschlossen, daß ich mich am Prügeln beteilige. Ich will nur gerne wissen, wofür.«

Die Burschen hielten einen Augenblick inne, denn sie sahen wohl, daß Simon ein kräftiger Kerl war, den sie gut brauchen konnten. Sie sagten: »Wenn du uns beim Prügeln helfen willst, soll's uns recht sein. Wir sind drei Brüder und drei Parteien. Wähle, welcher Partei du dich anschließen willst.«

»Schon recht, aber ich muß doch wissen, warum.«

»Warum? Du bist ein langweiliger Peter mit deinen überflüssigen Fragen. Wir haben keine Zeit, darauf zu antworten. Du siehst doch, daß wir beim Prügeln sind. Nachher können wir immer noch darüber sprechen, wofür, warum, weswegen und wieso. Also zu wem von uns dreien willst du?«

»Mir ist alles dreierlei. Zu allen dreien gleichzeitig will ich, aber erweist mir den Gefallen und sagt mir, um was ihr streitet. Ich will euch helfen und keine Entschädigung dafür verlangen.«

»Ja, das fehlte auch noch«, sagte der eine, und der andere sagte: »Wir streiten um unser Erbe«, während der dritte meinte: »Nicht wahr, wir sind doch im Recht? Du stehst auf meiner Seite, nicht wahr?«

»Nein, ich will's mit euch allen dreien halten oder mit niemandem«, erklärte Simon.

Da ergriff der Älteste von ihnen das Wort: »Wir sind drei Brüder und haben von unserem verstorbenen Vater drei Dinge geerbt: einen Knüppel, eine Mütze und eine Bettvorlage. Wir sind jetzt wegen der Verteilung uneins geworden.«

Simon lachte: »Das sind sanfte Sorgen. Wegen solcher Kleinigkeiten streitet ihr?«

»Das sind durchaus keine Kleinigkeiten. Mit dem Stock

kann man Granit und Eisen durchschlagen. Setzt man die Mütze auf den Kopf, wird man unsichtbar, und wenn einer sich auf den Teppich setzt, gelangt er sofort, wohin es ihn gelüstet.«

»Das ist freilich etwas anderes, wenn es sich so verhält«, mußte Simon zugeben, »ich fürchte, ihr werdet euch schwer einig werden. Bedenkt, die Prügelei wird euch kaum zu einer friedlichen Einigung bringen. Seid vernünftig. Laßt ab von der Keilerei, die euch nur geschwollene Augen und Rippenschmerzen einbringt, sonst nichts. Wenn es euch recht ist, will ich alles zum Besten für euch einrichten. Ich schwöre euch, der eine wird den andern nicht beneiden brauchen, wenn ihr mich zu eurem Schiedsrichter erwählt. Seid ihr einverstanden?«

»Sag, wie es zu machen ist. Schwören kannst du übermorgen.«

»Also, gut so. Geht mal alle drei auf den Berg dort, auf diesen kleinen Hügel, den wir da vor uns sehen. Dort oben stellt ihr euch nebeneinander auf. Wenn ich euch mit der Hand zuwinke, lauft ihr los, und wer zuerst bei mir ankommt, dem gebe ich die Bettvorlage. Wer als zweiter ankommt, erhält von mir die Kappe, und wer zuletzt ankommt, dem überreiche ich den Stock. Wie denkt ihr darüber?«

Die Brüder überlegten sich den Vorschlag eine Weile, einigten sich, und da sie Simon für einen grundehrlichen Burschen hielten, legten sie ihm das Vatererbe zu Füßen und kletterten zusammen den Hügel hinan. Kaum aber hatten sie Simon den Rücken gedreht, als dieser auch schon die Mütze auf den Kopf setzte, die ihm wie angegossen saß und ihn unsichtbar machte. Dann setzte er sich auf den Teppich, nahm den Stock in die Hand, wünschte sich aufs Schloß und flog sofort über die Köpfe der drei Brüder hinweg, doch sahen ihn diese nicht, wie er ihnen von oben herab fröhlich zuwinkte.

Beim Schloß angelangt, nahm Simon die Mütze vom Kopf und steckte sie in die Tasche. Seinen Reiseteppich rollte er zusammen und versorgte diesen in der zweiten Tasche, während er den Stock in der Hand behielt. So ließ er sich vor den Fürsten führen, dem er mitteilte, er wünsche dessen Tochter zu beaufsichtigen.

»Bitte sehr, bitte sehr«, sagte der Fürst und gab mit Vergnügen die Erlaubnis. Er wies Simon ein Zimmer an im selben Stockwerk, in dem die Prinzessin wohnte. Es wurde ihm auch die Türe zu ihrem Schlafraume gezeigt, damit er allenfalls Bescheid wisse. Zumal dem Fürsten sehr viel daran lag, hinter das Geheimnis seiner Tochter zu kommen, war er ganz besonders höflich mit Simon und wünschte ihm, er möge sich im Schlosse wie zu Hause fühlen.

Indessen fand Simon es hier in seinem hübschen Zimmer viel schöner als daheim, wo er in einem niedrigen Gelaß auf schmalem, hartem Feldbett schlief, während er im Schlosse ein prächtiges Lager vorfand, auf dem es sich bis gegen Mitternacht herrlich schlief. Dann aber wurde er hellwach, besann sich auf sein Unternehmen, stand rasch vom Bette auf, wusch sich und kleidete sich eilends an. Dann setzte er sein Tarnkäppchen auf, blieb wartend neben der Tür der Prinzessin und konnte unsichtbar auf alles achtgeben, was geschehen würde.

So gegen ein Uhr in der Nacht, als das ganze Schloß im tiefsten Schlafe lag, öffnete sich leise die Türe und die Prinzessin kam heraus, schön wie eine Venus, in luftblauem Sammetkleide, mit kleinen Silbersternen besät. Vor der Tür guckte sie einmal nach oben und einmal nach unten, ob auch niemand sie beobachte, und huschte dann lautlos wie ein Schatten ins Freie. Simon setzte sich auf den Teppich und wünschte sich, neben der Prinzessin zu bleiben.

Sie schwebte nur so dahin, und der Bursche immer hinterdrein. So kam man an eine Blumenwiese, und da sprach die Prinzessin:

»Blümlein, macht Platz, daß ich durchgehen kann.«

Die Blumen neigten sich gehorsam auseinander, und die Prinzessin konnte durchgehen, ohne auch nur ein Blümchen zu zertreten. Simon aber pflückte sich ein paar Himmelsschlüssel und ein paar Vergißmeinnicht und steckte sie in seine Tasche. Da begannen die Blumen zu sprechen:

»Prinzessin, bis jetzt bist du gut durch die Wiese gekommen, hast uns nie verletzt, heute nacht aber . . .«

Die Prinzessin erschrak, wußte nicht recht, was die Blumen besagen wollten, und sah sich um. Aber da sie nichts bemerkte, ging sie wieder beruhigt ihres Weges weiter. Als sie an einen Weinberg kam, sagte sie:

»Reben, macht Platz, daß ich durchgehen kann.«

Sogleich bogen sich die Zweige zur Seite, und die Prinzessin konnte ungehindert durch den Weinberg gehen. Simon aber, der die Trauben nicht blau, sondern golden leuchten sah, pflückte sich eine und verbarg sie in seinem Kleide. Da begann der Weinberg zu sprechen:

»Prinzessin, bis jetzt hast du keine Rebe verletzt, heute nacht aber . . .«

Was war das nur? Die Prinzessin blickte sich überall um, aber weil kein Mensch zu erblicken war, ging sie ruhig weiter. Da kam sie bald an ein Meer, in dem die Wellen recht hoch gingen. Die Prinzessin sagte: »Meer, schaff Platz, damit ich hindurchgehen kann.« Da wurden die Wellen sanft, neigten sich zur Seite, so daß die Prinzessin trockenen Fußes hindurchgehen konnte wie über ein Feld.

Simon aber hob eine siebenfarbene, schöne Muschel auf sowie ein Korallenzweiglein, an dem ein niedliches Seepferdchen hing, das nicht größer war als ein kleiner Finger. Ferner fand er noch ein glitzerndes Seesternlein, das aus klaren Perlen bestand. Dies alles steckte er sich in die Tasche, aber das Meer begann sogleich zu sprechen:

»Prinzessin, bis jetzt bist du durch mich hindurchgegangen, und ich habe nichts von meinen Schätzen verloren. Heute nacht aber . . .«

Da wurde die Prinzessin sehr unruhig, sah über das weite Wellenmeer, doch war nirgends ein Schiff zu sehen, und am Himmel standen schimmernd die Sterne in vollkommener Unschuld. Da dachte die Prinzessin, das Meer wird sich geirrt haben, und ging ruhig weiter, Simon auf dem Teppich immer hinter ihr.

Als sie am Ufer angelangt waren, lag ein wundersamer Garten da, in dem die herrlichsten Blumen blühten, Magnolien und Flieder, Lilien und Rosen, und dazwischen die schönsten Obstbäume, die voller Früchte hingen, von denen Simon freilich nichts mehr anrührte. Er bewunderte nur die Pracht. Sie kamen an einen alten Brunnen, der mit einer Steinplatte zugedeckt war. Hier klopfte die Prinzessin dreimal an. Die Platte öffnete sich, und ein unterirdischer Gang, der von einem warmen, gelben Licht unsichtbar erhellt wurde, tat sich auf. Die Prinzessin schlüpfte hinein, und die Platte schloß sich, während Simon draußen im Garten stehenblieb. Aber hier war guter Rat nicht teuer, denn Simon brauchte nur mit seinem Stock einen leichten Schlag auf die schwere Platte auszuführen, und sie tat sich sofort auf, so daß Simon bequem denselben Weg wie die Prinzessin machen konnte.

Ja, hier unten, ja, da gab es noch was zu sehen! Hier reihte sich Saal an Saal, und alles schimmerte von Gold und Edelgestein. Das strahlte wie tausendundeine Sonne und tat doch den Augen nicht weh. Da hingen die wundersamsten Leuchter an goldenen Ketten von den Decken, einige in unsagbar sanften Farben, wie die Flügel der lichtzitternden Libelle. Andere wieder schimmerten wie viele Glühwürmchen aus weichem, dunklem Grün, doch war dieses Grün kein Moos, sondern ein besonderer Stein von traumhaft weicher, grünlicher Farbe, die an sich Leuchtkraft zu besitzen schien. Simon war von diesem Anblick so hingenommen, daß er die Prinzessin darüber vergaß.

Der Palast war voll von Menschen, die in langen Seidengewändern auf und ab rauschten oder an gedeckten Tischen saßen und sich an auserlesenen Speisen und Weinen gütlich taten. Du lieber Gott, dachte Simon, hier sieht ja jeder Diener vornehm wie ein Baron aus, und wie gut ist es doch, daß ich hier unsichtbar bin. Ja, das war schon gut, denn er paßte gar wenig in diese Gesellschaft. Es waren nämlich alles Zauberer und Zauberinnen, die hier versammelt waren, oder nur solche, die es werden wollten. Jedenfalls wurde nur von der Zauberei gesprochen und was mit dieser Kunst zusammenhängt. In jenem Saal, wo besonders köstliche Speisen aufgestellt waren, befand sich die Prinzessin nicht. Simon jedoch, der Hunger verspürte, konnte sich unbemerkt und unsichtbar leicht ein paar Leckerbissen ergattern. Er suchte sich Tische aus, an denen zufällig niemand saß, damit nicht etwa entdeckt wurde, wenn plötzlich einige Speisen fehlten. Es gab jedoch so reichlich von allem, daß Simon sich in angenehmer Verlegenheit befand und nicht wußte, ob er lieber von den herrlichen Früchten oder von den belegten Butterbroten nehmen sollte. Er gönnte sich von beidem, und alles schien einzuladen: Nimm und iß.

Er kostete noch ein paar Lachsbrötchen und wäre auch ohne das Vorbild der Zauberer dahintergekommen, daß man zu Fischen besser weißen Wein trinkt. Es gab ja nicht nur an Speisen, sondern auch an Weinen eine höchst gefällige Auswahl. Simon nahm sich zum Andenken an diese gute Mahlzeit einen goldenen Becher mit. Es war ja für die Zauberer eine Kleinigkeit, sich einen neuen Goldbecher zu zaubern, falls unter den vielen der eine zierliche Becher ihnen fehlen sollte.

Die Musik ließ alles vergessen. Ein himmlisches Geigenspiel drang an sein Ohr. Eine Sängerin begann ein Lied zu singen, das Lied des Versunkenen, doch befand man sich dabei in reizender Verlegenheit, da man über die entzückende Musik die Worte und über die wundersamen Worte die Musik vergessen konnte. Es schien ein singender Hauch aus den Wänden zu dringen. Es war, als umarmten die Klänge einander. Die Sängerin begann einen hohen Ton leise anzusetzen, ließ ihn anschwellen, stärker werden, und der Klang wurde zur Knospe, die sich zärtlich erschließt. Oh, eine Rose, eine erblühte Rose. Wie schön, wie zauberhaft war das.

So stand Simon lauschend im Saal, als er plötzlich an der Tür einen bildschönen jungen Mann erblickte. Der war hoch und schlank gewachsen, hatte blauschwarzes Haar und dunkle Augen, die wie eine unergründlich tiefe Nacht aus Sammet waren. Du lieber Himmel, die Augen von diesem Manne sind so schön, daß man einzig und allein von diesen Augen müßte leben können. So dachte sich Simon und verlor sich zage im Wunsche, ähnliche Augen zu besitzen. Es war der Sohn des Königs der Zauberer, der hier wartend an der Tür stand. Da kam die Prinzessin Nachtvogel aus einem andern Saale durch die weitgeöffneten Flügeltüren herein, schwebend durch den Raum und zu diesem bildschönen jungen Manne hin, der ihr glücklich zulächelte, das luftblaue Mädchen an der Hand nahm und mit ihr zu tanzen begann. Der Saal verwandelte sich. Das Licht wurde weicher, gedämpfter, floß in breiten, doch immer langsam wechselnden Farbenstrahlen von der Decke herab, die vielen tanzenden

Paare beleuchtend. Simon, der die Prinzessin und ihren schönen Tänzer nicht aus den Augen lassen mochte, sah das luftblaue Kleid in die verschiedensten Farben getaucht. Es schimmerte veilchenfarben, dann wieder war es wie in einen Sonnenuntergang gehüllt, rötlich erglühend, dann wieder spielte ein warmes Gelb darüber, ein kühles Blau, ein geheimnisvolles Grün. Die Musik schien aus den Wänden zu strömen, und blickte man zu den Wänden aus mattem Elfenbein, spiegelte sich hier das Fest noch einmal, noch weicher, feierlicher in den sanftesten Farben.

Der Reigen begann langsam, und die Tanzenden bewegten sich wie in einer Harfendämmerung, schwebend leicht. So ging es stundenlang, und Simon wurde nicht müde, sich dieses seltsame Schauspiel anzusehen. Als es gegen Morgen ging, wurden Tanz und Musik leidenschaftlicher, und Simon sah, wie wild die Prinzessin sich drehte, und wie ihr die Kleider zerrissen, da sich alle Tanzenden mit großer Heftigkeit bewegten, obwohl man keinen anderen Laut als die Musik der Geigen und Flöten vernahm. Nach einem stundenlangen Rausch begann sich eine Auflösung bemerkbar zu machen, die ähnlich dem Anfang war. Doch die zögernden Bewegungen der Tanzenden waren nur die selige Erschöpfung. Noch klangen die Flöten zärtlich und eindringlich. Dann aber machte plötzlich ein greller Hahnenschrei allem ein jähes Ende.

Die Musik verstummte, und die Festgesellschaft ging rasch auseinander und war jetzt nirgends mehr zu erblicken.

Nur die Prinzessin und der Sohn des großen Zauberers blieben bis zum Schluß. »Ach, ich glaube nur an Nächte«, sagte sie zu ihm und sah ihn an. Da küßte er sie auf den Mund und ging dann mit ihr langsam dem Ausgang zu.

Hier blieben sie noch eine Weile stehen, und das war

dann der Abschied bis zum nächsten Abend. Der Sohn des Zauberers blieb im Schlosse zurück, aber die Prinzessin nahm ihren Weg durch den unterirdischen Gang und mit ihr Simon.

Auf dem Rückwege jedoch sprach weder das Meer noch der Weinberg, weil Simon nicht mehr daran dachte, Seesterne aufzuheben noch Trauben abzupflücken. Und auch die Wiese war zufrieden, weil sie ihre Blumen behalten durfte. Kein Wort sagte die Wiese zur Prinzessin, die zwar leicht dahinschwebte, aber doch todmüde war. Es war die höchste Zeit, daß man wieder daheim war, denn der Tag begann schon zu grauen, und auch hier begann jetzt der Hahn zu krähen. Die Prinzessin verschwand in ihrem Zimmer, warf die zerrissenen Kleider und Schuhe von sich und begab sich eilends zu Bette, denn sie mußte wohl ein wenig rascher schlafen als andere Leute, um am Tage wieder frisch zu sein.

Simon dagegen war noch völlig benommen vom Erlebnis der Nacht. Wohl war er glücklich, daß er jetzt über die Prinzessin Bescheid wußte, die ihm in ihrer herrlichen Schönheit so gut gefiel. Dann aber gedachte er des jungen Mannes, mit dem sie getanzt hatte. Noch nie hatte er einen solch schönen Menschen gesehen wie den Sohn des Zauberers. Simon stellte sich vor den Spiegel, um einmal nachzusehen, wie er wohl selbst ungefähr aussah. Er sah in den Spiegel – und sah überhaupt nichts. Nichts, gar nichts war von ihm zu sehen. Er bekam einen Schrecken. Dann aber fiel ihm ein, daß er immer noch die Mütze auf dem Kopfe hatte, die ihn unsichtbar machte, auch für sich selbst. Rasch warf er die Mütze vom Kopf. Und jetzt erblickte er im Spiegel, der die ganze Gestalt zeigte, einen ganz netten, jungen Bauernburschen mit einem recht anständigen, treuherzigen Gesicht. Nun ja, es konnte eben nicht jeder so übertrieben schön sein wie der Sohn des

Zauberers, und vielleicht wurde das auch gar nicht verlangt. Simon überlegte hin und her, stand stramm vor dem Spiegel und sagte: »Ich bin, wie ich bin. Simon ist mein Name.«

Dann legte Simon sich ein wenig aufs Bett, obwohl er gar nicht müde war. Endlich aber schlief er doch ein wenig ein, und als er nach zwei Stunden frisch erwachte, war ihm, als habe ihm vom Glück geträumt. Die Sonne schien freundlich durch die hohen, geöffneten Fenster, und Simon konnte von seinem Bette aus auf einen wunderhübschen Blumengarten sehen, der ihm Augen und Herz entzückte.

Rasch stand er auf, denn es mochte an der Zeit sein, sich zum Fürsten zu begeben, der sicherlich schon auf Nachricht von Simon wartete. In der Eile hätte er beinahe seine Mütze aufgesetzt, und jetzt war es doch sicherlich nicht am Platze, sich unsichtbar zu machen. Simon steckte sein Wundermützchen sorglich in die Tasche und den unbezahlbaren Reiseteppich ebenfalls. Den Stock dagegen behielt er in der Hand. So ließ er sich durch einen Diener beim Fürsten melden, der ihn sogleich freundlich empfing. Dieser fragte ihn sogleich, ob er jetzt wisse, wo die Prinzessin gewesen sei. Da gab Simon ausführlichen Bericht über alles, was uns bekannt ist, und erzählte von Anfang bis Ende über die Erlebnisse der Nacht.

Der Fürst ersuchte Simon, in ein Nebenzimmer zu treten, da er zunächst allein mit der Prinzessin sprechen wolle. Er hatte schon vernommen, daß das luftblaue Sammetkleid und die weißen Seidenschuhe sich in beklagenswertem Zustande befanden. Der Fürst ließ seine Tochter kommen, die in einem sonnengelben Morgengewand, das mit Sommervögeln bestickt war, vor ihrem Vater erschien.

Er fragte sie: »Wo bist du gewesen?«

»Nirgends«, antwortete sie. Da rief der Fürst Simon herbei, er möge seiner Tochter die Wahrheit ins Gesicht sagen.

Da erzählte Simon der Prinzessin alle Einzelheiten, und nicht genug damit, holte er zum Beweise Trauben, Korallenzweige, Seepferdchen und Goldbecher aus seiner Tasche hervor.

Da wurde die Prinzessin bleich und schämte sich sehr.

»Ach, deswegen waren das Meer, der Weinberg und die Wiese mit mir unzufrieden.«

»Ja, deswegen«, sprach der Vater streng, »und auch ich werde unzufrieden mit dir sein, wenn du nicht diesen Burschen zum Manne nimmst, da ich es ihm versprochen habe.«

Die Prinzessin geriet in Verlegenheit und stammelte: »Ach, ich hätte gerne einen jungen Zauberer zum Manne genommen.«

»Oh, wenn es weiter nichts ist, was Ihr wünschet. Ein wenig zaubern kann ich auch, und wenn es Euch Vergnügen macht, will ich es Euch beweisen«, sagte Simon.

»Das möchte ich schon sehen«, entgegnete die Prinzessin, doch lächelte sie ein wenig spöttisch dabei.

Das verdroß Simon, und er sagte nicht ohne Würde: »Ihr müßt nicht meinen, daß ich Euch durch meine Zauberei gewinnen will, denn ich möchte kein Mädchen zur Frau, das mir nicht gern und freiwillig sein Jawort gibt.«

»Und wenn ich Euch mein Jawort nur meinem Vater zuliebe geben würde, lediglich, um ihm gehorsam zu sein?«

»Darauf verzichte ich, Prinzessin.«

»Es scheint Euch leichtzufallen, da Ihr so rasch entschlossen seid?« Simon blickte zu Boden wie in tiefes Nachdenken versunken. Dann aber hob er nach einer kleinen Weile seine klaren Augen zur Prinzessin empor und antwortete mit harter, ruhiger Stimme: »Ob mir das leicht- oder schwerfallen wird, das wird meine und nicht Eure Sache sein.«

Die Prinzessin errötete, senkte ihre Augen und blieb so verlegen stehen.

Der Fürst aber sagte zu Simon: »Ich habe Euch meine Tochter zur Frau versprochen, und mein Wort wird gelten.«

»Ich weiß. Doch bin ich bereit, Euch Euer Wort zurückzugeben, und Ihr braucht Euer Versprechen mir gegenüber wahrlich nicht einzulösen.«

»Und warum nicht?« fragte der Fürst verblüfft.

»Ich könnte keine Frau brauchen, die mir nicht in herzlicher Neigung angehört, die ich erwidern könnte.«

Diese Worte gefielen der Prinzessin gut, obwohl sie sich recht beschämt fühlte durch die redliche Gesinnung Simons. Dazu kam noch, daß die Ermahnungen ihres Vaters, sich fortan nicht mehr in die Gesellschaft von Zauberern zu begeben und gleich anderen wohlerzogenen Töchtern daheim zu bleiben, einen starken Eindruck auf sie gemacht hatten. Sie war jedenfalls wie umgewandelt, denn sie war ja im Grunde ihres Herzens ein gutes Kind, das sich nur vorübergehend durch falschen Glanz hatte verblenden lassen.

Wenige Tage später, nach der Aussprache mit ihrem Vater, durfte sie mit Simon einen Ausflug machen. Was lag näher, als sich auf den Wunderteppich zu setzen, der die beiden schwebend leicht in die schönsten Gegenden führte. So flogen sie denn miteinander über Felder und Wälder, über Dörfer und Städte. Sie bewunderten aus luftiger Höhe das Meer und die Schiffe, sahen auf die herrliche Gotteswelt hinab. Das gefiel der kleinen Prinzessin sehr, und sie klatschte vor Freude wie ein Kind in die Hände. »Oh, das ist köstlich! Welch ein wundervoller Tag! Ich glaube nur noch an Tage!«

Sie hatte recht, denn es kam eine lange Reihe von vielen schönen Tagen, die sie glücklich und zufrieden mit Simon, ihrem künftigen Gatten, verleben durfte.

»So, Kinder«, schloß die Großmutter, »das also war die Geschichte von der kleinen Prinzessin Nachtvogel, die an Tage glauben lernte, und wenn euch das Märchen gefallen hat, gebe ich heute abend noch eines zum besten.«

Maiblume und Schneebällchen

Es war einmal ein liebes, kleines Mädchen, das sehr schön war und darum nur Maiblume genannt wurde, obwohl es eigentlich Mareili hieß. Vater und Mutter hatte es schon früh verloren, und jetzt lebte es bei einer alten Tante namens Gemma, die aber sich und das Kind durch Weben und Spinnen kaum ernähren konnte.

Maiblume schlief in der Küche in einem armseligen Bettchen, wo es manchmal vor Hunger und Kälte kaum einschlafen konnte. Eines Abends, als Maiblume schon zu Bette gegangen war, hörte sie draußen vor dem Fenster ein klägliches Miauen. Das wird ein armes Kätzchen sein, das sich verirrt hat, dachte Maiblume und wartete ein wenig, ob das Tierchen sich wohl zurechtfinden würde. Als es aber immer wieder miaute, stand Maiblume auf, zündete das Licht an, öffnete das Fenster, das auf den Hof hinausging, und rief lockend: »Ps, ps, ps . . .«

Sofort sprang ein nettes, weißes Kätzchen aufs Fensterbrett und von dort in die Küche hinab, sichtbar zufrieden, jetzt unter Dach und Fach zu sein. Es schnurrte, schmiegte sich an Maiblume und sah zutraulich zu ihr hinauf.

»Armes Tierchen«, sagte das Mädchen mitleidig, »du bist ja ganz naß. Bist wohl lange im Regen gewesen?«

»Genau weiß ich es nicht, wie lange, aber ein paar Stunden mögen es schon sein, daß ich unterwegs bin.«

Maiblume wunderte sich nicht sehr, daß das Kätzchen so nett sprechen konnte. Das kam in früheren Zeiten viel öfter vor als jetzt. Das gute Mädchen nahm ein Tuch und trocknete dem Tierchen das Fell ab, streichelte es ein wenig, und das Kätzchen sagte: »Danke schön, das tut mir wirklich gut.«

»Brrr, es ist kalt hier, Kätzchen. Komm, leg dich nur zu

mir ins Bett, dann haben wir es beide warm.« Das war dem Kätzchen sehr recht. Es verstand alles, was Maiblume ihm sagte, und weil Maiblume auch jedes Wort verstand, das das Kätzchen sagte, gab es einen unterhaltsamen Abendplausch.

»Wie heißt du?« fragte Maiblume das Kätzchen.

»Schneebällchen hat meine frühere Herrin mich genannt. Weißt du, wenn mein Fell ganz trocken ist, bin ich recht hübsch. So hat meine frühere Herrin mir wenigstens gesagt, und mehr als einmal. Da muß doch wohl etwas Wahres daran sein, oder sollte meine frühere Herrin sich geirrt haben?«

»Nein, nein, das stimmt schon; aber du mußt dir auch nicht zu viel darauf einbilden, weil du ein Niedliches bist«, so sprach Maiblume zum Kätzchen, das sich graziös räkelte.

»Es gefällt mir gut bei dir, und wenn ich hier nur ein wenig bleiben dürfte.«

»Das werden wir sehen. Sage mir lieber erst einmal, warum du dich bei Regenwetter am späten Abend auf der Straße herumtreibst.«

Schneebällchen seufzte: »Ach, ich habe viel Schweres durchmachen müssen. Stell dir nur vor, ich war früher in einem schönen Hause und habe nur mit vornehmen Leuten verkehrt, die mich sehr verwöhnten; besonders meine liebe frühere Herrin tat mir alles zu Gefallen. Sie spielte mit mir, liebkoste mich, und abends saß ich auf ihrem Schoß. Und dann las sie mir die schönsten Geschichten vor, die ich nicht alle behalten habe, aber einige doch. Der Herr des Hauses hörte dann auch zu, und noch vor dem Schlafengehen bekam ich etwas Gutes von ihr. Katzenfisch, wenn du das vielleicht kennst, und meine Herrin aß dann noch einen Schokoladebonbon, von denen sie mir auch einmal angeboten hat. Doch habe ich ihr gesagt, ich esse lieber Katzenfisch, und danach hat sie sich denn auch gerichtet. Jaja, das waren noch gute Zeiten.«

»Warum bist du denn dort fortgegangen?«

»Fortgegangen! Ich mußte, ich mußte, ob ich wollte oder nicht. Du mußt wissen, daß wir eine sehr böse Köchin ins Haus bekamen, die mich nicht ausstehen konnte.«

»Aber warum denn nicht, Schneebällchen? Du bist ja doch ein Süßes!«

»Ich weiß, ich weiß. Aber der Neid! Neid und Eifersucht und nichts anderes, das habe ich an der Köchin erlebt. Weißt, meine Herrin gab mir manchmal etwas mageren Schinken – das Fette esse ich nicht gerne –, oder ich bekam am Sonntag einmal ein bißchen Hühnerfleisch, aber das paßte der Köchin nicht. Wenn meine Herrin mir Schinken anbietet, kann ich es doch nicht ablehnen. Das hätte sich nicht geschickt, nicht wahr? Soll ich meiner Herrin mitteilen, daß ihre Köchin eine Böse und auf mich eifersüchtig ist? Das wäre nicht nett von mir gewesen, nicht wahr? Ein Wort von mir, und die Köchin wäre hinausgeflogen, doch habe ich sie nicht um Brot und Lohn bringen wollen und habe geschwiegen. Wie aber hat mir die Köchin es zum Dank gemacht? Fußtritte hat sie mir gegeben, wenn niemand es sah, und ich habe geschwiegen, immer geschwiegen. Hat meine Herrin, ach, die liebe, gute, unvergeßliche Frau Ninon, gefragt, ob die Köchin mir auch ordentlich zu essen gebe, damit ich zu meinem Recht komme, hat die Köchin ›Ja, gewiß‹ geantwortet. Das in meiner Gegenwart! Und ich habe geschwiegen, immer geschwiegen.«

»Armes Schneebällchen, jetzt kannst du dich aussprechen«, und weil es gar so freundlich von Maiblume gestreichelt wurde, faßte es immer mehr Zutrauen.

»Denk dir nur, die Köchin hat gesagt, ich stehle.«

»Ja, und?«

»Das ist eine Kränkung für mich. Siehst du das nicht ein? Ich stehlen, ich? Das süße Schneebällchen hat meine Herrin mich genannt. Und die Köchin . . .«

»Hör mal, Schneebällchen, hast du nicht vielleicht manchmal doch ein bißchen weggenommen? Sei nur ehrlich.«

»Nun ja. Dazu will ich nicht ganz und gar nein sagen. Manchmal biß ich schon ein winziges Stückchen Kalbfleisch ab, wenn die Köchin es in die Pfanne legte.«

»Aha, aha, siehst du, das durftest du nicht.«

»Ich wollte doch nur versuchen, probieren, ob es weich sei, und meine Herrin hat nur gelacht, wenn sie es einmal bemerkt hat. Und war sie da, hab' ich es auch nur getan, damit sie lachte. Sie hat nämlich so sehr hübsch lachen können, und das hörte ich gerne. Aber die böse Köchin hat mich verklagt, ich stehle alles das, was sie heimlich gegessen hat. Sie hat gestohlen, und sie sagt, ich hätte gestohlen.«

»Das muß freilich schlimm für dich gewesen sein.«

»Nicht wahr? Und einmal ist eine schöne Salamiwurst von der Kredenz verschwunden!«

»Daß du das so genau weißt«, wunderte sich Maiblume.

»Wenn ich doch selbst ein Stückchen davon gegessen habe, muß ich doch wissen, wo die Salami war.«

»Aha, schaut's da heraus? Schneebällchen, Schneebällchen, mir scheint, die Allerehrlichste bist du doch nicht.«

Das Kätzchen putzte sich ein wenig verlegen das Fell, sah dann wieder treuherzig auf Maiblume und plauderte weiter:

»Ich will dich gewiß nicht anlügen. Ein ganz kleines Stückchen, aber ein winzig-winziges habe ich gegessen. Das hat die Köchin bemerkt und dann gleich alles weggenommen und selbst gegessen. Das war nicht nett von ihr.

Nicht genug damit, hat sie mich beim Herrn des Hauses verklagt; denn bei meiner Herrin hätte sie kein Recht bekommen, und dann hat sie mich verprügelt. Die Köchin natürlich, diese böse Köchin.«

»Und du? Was hast du gesagt?«

»Geschwiegen hab' ich, immer geschwiegen. Nicht einmal mehr miau gesagt. Aber gerächt habe ich mich doch, bin in die Stube der Köchin gegangen und habe ihren Kanarienvogel gegessen.«

»Aber. Schneebällchen, das gefällt mir nicht. Das ist ja schrecklich!«

»Ach was, es war ja ein uralter Kanarienvogel, und ich konnte mir doch nicht alles von der Köchin gefallen lassen. Als ich aber dann eines schönen Tages ihr ein Kotelett wegaß . . .«

»Schneebällchen, es wäre mir lieber, wenn wir jetzt schlafen würden, ich bekomme sonst Hunger.«

»Hunger? Aber dann iß doch etwas Schinken und Brot.«

»Das gibt's hier nicht, Schneebällchen. Du mußt wissen, daß du in ein armes Haus gekommen bist, und wenn du bei mir bleiben willst, wirst du dich mit wenigem begnügen müssen. Schinken und Brathuhn gibt es nicht. Ißt du Polenta und Milch, Minestra und Brot?«

»Mit allem will ich zufrieden sein, wenn du mich nur nicht schlägst. Deswegen bin ich ja fortgelaufen, wegen der bösen Köchin.«

»Hier gibt es keine Köchin, und meine Tante Gemma wird lieb zu dir sein und ich auch.«

»Oh, das hab' ich schon gemerkt, und darum will ich auch gern bei dir bleiben, wenn ich darf.«

»Recht so, bleib nur bei mir. Und wenn du dich auf der Straße einmal verirren solltest, mußt du nur den Leuten sagen, daß du bei Maiblume wohnst, dann führt man dich schon zu mir.«

»Wenn man mich aber dann wegnimmt, einfach stiehlt, weil ich so hübsch bin?«

»Dann sagst du, das dürfe man nicht tun. So, aber jetzt wird geschlafen. Gute Nacht, Schneebällchen.«

»Gute Nacht, Maiblume«, antwortete das Kätzchen, fügte aber nach einer Weile hinzu: »Es wird das beste sein, wenn du mich immer auf der Straße begleitest, dann nimmt mich sicherlich niemand von dir fort. Die böse Köchin . . .«

»Von der erzählst du mir morgen weiter.«

Am nächsten Morgen stellte Maiblume die neue Freundin ihrer Tante vor, die mit dem Familienzuwachs zuerst nicht einverstanden war. Maiblume, die ihren kleinen Schützling gern behalten wollte, lobte das Schneebällchen als braves, kluges Tierchen. Es stand denn auch sehr bescheiden da, putzte sich das Gesichtchen und das Fellchen, damit es nur ja auf die Tante Gemma einen guten Eindruck mache. Maiblume hatte erwartet, Schneebällchen würde seine Geschichte erzählen, es sagte aber tagsüber kaum ein Wort, und als die Tante meinte: »Wir haben ja selber nichts zu essen«, wagte Schneebällchen kaum ein Schlückchen Milch zu nehmen.

»Tante Gemma, soll ich jetzt einkaufen gehen?« fragte Maiblume.

»Ja, tu das. Wir brauchen ein wenig Schweineschmalz. Ein paar Bohnen und zwei Kartoffeln für die Minestra sind auch noch da. Zwiebeln können wir entbehren, und ein Laib Brot liegt im Backtrog.«

Damit gab die Tante dem Mädchen etwas Geld. Maiblume nahm den Korb und ging, Schneebällchen kam hinterher. Die Frau im Spezereiwarenladen gab Maiblume aus Gutmütigkeit ein Restchen Schinken als Dreingabe. Maiblume bedankte sich und ging zufrieden mit Schneebällchen nach Hause. Der Schinkenrest wurde als Labsal für Tante Gemma bestimmt. Dann aber entdeckte Maiblume auf dem Boden des Korbes eine nette Kochleberwurst. »Oh, sieh nur, Tante Gemma, hier ist noch eine Wurst. Das ist doch erstaunlich, daß die Frau mir nichts davon gesagt hat, während sie mir den Schinkenrest über den Ladentisch reichte.«

»Das ist eben eine Seele, die unauffällig Gutes tun will. Du wirst dich bei ihr dafür bedanken.«

Schneebällchen zeigte sich von einer für Katzen wahrlich erstaunlichen Bescheidenheit. Seelenruhig sah es zu, wie Maiblume und ihre Tante es sich schmecken ließen, und beide konnten sich nicht genug wundern, wie wenig naschhaft das Kätzchen war. Dabei hatte es doch in der Nacht Geschichten erzählt, aus denen man hätte schließen mögen, es sei keineswegs eine Kostverächterin.

Am Abend legte sich das Kätzchen zeitig ins Bett, war aber weniger gesprächig, als es sich in der Nacht vorher gezeigt hatte. Es war müde und schlief sofort ein.

Am nächsten Morgen hatte Maiblume ein Brot einzukaufen. Schneebällchen schloß sich ihr wieder an und ging auch mit. Als sie nach Hause kamen, fanden sie im Korbe einen noch frisch duftenden Blätterteigkuchen mit Pflaumen belegt.

»Nein!« rief Maiblume aus, »das weiß ich, der Bäcker hat mir diesen prächtigen Kuchen sicherlich nicht in den Korb gelegt. Dazu ist er viel zu geizig. Tante Gemma, die Geschichte geht nicht mit rechten Dingen zu.«

»Ja, das scheint mir allerdings auch so«, erwiderte Tante Gemma, war aber schon dabei, den Kuchen zu zerschneiden und ein Stück zu probieren. »Schmeckt vorzüglich!« stellte sie fest und bot auch Maiblume ein Stück an. Schneebällchen sah aufmerksam zu, verzehrte aber nur ein paar Bröselchen, die vom Küchentisch fielen.

»Ich will zum Bäcker gehen und fragen, ob der Kuchen von ihm sei.« So hatte Maiblume es vor. Doch die Tante wehrte ab: »Auf keinen Fall. Ist der Bäcker der Geber, mag er sich nennen. Ich für meinen Teil glaube, daß eine gute Fee die Hand im Spiel hat.«

Da sagte das Kätzchen: »Jaja, so ist es«, so, als läge ihm viel daran, diese Meinung bei Maiblume und der Tante zu bestärken.

»Höre, Maiblume, du darfst nichts zum Bäcker sagen. Die Feen haben es nicht gern, wenn man über ihre Wohltaten spricht.«

»Ja, aber der Bäcker? Wie wird er sich dazu stellen?«

»Das ist seine Sache. Das kümmert uns nicht«, bestimmte die Tante, und das Kätzchen lag schnurrend da und meinte auch: »Das kümmert uns nicht.«

Anderntags war ein Deziliter Öl im Delikateßladen einzukaufen, und daheim fand man im Korb eine köstliche Fleischpastete, die auch unserer Maiblume so gut mundete, daß auch sie jetzt nicht anders glauben konnte, so etwas Feines müsse von einer Fee stammen. Wir wollen nicht alles aufzählen, was für Herrlichkeiten sich im Lauf der nächsten Wochen immer wieder im Einholekorb befanden, weil man ja leider niemandem etwas davon anbieten kann, so gern man's auch möchte. Maiblume, Tante Gemma und auch Schneebällchen bekam die reichliche Kost ausgezeichnet. Nur fiel es Maiblume auf, daß man in den Läden nicht mehr so freundlich zu ihr war wie früher. Man tuschelte, wenn sie in den Laden trat, sah ihr auf die Finger, drehte das Geld von Maiblume hin und her, zählte genau nach, ob es auch stimme, und grüßte nur mürrisch, wenn sie wieder fortging.

Eines Tages aber – o Schrecken – geschah etwas Furchtbares. Maiblume, in unvermeidlicher Gesellschaft von Schneebällchen, hatte beim Gemüsehändler ein paar Äpfel gekauft, stand im Begriff, den Laden zu verlassen, als sie plötzlich vom Gemüsehändler streng zurückgerufen wurde. »Holla, zeig mal deinen Korb her! Was hast du jetzt wieder mitgehen lassen?«

»Mitgehen lassen? Nichts, gar nichts«, stammelte Maiblume erschrocken, zeigte den Korb her und wurde schneebleich, als sie eine gerupfte Henne im Korbe liegen sah.

»Ich weiß nicht, wie sie da hineingekommen ist«, versicherte Maiblume, »ich sehe diese Henne zum ersten Male, erst jetzt in diesem Augenblick.«

»Ja, gewiß«, polterte der Gemüsehändler, »Lügen gehört ja zum Stehlen, das ist nichts Neues. Dir wird man's zeigen.«

Maiblume begann zu weinen, versicherte ihre Unschuld, aber der Gemüsehändler hörte gar nicht auf das Kind, sondern rief vor der Tür die Nachbarn herbei. Und da gab's dann eine allgemeine Entrüstung. Aus allen Läden der Straße kamen Besitzer und Kundschaft zugleich, und da stand jetzt die arme, kleine Maiblume, umringt von Menschen, die sie eine Diebin schalten. Schneebällchen hatte sich unauffällig nach Hause geschlichen und war nicht mit dabei, als Maiblume vor den Richter gezerrt wurde, der sie sogleich verhörte. Maiblume beschwor ihre Unschuld, doch half ihr das angesichts so vieler Ankläger wenig.

Mir hat sie einen Pflaumenkuchen gestohlen.

Und mir nahm sie eine Fleischpastete.

Die Würste, die sie mir geklaut hat, sind an den Fingern nicht abzuzählen.

Ja, und die besten Ananas haben mir gefehlt, wenn sie nur zwei Zwiebeln gekauft hat.

Da Maiblume gar so bitterlich weinte, fragte der Richter: »Gewiß hat deine große Armut dich zum Diebstahl verführt?«

»Nein, nein, das hat sie nicht. Ich habe nicht gestohlen, und es ist eine Schlechtigkeit, mir das zuzutrauen.« So sprach Maiblume wahrheitsgemäß und standhaft, und gerade dieses empörte die Leute noch mehr. Die arme Maiblume wurde zum Tode verurteilt, denn so streng wurde damals der Diebstahl bestraft.

Maiblume bat, ihre Tante Gemma noch einmal sehen zu dürfen, was ihr auch gewährt wurde. Tante Gemma kam also zu Maiblume, die weinend in einer halbdunklen Gefängniszelle saß. »O Tante Gemma, warum nur habe ich auf dich gehört? Mein Herz hat es mir manchmal gesagt, daß dieser Reichtum uns Unglück bringen werde. Du aber hast nicht gewollt, daß ich den Bäcker nach dem Kuchen frage. Es war unrecht von mir, daß ich dir folgsam war. Die Verschwiegenheit, die du von mir verlangt hast, das ist die Sünde, die ich begangen habe und die ich jetzt mit meinem Leben büßen muß.«

Die Tante stand bestürzt und tieftraurig da: »Ach, Maiblume, der liebe Gott wird dir schon helfen.« Da kam der Gefängniswärter, und Tante Gemma mußte wieder fortgehen.

Als nun Maiblume wieder in ihrer Zelle allein war, legte sie sich betrübt auf das Strohlager, hoffend, wenigstens im Schlaf ihr trauriges Los zu vergessen. Da erschien ihr im Traum das weiße Kätzchen, das voller Mitleid seine kleine Herrin ansah. Mit den Pfötchen wischte es sich ein paar Tränen ab und begann zu sprechen, mit seiner drolligen Stimme, genau wie einst:

»Maiblume, du mußt nicht sterben. Das will ich nicht haben.«

»Ach, Schneebällchen, man wird sich nicht nach deinen Wünschen richten. Du bist doch nur ein Kätzchen und kannst in dieser Sache nicht entscheiden.«

»Freilich bin ich ein Kätzchen. Das weiß ich selbst am

allerbesten, und das muß ich nicht erst von dir erfahren. Will auch ein Kätzchen sein und bleiben. Aber ich bin ein besonderes Kätzchen, das dir schon helfen kann.«

»Ach, Schneebällchen, wie solltest du mir helfen können, da ich doch von den Menschen zum Tode verurteilt bin.«

»Es ist noch nicht so weit, und es kommt auch nicht so weit. Daß du unschuldig bist, weiß niemand besser als ich, denn ich selbst habe ja die vielen Sachen gestohlen.«

»Aber, Schneebällchen, wie konntest du das nur tun!? Warum hast du das gemacht?«

»Warum?! Weil ich mich gerne dankbar erweisen wollte, da du mich so freundlich aufgenommen hast. Es hat euch doch gut getan, etwas Ordentliches zu essen.«

»Du siehst ja jetzt, wie gut es mir getan hat. Sterben muß ich deswegen. Aber sag, mein Schneebällchen, du kannst ja sprechen, du könntest doch zum Richter gehn und deine Schuld bekennen. Dann würde man mich gleich freilassen.«

Schneebällchen besann sich ein Weilchen, doch schien ihm Maiblumens Vorschlag wenig zu behagen.

»Nein, zum Richter will ich lieber nicht gehen. Wenn ich ihm erzähle, daß ich von meiner Mutter ein bißchen hexen gelernt und daß ich die Sachen gestohlen habe, werde ich sterben müssen, und das kann ich mir nicht leisten. Nein, zum Sterben habe ich nicht die mindeste Lust. Ich weiß etwas Besseres für mich und auch für dich.

Heute abend kommt der Ritter Floridoro in die Stadt, der sich aller Unglücklichen annimmt. Er verteidigt die Schwachen und schützt die Unschuld. Mit dem will ich einmal Rücksprache nehmen. Er wird dir sicher helfen.«

»Ach ja, Schneebällchen, sieh nur zu, was du tun kannst, und hab Dank für deinen guten Willen. Du bist ein Liebes, aber das Stehlen solltest du dir abgewöhnen.«

»Wollen sehn, was sich tun läßt«, antwortete Schneebällchen und verschwand.

Doch schon am nächsten Morgen kamen einige Männer in die Zelle, um Maiblume auf den Richtplatz zu führen. Da war viel Volks versammelt, doch hatten alle Mitleid, als sie Maiblume in ihrer Jugend und Schönheit sahen. Sie hielt die Augen gesenkt und die Hände gefaltet. Sie betete und achtete gar nicht darauf, was um sie her vorging.

Als man auf dem Platze angelangt war, wo Maiblume ihr Leben lassen mußte, trat ein Herold in die Mitte und rief mit lauter Stimme:

»Ist jemand da, der für die Unschuld der Maiblume kämpfen will, wie es bei uns zulande der Brauch ist, dann melde er sich unverzüglich!«

Da vernahm man die hellen Klänge einer Fanfare, und ein weißgekleideter Ritter auf einem prächtigen Schimmel stellte sich. Er rief mit schallender Stimme in die Menge hinein:

»Ich verbürge mich für die Unschuld des Mädchens. Wer Maiblume für schuldig hält, kämpfe mit mir.«

Es meldete sich nur ein Krieger, der vom Gericht angestellt war, zu kämpfen, wenn kein anderer sich zum Kampf anmeldete. Es war niemand anders als der Ritter Floridoro, der in wenigen Augenblicken den Krieger aus dem Sattel gehoben und besiegt hatte. Das gesamte Volk jubelte, und selbst dem Richter wurde leicht und frei ums Herz.

Im Triumph wurde Maiblume vom Ritter Floridoro, der sie auf sein Pferd nahm, nach Hause geführt. Schneebällchen sprang vergnügt hinterdrein, setzte sich bescheiden unter den Herd, um in keiner Weise das Glück von Maiblume und dem Ritter Floridoro zu stören, denn letzterer hatte keinen anderen Wunsch, als das schöne, unschuldige Mädchen als seine Frau heim auf sein Schloß zu führen.

Schneebällchen, das trotz seiner großen Hilfsbereitschaft kein allzu klares Gewissen hatte, stand schon im Begriff, sich damit abzufinden, fortan bei Tante Gemma zu bleiben. Diese jedoch wechselte ihre Wohnung und zog auch mit ins Schloß. Wie hätte Maiblume da ihren Liebling zurücklassen können? Sie sagte zu ihm:

»Höre, Schneebällchen, du kommst jetzt mit aufs Schloß, und ich will eine sehr liebe Köchin haben, mit der du dich gut vertragen wirst. Aber du mußt mir versprechen, nie wieder zu stehlen.«

»Ja, ich will sehen, was sich tun läßt«, entgegnete Schneebällchen.

Ob es sein Versprechen gehalten hat, weiß ich nicht. Es ist ein wenig zu bezweifeln. Es ist aber ein großer Unterschied, ob ein Kätzchen oder ein Mensch stiehlt. Der Mensch weiß, was mein und dein ist, während ein Kätzchen über diesen Punkt nicht im klaren ist, wenn auch Schneebällchen eine Ausnahme bildet.

Quellennachweis

König Salomos Zepter und die Krone der Königin von Saba, von Emma Perodi, *Le Novelle della Nonna.* Adriano Salani, Firenze.

Die schöne Gärtnerstochter, dem Italienischen nacherzählt.

Felizitas von nirgendher, nach einem Balkanmärchen.

Die Schatzgräber, aus *Chi vuole Fiabe?,* Capuano nacherzählt und bearbeitet.

Der wunderliche Fingerhut, aus dem Italienischen von Luigi di San Giusto, *Nel Cerchio Magico.* Verlag Antonio Vallardi, Milano.

Das Glück der Lerche, aus dem Italienischen bearbeitet.

Die Geschichte vom Prinzen Pettirosso, aus *Chi vuole Fiabe?,* neu erzählt.

Die Zauberlampe, aus *Nel Cerchio Magico,* Luigi di San Giusto.

Das Glück vom lieben Gott, nach mündlichem Bericht.

Hähnchen und Hühnchen im Nußwalde, altes norwegisches Märchen.

Gernegroß, Umarbeitung eines italienischen Märchens.

Der Müllerssohn und das Wichtelmännchen, eigenes Märchen.

Prinzessin Nachtvogel, serbisches Märchen nach mündlichem Bericht.

Maiblume und Schneebällchen, aus *Chi vuole Fiabe?*

Zeittafel
Emmy Ball-Hennings

1885 geboren am 17. Januar als Tochter von Anna Dorothea Cordsen, geb. Sielfeld (1842-1916) und Ernst Friedrich Matthias Cordsen (1838-1901), Seemann.
Getauft auf den Vornamen Emma Maria.
Volksschule, verschiedene Stellungen in Haushalten und andere.

1904 am 13. Januar Heirat mit dem Schriftsetzer Joseph Paul Hennings.
Geburt eines Sohnes, der keine 2 Jahre alt wurde.

1905–1906 Wandertheater.

1906 Geburt ihrer Tochter Annemarie am 11. August.

1907 am 13. Juni wird die Ehe geschieden.
Einige Jahre Wandertheater, dann Cabaret und Varieté in Berlin, Budapest, Kattowitz, die längste Zeit im Münchener »Simplizissimus«.

1913 *Die letzte Freude*. Gedichte in der Reihe »Der jüngste Tag«, Kurt Wolff Verlag, Leipzig.

1915 Emigration mit Hugo Ball in die Schweiz nach Zürich. Varieté.

1916 Gründung des Cabaret Voltaire, Dadaismus.

1917 Galerie Dada.

1918 *Gefängnis* im Erich Reiß Verlag, Berlin.

1920 *Das Brandmal* (Tagebuch) im Erich Reiß Verlag, Berlin.

1920 Heirat mit Hugo Ball am 21. 2. 1920.
Reise nach Deutschland, Stuttgart, Heidelberg, Pirmasens, Flensburg.
Im selben Jahr Rückkehr in die Schweiz nach Agnuzzo/Tessin. Beginn der Freundschaft mit Hermann Hesse.

1921 in München.

1922 *Helle Nacht,* Gedichte im Erich Reiß Verlag, Berlin.
Rückkehr in die Schweiz nach Agnuzzo.

1923 *Das ewige Lied* im Erich Reiß Verlag, Berlin.
Reise nach Florenz, Rom und Neapel.

1924 Reise mit der Familie nach Rom, dann nach Vietri sul Mare und Albori.
1925 Vietri, Albori und Vietri sul Mare.
1926 Rückkehr in die Schweiz nach Sorengo/Tessin.
Der Gang zur Liebe (ein Buch von Städten, Kirchen und Heiligen) im Verlag Kösel und Pustet, München.
1927 Reise nach Deutschland, um Notizen zu machen für ein Deutschland-Buch, das nie geschrieben wurde.
1927 Krankheit und Tod von Hugo Ball im September in Sant Abbondio.
1929 *Hugo Ball, sein Leben in Briefen und Gedichten* im S. Fischer Verlag, Berlin.
1931 *Hugo Balls Weg zu Gott* im Verlag Kösel und Pustet, München.
1938 *Blume und Flamme,* Geschichte einer Jugend im Benziger Verlag, Einsiedeln/Köln.
1939 *Der Kranz,* Gedichte im Benziger Verlag, Einsiedeln/Köln.
1940 *Das flüchtige Spiel.* Wege und Umwege einer Frau, im Benziger Verlag, Einsiedeln/Köln.
1943 *Märchen am Kamin* im Benziger Verlag, Einsiedeln/Köln.
1945 *Das irdische Paradies und andere Legenden* im Josef Stocker Verlag, Luzern.
1948 am 10. August stirbt Emmy Ball-Hennings in Sorengo bei Lugano.

Inhalt

Zu dieser Ausgabe

insel taschenbuch 945
Erste Auflage 1986
Märchen am Kamin
Erzählt von Emmy Ball-Hennings
Der Text folgt der Ausgabe:
Emmy Ball-Hennings, Märchen am Kamin.
Verlagsanstalt Benziger & Co. AG., Einsiedeln/Köln 1943
Umschlagabbildung:
The drawing room, White Barnes,
Hertsordshire, Aquarell 1843.
Ashmolean Museum, Oxford

Romane, Erzählungen, Prosa

Hans Christian Andersen. Glückspeter
Mit Scherenschnitten von Alfred Thon. it 643

Bettina von Arnim. Bettina von Arnims Armenbuch
Herausgegeben von Werner Vordtriede. it 541
– Dies Buch gehört dem König
Herausgegeben von Ilse Staff. it 666
– Die Günderode
Mit einem Essay von Christa Wolf. it 702

Apuleius. Der goldene Esel
Mit Illustrationen von Max Klinger zu »Amor und Psyche«. Aus dem Lateinischen von August Rode. Mit einem Nachwort von Wilhelm Haupt. it 146

Jane Austen. Emma
Aus dem Englischen von Charlotte Gräfin von Klinckowstroem. it 511

Honoré de Balzac. Die Frau von dreißig Jahren
Deutsch von W. Blochwitz. it 460
– Das Mädchen mit den Goldaugen
Aus dem Französischen von Ernst Hardt. Vorwort Hugo von Hofmannsthal. Illustrationen Marcus Behmer. it 60

Joseph Bédier. Tristan und Isolde
Roman. Deutsch von Rudolf G. Binding. Mit Holzschnitten von 1484. it 387

Harriet Beecher-Stowe. Onkel Toms Hütte
In der Bearbeitung einer alten Übersetzung herausgegeben und mit einem Nachwort versehen von Wieland Herzfelde. Mit 27 Holzschnitten von George Cruikshank aus der englischen Ausgabe von 1852. it 272

Ambrose Bierce. Aus dem Wörterbuch des Teufels
Auswahl, Übersetzung und Nachwort von Dieter E. Zimmer. it 440
– Mein Lieblingsmord
Erzählungen. Aus dem Amerikanischen von G. Günther. it 39

Die Blümlein des heiligen Franziskus von Assisi
Aus dem Italienischen nach der Ausgabe der Tipografia Metastasio, Assisi 1901, von Rudolf G. Binding. Mit Initialen von Carl Weidemeyer. it 48

Romane, Erzählungen, Prosa

Blumenschatten hinter dem Vorhang. Von Ting Yao Kang. Aus dem Chinesischen übertragen und mit einem Nachwort versehen von Franz Kuhn. Mit 18 Holzschnitten. it 744

Giovanni di Boccaccio. Das Dekameron
Hundert Novellen. Ungekürzte Ausgabe. Aus dem Italienischen von Albert Wesselski und mit einer Einleitung versehen von André Jolles. Mit venezianischen Holzschnitten. Zwei Bände. it 7/8

Hermann Bote. Ein kurzweiliges Buch von Till Eulenspiegel aus dem Lande Braunschweig. Wie er sein Leben vollbracht hat. Sechsundneunzig seiner Geschichten.
Herausgegeben, in die Sprache unserer Zeit übertragen und mit Anmerkungen versehen von Siegfried H. Sichtermann. Mit zeitgenössischen Illustrationen. it 336

Clemens Brentano. Gedichte, Erzählungen, Briefe
Herausgegeben von Hans Magnus Enzensberger. it 557

Emily Brontë. Die Sturmhöhe
Aus dem Englischen von Grete Rambach. it 141

Giordano Bruno. Das Aschermittwochsmahl
Übersetzt von Ferdinand Fellmann. Mit einer Einleitung von Hans Blumenberg. it 548

Gottfried August Bürger. Wunderbare Reisen zu Wasser und zu Lande. Feldzüge und lustige Abenteuer des Freiherrn von Münchhausen
Mit Holzschnitten von Gustave Doré. it 207

Hans Carossa. Eine Kindheit. it 295
– Verwandlungen einer Jugend. it 296

Lewis Carroll. Geschichten mit Knoten
Herausgegeben und übersetzt von W. E. Richartz. Mit Illustrationen von Arthur B. Frost. it 302
– Alice im Wunderland
Mit 42 Illustrationen von John Tenniel. Übersetzt und mit einem Nachwort versehen von Christian Enzensberger. it 42
– Alice hinter den Spiegeln
Mit Illustrationen von John Tenniel. Übersetzt von Christian Enzensberger. it 97

Romane, Erzählungen, Prosa

Lewis Carroll. Briefe an kleine Mädchen
Aus dem Englischen übersetzt und herausgegeben von Klaus Reichert. Mit Fotografien des Autors. it 172

Miguel de Cervantes Saavedra. Der scharfsinnige Ritter Don Quixote von der Mancha
Mit einem Essay von Iwan Turgenjew und einem Nachwort von André Jolles. Mit Illustrationen von Gustave Doré. 3 Bände. it 109

Adelbert von Chamisso. Peter Schlemihls wundersame Geschichte
Nachwort von Thomas Mann. Illustriert von Emil Preetorius. it 27

Matthias Claudius. Der Wandsbecker Bote
Mit einem Vorwort von Peter Suhrkamp und einem Nachwort von Hermann Hesse. it 130

James Fenimore Cooper. Die Lederstrumpferzählungen
In der Bearbeitung der Übersetzung von E. Kolb durch Rudolf Drescher. Mit Illustrationen von O. C. Darley. Vollständige Ausgabe. 5 Bände in Kassette.
Der Wildtöter · Der letzte Mohikaner · Der Pfadfinder · Die Ansiedler · Die Prärie. – it 760

Alphonse Daudet. Montagsgeschichten
Aus dem Französischen von Eva Meyer. it 649
– Briefe aus meiner Mühle
Aus dem Französischen von Alice Seiffert. Mit Illustrationen. it 446
– Tartarin von Tarascon. Die wunderbaren Abenteuer des Tartarin von Tarascon. Mit Zeichnungen von Emil Preetorius. it 84

Daniel Defoe. Moll Flanders. Herausgegeben und mit einem Essay versehen von Norbert Kohl. it 707
– Robinson Crusoe. Mit Illustrationen von Ludwig Richter. it 41

Deutsche Künstlernovellen des 19. Jahrhunderts
Herausgegeben von Jochen Schmidt. it 656

Charles Dickens. David Copperfield. Mit Illustrationen von Phiz. it 468
– Große Erwartungen. Aus dem Englischen von Margit Meyer. Mit Illustrationen von F. W. Pailthorpe. it 667
– Der Raritätenladen. Aus dem Englischen von Leo Feld. Mit Illustrationen von Cruikshank u.a. it 716

Romane, Erzählungen, Prosa

Charles Dickens. Oliver Twist
Aus dem Englischen von Reinhard Kilbel. Mit einem Nachwort von Rudolf Marx und 24 Illustrationen von George Cruikshank. Vollständige Ausgabe. it 242
– Weihnachtserzählungen
Mit Illustrationen von Cruikshank u. a. it 358

Denis Diderot. Die Nonne
Mit einem Nachwort von Robert Mauzi. Der Text dieser Ausgabe beruht auf der ersten deutschen Übersetzung von 1797. it 31
– Erzählungen und Gespräche
Aus dem Französischen von Katharina Scheinfuß. it 554

Die drei Reiche. Roman. Aus dem Chinesischen von Franz Kuhn. Mit 24 Holzschnitten. it 585

Fjodor M. Dostojewski. Der Idiot. Aus dem Russischen von Hermann Röhl. Mit einem Nachwort von Hermann Hesse. it 740
– Schuld und Sühne. Roman in sechs Teilen. Aus dem Russischen von Hermann Röhl. Illustrationen von Theodor Eberle. it 673
– Der Spieler. Aus den Erinnerungen eines jungen Mannes. Aus dem Russischen von Hermann Röhl. it 515

Annette von Droste-Hülshoff. Bei uns zulande auf dem Lande. Prosaskizzen. Herausgegeben von Otto A. Böhmer. it 697
– Die Judenbuche. Ein Sittengemälde aus dem gebirgichten Westfalen. Mit Illustrationen von Max Unold. it 399

Alexandre Dumas. Der Graf von Monte Christo. Bearbeitung einer alten Übersetzung von Meinhard Hasenbein. Mit Illustrationen von Pavel Brom und Dagmar Bromova. Zwei Bände. it 266
– Die Kameliendame. Aus dem Französischen von Walter Hoyer. Mit Illustrationen von Paul Garvani. it 546

Joseph Freiherr von Eichendorff. Aus dem Leben eines Taugenichts Mit Illustrationen von Adolf Schrödter und einem Nachwort von Ansgar Hillach. it 202
– Novellen und Gedichte. Herausgegeben von Hermann Hesse. it 360

Romane, Erzählungen, Prosa

Eisherz und Edeljaspis
Aus dem Chinesischen von Franz Kuhn. Mit Holzschnitten einer alten chinesischen Ausgabe. Mit einem Nachwort und Anmerkungen von Franz Kuhn. it 123

Paul Ernst. Der Mann mit dem tötenden Blick und andere frühe Erzählungen. Herausgegeben von Wolfgang Promies. it 434

André Ficus/Martin Walser. Heimatlob
Ein Bodenseebuch. it 645

Harry Fielding. Die Geschichte des Tom Jones, eines Findlings
Mit Stichen von William Hogarth. it 504

Gustave Flaubert. Bouvard und Pécuchet
Mit einem Vorwort von Victor Brombert und einem Nachwort von Uwe Japp. Mit Illustrationen von András Karakas. it 373
– Die Versuchung des heiligen Antonius
Aus dem Französischen übersetzt von Barbara und Robert Picht. Mit einem Nachwort von Michel Foucault. it 432
– Lehrjahre des Gefühls
Geschichte eines jungen Mannes, übertragen von Paul Wiegler. Mit einem Essay »zum Verständnis des Werkes« und einer Bibliographie von Erich Köhler. it 276
– Madame Bovary
– Revidierte Übersetzung aus dem Französischen von Arthur Schurig. it 167
– Salammbô
Herausgegeben und mit einem Nachwort versehen von Monika Bosse und André Stoll. Mit Abbildungen. it 342
– Ein schlichtes Herz. it 110
– Drei Erzählungen/Trois Contes
Zweisprachige Ausgabe. Neu übersetzt von Cora von Kleffens und André Stoll. it 571
– November. Aus dem Französischen von Ernst Sander. it 411

Theodor Fontane. Allerlei Glück
Plaudereien, Skizzen, Unvollendetes. Ausgewählt und herausgegeben von Otto Drude. it 641
– Cécile. Roman. Mit einem Nachwort von Walter Müller-Seidel. it 689

Romane, Erzählungen, Prosa

Theodor Fontane. Effi Briest
Mit Lithographien von Max Liebermann. it 138
– Frau Jenny Treibel. Roman. Mit einem Nachwort von Richard Brinkmann. it 746
– Meine Kinderjahre. Autobiographischer Roman. Mit zahlreichen Abbildungen und einem Nachwort von Otto Drude. it 705
– Der Stechlin
Mit einem Nachwort von Walter Müller-Seidel. it 152
– Unwiederbringlich
Roman. it 286
– Vor dem Sturm. Roman aus dem Winter 1812 auf 13
Mit einem Nachwort von Hugo Aust. it 583

Georg Forster. Reise um die Welt
Mit einem Nachwort von Gerhard Steiner. it 757

Anatole France. Blaubarts sieben Frauen und andere Erzählungen
Aus dem Französischen von Irmgard Nickel. Mit Illustrationen von Lutz Siebert. it 510

Johann Wolfgang Goethe. Erfahrung der Geschichte
Historisches Denken und Geschichtsschreibung in einer Auswahl herausgegeben von Horst Günther. Mit Zeichnungen des Autors. it 650
– Dichtung und Wahrheit
Mit zeitgenössischen Illustrationen, ausgewählt von Jörn Göres. Drei Bände in Kassette. it 149/150/151
– Italienische Reise
Mit vierzig Zeichnungen des Autors. Herausgegeben und mit einem Nachwort von Christoph Michel. Zwei Bände. it 175
– Maximen und Reflexionen
Text der Ausgabe von 1907 mit den Erläuterungen und der Einleitung Max Heckers. Nachwort von Isabella Kuhn. it 200
– Reise-, Zerstreuungs- und Trostbüchlein
Herausgegeben von Christoph Michel. it 400
– Über die Deutschen
Erweiterte Ausgabe mit Illustrationen, einem Nachwort, Nachweisen und Register. Herausgegeben von Hans J. Weitz. it 325
– Goethes Letzte Schweizer Reise
Dargestellt von B. Schnyder-Seidel. Mit zeitgenössischen Abbildungen. it 375

Romane, Erzählungen, Prosa

Johann Wolfgang Goethe. Anschauendes Denken
Goethes Schriften zur Naturwissenschaft. In einer Auswahl herausgegeben von Horst Günther. Mit Zeichnungen des Autors. it 550
– Wilhelm Meisters Lehrjahre
Herausgegeben von Erich Schmidt. Mit sechs Kupferstichen von F. L. Catel. Sieben Musikbeispiele und Anmerkungen. it 475
– Wilhelm Meisters theatralische Sendung. Mit einem Nachwort von Wilhelm Voßkamp. it 725
– Wilhelm Meisters Wanderjahre oder Die Entsagenden. Mit einem Nachwort von Adolf Muschg. it 575
– Novellen
Herausgegeben und mit einem Nachwort versehen von Katharina Mommsen. Mit Federzeichnugen von Max Liebermann. it 425
– Reineke Fuchs. Mit Stahlstichen von Wilhelm von Kaulbach. it 125
– Das römische Carneval. Mit farbigen Figurinen. Herausgegeben von Isabella Kuhn. it 750
– Die Wahlverwandtschaften
Mit einem Essay von Walter Benjamin. it 1
– Die Leiden des jungen Werther
Mit einem Essay von Georg Lukács »Die Leiden des jungen Werther«. Nachwort von Jörn Göres »Zweihundert Jahre Werther«. Mit Illustrationen von David Chodowiecki und anderen. it 25

Goethe – warum? Ein Almanach. Herausgegeben von Katharina Mommsen. it 759

Gogol. Der Mantel und andere Erzählungen
Aus dem Russischen übersetzt von Ruth Fritze-Hanschmann. Mit einem Nachwort von Eugen und Frank Häusler. Mit Illustrationen von András Karakas. it 241
– Die Nacht vor Weihnachten. Mit farbigen Bildern von Monika Wurmdobler. it 584

Iwan Gontscharow. Oblomow
Mit Illustrationen von Theodor Eberle. it 472

Franz Grillparzer. Der arme Spielmann. Mit einem Nachwort von Richard Brinkmann. it 690

Maxim Gorki. Der Landstreicher und andere Erzählungen. Mit einer Einleitung von Stefan Zweig und Illustrationen von András Karakas. it 749